CŒURS ET ÂMES

Titre original : *Heart Bones*

Collection New Romance ® créée par Hugues de Saint Vincent, dirigée par Arthur de Saint Vincent

Ouvrage dirigé par Sylvie Gand
Design de la couverture : Murphy Rae
Mise en page : Christophe Petit
Pour la présente édition,

34-36 rue La Pérouse
75116 PARIS

www.hugopublishing.fr
ISBN : 9782755693447
Dépôt légal : mai 2022
Imprimé en France par CPI Brodard et Taupin - N° d'impression : 3048637

NEW ROMANCE®

Cœurs et âmes

Colleen Hoover

Roman

Traduit de l'anglais par
Pauline Vidal

Hugo Roman

*À Kelly Garcia. Ce livre est pour toi, ton mari
et le bonheur qui vous attend.*

CHAPITRE 1

ÉTÉ 2015

Un portrait de mère Teresa est accroché au mur du salon, à l'endroit où on pourrait installer une télévision si on avait les moyens de s'offrir ce genre d'appareil, ou même une maison équipée de murs qui puissent le supporter.

Ceux d'une caravane ne sont pas faits de la même matière ; ils s'émiettent sous les ongles comme de la craie, pour peu qu'on les gratte.

Un jour, j'ai demandé à ma mère, Janean, pourquoi elle gardait un tableau de mère Teresa au mur du salon.

– Cette salope était un imposteur, m'a-t-elle répondu.

Ce sont ses mots, pas les miens.

Je crois que, quand on fait partie de la lie de la société, on a tendance à souligner le pire chez les autres par pur réflexe de survie. On se concentre sur la noirceur des gens dans l'espoir qu'elle masque la nôtre. C'est ainsi que ma mère a passé toute sa vie. À constamment chercher le pire chez les gens. Même chez sa propre fille.

Même chez mère Teresa.

Janean est allongée sur le canapé, dans la position où elle se tenait lorsque je suis partie travailler chez McDonald's, il y a huit heures. Elle contemple le portrait de mère Teresa, enfin, pas vraiment. On dirait que ses pupilles ont cessé de fonctionner, d'enregistrer.

C'est une toxicomane. Je m'en suis rendu compte vers l'âge de neuf ans mais, à l'époque, elle n'était accro qu'aux hommes, à l'alcool et au jeu.

Avec les années, c'est devenu de plus en plus évident et plus dangereux. Il y a environ cinq ans, alors que je venais d'en avoir quatorze, je l'ai surprise pour la première fois en train de se shooter à la meth. Quand on commence à en consommer régulièrement, on voit sa durée de vie se réduire assez vite. Un jour, à la bibliothèque de l'école, j'ai cherché sur Google. *Combien de temps peut-on vivre avec une addiction à la méthamphétamine ?*

Entre six et sept ans, a répondu Internet.

Plus d'une fois je l'ai trouvée inconsciente, mais là, c'est autre chose. Ça semble définitif.

– Janean ?

Une sorte de calme imprègne ma voix, plutôt déplacé en ce moment ; elle devrait être tremblante, inexistante. Je me sens un peu gênée par ce manque de réaction.

Je jette mon sac à mes pieds sans quitter son visage des yeux, à l'autre bout du salon. Dehors, il pleut, et je n'ai pas encore fermé la porte d'entrée, si bien que je me fais toujours copieusement doucher ; mais je ne songe pas un instant à me mettre à l'abri alors que je regarde ma mère en train de regarder mère Teresa.

Janean a un bras posé sur le ventre et l'autre qui pend au bord du canapé, les doigts traînant sur le tapis râpé. Elle est un peu enflée mais ça lui donne l'air plus jeune ; pas que son âge – elle n'a que trente-neuf ans –, mais plus jeune que sa toxicomanie ne pourrait le laisser croire. Ses joues sont un peu moins creuses ainsi, et les rides qui se sont formées autour de ses lèvres ces dernières années donnent l'impression d'avoir été adoucies par le Botox.

– Janean ?

Silence.

Sa bouche béante laisse apparaître des restes jaunes de dents écaillées et pourries. On dirait que la vie l'a quittée au beau milieu d'une phrase.

Voilà un moment, déjà, que je m'attendais à cette scène. Parfois, quand on déteste quelqu'un, on ne peut s'empêcher d'imaginer, au beau milieu de la nuit, comment tournerait votre existence si cette personne venait à mourir.

Je l'imaginais différente. Beaucoup plus dramatique.

J'examine encore un peu ma mère, pour être sûre qu'elle n'est pas dans une sorte de catalepsie. Je m'approche un peu d'elle et m'arrête en découvrant qu'une aiguille pend de son bras, juste à l'intérieur du coude.

Dès que je l'aperçois, la réalité me revient en pleine figure et j'ai un haut-le-cœur. Je fais demi-tour et détale de la maison. J'ai l'impression que je vais vomir, alors je m'adosse à la rampe pourrie, en essayant de ne pas trop m'appuyer pour qu'elle ne se casse pas sous mon poids.

Je suis soulagée dès que je vomis car je commençais à me demander pourquoi je réagissais si peu à ce moment qui risque de changer toute ma vie. Je ne vais sans doute pas piquer une crise d'hystérie comme pourrait le faire une fille devant sa mère dans de telles circonstances mais, au moins, je ressens quelque chose.

Je m'essuie la bouche avec la manche de ma blouse McDonald's, m'assieds sur les marches malgré la pluie qui s'acharne sur moi par cette nuit sans lune.

Mes cheveux et mes vêtements ruissellent, ainsi que mon visage, mais pas de larmes, juste de gouttes d'eau.

Yeux mouillés, cœur sec.

Les paupières fermées, je presse mes mains sur mon visage en essayant de comprendre si cette absence de réaction provient de mon éducation ou si je suis née ainsi.

Je voudrais bien savoir quel genre d'éducation est pire pour un humain. Le genre où l'on vous protège et on vous dorlote au point d'en oublier la cruauté du monde jusqu'à ce qu'il soit trop tard pour acquérir les capacités d'adaptation nécessaires, ou bien le genre de foyer dans lequel j'ai grandi : la version la plus atroce d'une famille, où l'on n'apprend qu'une chose : survivre.

Avant d'avoir l'âge de travailler, j'ai passé de nombreuses nuits sans fermer l'œil car mon estomac criait famine. Janean m'a dit un jour que ces grognements provenaient du chat affamé qui vivait en moi et râlait parce que je ne l'alimentais pas assez. Après quoi, chaque fois que j'avais faim, j'imaginais le félin dans mon ventre, à la recherche de nourriture, et j'avais peur qu'il ne finisse par manger mes entrailles, si bien qu'il m'arrivait d'avaler des choses immangeables juste pour satisfaire le chat affamé.

Une fois, elle m'a laissée seule si longtemps que j'ai dû me gaver de vieilles peaux de bananes et de coquilles d'œufs récupérées dans la poubelle. J'ai même voulu avaler quelques morceaux de rembourrage du canapé, mais c'était trop dur à avaler. J'ai ainsi passé mon enfance terrifiée à l'idée d'être dévorée de l'intérieur par cet animal vorace.

Je ne sais pas si elle est restée absente plus d'une journée d'affilée mais, quand on est enfant, le temps s'étire terriblement si on se retrouve seul.

Je me rappelle une fois où elle entrée dans la maison en titubant, pour aller s'affaler sur le canapé et y rester pendant des heures. J'ai fini par m'endormir recroquevillée à ses pieds, terrifiée à l'idée de la laisser seule.

Le lendemain de cette cuite, je me suis réveillée pour la trouver en train de préparer le petit déjeuner, pas forcément ce qu'on mange habituellement à ce repas, comme à son habitude. Ce pouvait être des petits pois, des œufs, parfois une boîte de soupe de nouilles au poulet.

Vers l'âge de six ans, j'ai commencé à observer comment ma mère allumait la cuisinière le matin, car je savais que je devrais m'en occuper la prochaine fois qu'elle disparaîtrait.

Je voudrais bien savoir combien d'enfants de six ans doivent apprendre seuls à manipuler une cuisinière de peur de finir dévorés par leur chat intérieur.

Pur hasard sans doute. La plupart des enfants ont des parents qu'ils regretteront après leur décès. Tandis que les autres, comme moi, les préfèrent morts. La meilleure chose que ma mère ait pu faire pour moi était de mourir.

*
* *

Buzz m'a dit de m'asseoir dans sa voiture de patrouille, pour m'abriter de la pluie pendant qu'ils emportaient son corps. Je les ai regardés la sortir sur un brancard, recouverte d'un drap, puis la mettre à l'arrière d'un fourgon des pompes funèbres. Ils n'ont même pas fait mine de l'emmener dans une ambulance. Pas la peine. Dans cette ville, quand on décède à moins de cinquante ans, c'est en général à cause d'une addiction.

Peu importe laquelle, on finit par en mourir.

J'appuie ma joue sur la vitre et essaie de contempler le ciel. Pas d'étoiles, ce soir. Je ne vois même pas la lune. De temps en temps, un éclair zèbre les amas de nuages noirs.

Comme moi.

Buzz ouvre la portière arrière et se penche à l'intérieur. La pluie n'est plus qu'une bruine, si bien qu'il a le visage humide, mais ça lui donne plutôt l'air de transpirer.

– Je peux te déposer quelque part ? s'enquiert-il.

Je fais non de la tête.

– Tu veux appeler quelqu'un ? Je te prête mon téléphone.

– Non merci, ça ira. Je peux rentrer chez moi, maintenant ?

Je ne sais pas vraiment si je tiens à regagner la caravane où ma mère a poussé son dernier soupir, mais je n'ai rien de mieux à faire pour le moment.

Buzz s'écarte et ouvre un parapluie, bien que je sois déjà trempée, pour me protéger jusqu'à chez moi.

Je ne le connais pas très bien, c'est son fils, Dakota, que je connais, dans de très nombreux sens du terme. Je ne préférerais pas.

Je me demande si Buzz sait quel genre de fils il a élevé. Il passe pour un type correct. Il ne nous a jamais trop embêtées, ni ma mère ni moi. Parfois, il arrête sa voiture durant les patrouilles dans le parc à caravanes. Il veut toujours savoir si je vais bien et ça me donne l'impression qu'il s'attend à ce que je l'implore de me tirer de là. Mais non. Les gens comme moi sont très doués pour faire croire qu'ils vont bien. Alors je me contente de sourire, de dire que tout est parfait, et là, il sourit, comme soulagé que je ne lui aie pas donné une raison d'appeler les services sociaux.

Une fois de retour dans le salon, je ne peux m'empêcher d'examiner le canapé. Il me semble différent maintenant. *Comme si quelqu'un était mort dessus.*

– Ça ira pour la nuit ? interroge Buzz.

Je me retourne pour le découvrir sur le seuil, toujours avec son parapluie. Il m'observe, l'air compatissant, mais l'esprit sans doute concentré sur toute la paperasse que cette situation implique.

– Ça ira.

– Tu pourras te rendre demain au funérarium pour préparer l'enterrement. Quand tu voudras à partir de dix heures.

J'acquiesce, mais il ne s'en va pas pour autant. Il demeure sur place, pas trop sûr de lui, passant d'un pied sur l'autre, puis ferme le parapluie avant d'entrer, comme par superstition.

Son visage se crispe, son front chauve se plisse de rides.

– Tu sais, dit-il, si tu ne vas pas au funérarium, ils la mettront dans le carré des indigents. Il n'y aura aucune cérémonie, mais tu n'auras rien à payer.

Il semble gêné d'avoir lâché une telle suggestion. Ses yeux se posent sur le portrait de mère Teresa et il baisse la tête, comme si elle venait de le gronder. Je me hâte de répondre :

– Merci.

De toute façon, je doute que qui que ce soit veuille assister à son enterrement.

Triste mais vrai. Ma mère était une solitaire ; elle ne voyait des gens que dans le bar qu'elle fréquentait depuis près de vingt ans, mais ce n'étaient pas des amis, juste d'autres paumés comme elle, qui se retrouvaient pour passer du temps ensemble.

Leur nombre ne fait que diminuer à cause de l'addiction qui ravage cette ville. Et puis les personnes qu'elle fréquente ne sont pas du genre qu'on montre à un enterrement. La plupart doivent être recherchées par la police; elles évitent de se rendre à tout événement organisé de peur qu'il ne s'agisse d'un piège.

– Veux-tu appeler ton père ? reprend-il.

Je le dévisage un instant, consciente de ce que je vais finir par faire. Je me demande juste combien de temps je peux encore gagner.

– Beyah, énonce-t-il en insistant sur le son du *e*.

– Ça se prononce *Bay-euh*.

Je ne sais pas pourquoi je le corrige, alors qu'il le dit mal depuis qu'on se connaît et que je ne m'étais jamais donné cette peine jusque-là.

– Beyah, rectifie-t-il. Je sais que je ne suis pas chez moi, mais... tu dois quitter cette ville. Tu sais ce qu'il arrive aux gens comme...

Il s'interrompt, comme si ce qu'il allait dire risquait de m'insulter.

Alors je termine la phrase à sa place :

– Aux gens comme moi ?

Il a l'air encore plus gêné; pourtant, je sais qu'il parle en général. Les gens avec des mères comme la mienne. Les gens sans le sou qui n'ont pas les moyens de vivre ailleurs que dans cette ville, qui en viennent à travailler dans un fast-food jusqu'à l'abrutissement et que le cuisinier leur offre un petit truc qui leur donne l'impression que c'est la fête et qu'avant de s'en rendre compte ils ne puissent plus se passer de ce petit truc, au point de poursuivre cette sensation plus intensément que la sécurité de leur propre enfant, et qu'ils finissent par se l'injecter en regardant mère Teresa avant de mourir accidentellement quand ils ne cherchaient rien d'autre que d'échapper à cette misérable situation.

Buzz paraît mal à l'aise dans la caravane. Et moi je ne souhaite qu'une chose : qu'il s'en aille. Je me sens plus navrée pour lui que pour moi-même, alors que c'est moi qui ai trouvé ma mère décédée sur le canapé.

– Je ne connais pas du tout ton père, mais je sais qu'il payait le loyer de cette caravane depuis ta naissance.

Ce qui laisse entendre que cela valait mieux pour lui que de vivre dans cette ville. Si tu as ailleurs où aller, n'hésite pas. Cette vie que tu as menée ici… n'est pas digne de toi.

C'est sans doute la chose la plus agréable qu'on m'ait jamais déclarée. Dire que ça vient du père de Dakota…

Il a l'air de vouloir ajouter quelque chose, à moins qu'il n'attende ma réponse. Toujours est-il que c'est dans un total silence qu'il hoche la tête puis s'en va. Enfin.

Une fois la porte d'entrée fermée derrière lui, je me retourne vers le canapé, que je fixe tellement longtemps que mon regard se brouille. Bizarre comme la vie peut subitement changer entre le lever et le coucher.

Malgré moi, je dois reconnaître que Buzz a raison. Je ne peux pas rester ici. Je n'en ai jamais eu l'intention mais, au moins, je pensais disposer du début de l'été pour préparer mon départ.

J'ai travaillé comme une malade pour quitter cette maison ; début août, direction la Pennsylvanie, en bus.

J'ai obtenu une bourse pour jouer dans l'équipe de volleyball de *Penn State*. En août, je change de vie, et ce ne sera pas grâce à ma mère, ni parce que mon père m'aura sortie de la misère.

Ce sera grâce à moi.

Je veux pouvoir m'attribuer cette victoire.

Je veux être celle qui est responsable de sa nouvelle vie.

Je refuse qu'on donne à Janean le moindre crédit dans une réussite potentielle. Je n'ai jamais parlé de cette bourse, ni à elle ni à personne. Pas plus qu'à mon père, d'ailleurs, je ne suis même pas sûre qu'il sache que je joue au volley.

J'ai juré à mon entraîneur de garder le secret, sans accepter le moindre article dans la presse, ni aucune séance photo pour l'album du lycée.

Je suis le résultat du coup d'un soir. Mon père vivait dans l'État de Washington, mais il se trouvait en voyage d'affaires dans le Kentucky quand il a rencontré Janean. J'avais trois mois quand il a appris qu'il l'avait mise enceinte. Il a su qu'il était père le jour où elle lui a remis la demande de pension alimentaire.

Jusqu'à mes quatre ans, il n'est venu me voir qu'une fois, après quoi il m'a payé des vols pour l'État de Washington, afin que ce soit moi qui lui rende visite.

Il ne sait rien de ma vie au Kentucky, ni des addictions de ma mère. Il ne sait rien sur moi, si ce n'est le peu que je lui ai raconté.

Je suis très secrète à propos de moi. Le secret reste ma seule monnaie d'échange.

Je n'ai pas plus parlé de mes études à mon père qu'à ma mère. Je ne veux pas qu'il s'enorgueillisse d'avoir une fille capable de ce genre de chose. Il ne mérite pas d'être fier d'un enfant pour lequel il a fourni si peu d'efforts. Il croit qu'un chèque mensuel et quelques coups de téléphone sur mon lieu de travail suffisent à compenser le fait qu'il me connaît à peine.

Il n'est père que *deux semaines par an.*

Ça l'arrange qu'on vive si loin l'un de l'autre. Je n'ai vécu avec lui que quatorze jours par été depuis mes quatre ans et, depuis deux ans, je ne le vois plus du tout.

À seize ans, je suis entrée dans l'équipe universitaire de volley, alors j'ai cessé de lui rendre visite, en prétextant que ce n'était plus possible, et il a fait semblant d'être déçu.

Et moi, je fais semblant de regretter d'avoir tant de travail.

Désolée, *Brian*, un chèque mensuel fait de toi un homme responsable, mais pas mon père.

Soudain, on frappe à la porte et je sursaute en laissant échapper un cri. Je me retourne et découvre le propriétaire par la fenêtre. Normalement, je ne devrais pas ouvrir à Gary Shelby, mais je ne suis pas vraiment en mesure de l'ignorer. Il sait que je suis réveillée. Il a fallu que j'utilise son téléphone pour appeler la police. Sans compter que je voudrais savoir quoi faire avec ce canapé que je ne veux plus voir dans cette caravane.

Je lui ouvre et il s'engouffre dans le petit espace pour se protéger de la pluie, en me tendant une enveloppe.

– Qu'est-ce que c'est ?

– Un avis d'expulsion.

Venant de quelqu'un d'autre, ça m'aurait étonnée.

– Elle vient juste de mourir. Vous n'auriez pas pu attendre une semaine ?

– Elle a trois mois de retard sur le loyer et je ne loue pas aux adolescents. Alors soit je signe un nouveau bail avec une personne de vingt et un ans, soit tu vas devoir déménager.

– Mon père lui envoie l'argent tous les mois. Qu'est-ce que c'est que cette histoire ?

– Janean a dit qu'il avait cessé de payer ces derniers mois. Il se trouve que M. Renaldo cherche quelque chose de plus grand, alors j'ai pensé que j'allais pouvoir lui proposer...

– Gary Shelby, vous n'êtes qu'un connard.

– Les affaires sont les affaires. J'ai déjà envoyé deux avertissements à ta mère. Tu as certainement de la famille ailleurs. Tu ne peux pas rester toute seule ici, tu n'as que seize ans.

– J'ai eu dix-neuf ans la semaine dernière.

– Peu importe, tu dois en avoir vingt et un. C'est la loi. Sans compter qu'il faut payer régulièrement son loyer.

Je suis sûre que ces processus d'expulsion doivent passer par les tribunaux avant qu'il ne puisse me jeter dehors, mais à quoi bon, alors que je n'ai aucune envie de rester ici ?

– J'ai combien de temps ?

– Je te donne la semaine.

La semaine ? J'ai vingt-sept dollars en poche et nulle part où aller.

– Vous ne pouvez pas me laisser deux mois ? Je pars pour l'université en août.

– Ça aurait été possible si tu n'avais pas déjà trois mois de retard. Là, on en arriverait à cinq et je n'ai pas les moyens d'offrir près d'une demi-année de loyer à qui que ce soit.

– Espèce de connard, sifflé-je entre mes dents.

– Tu te répètes.

Je parcours mentalement une liste d'amis potentiels chez qui je pourrais passer les deux mois à venir, mais Natalie est partie pour la fac dès qu'on a obtenu nos diplômes, afin de commencer les cours d'été. Quant au reste de mes amis, soit ils ont laissé tomber les études pour devenir des sortes de Janean à leur tour, soit leur famille les en a empêchés.

Il y a Becca, mais elle a ce beau-père chelou... je préférerais encore vivre avec Gary que de me retrouver avec ce type.

Il ne me reste qu'une dernière solution.

– J'ai besoin de votre téléphone.

– Il est tard. Je te le prêterai demain.

Je passe devant lui et descends les marches.

– Vous auriez pu attendre l'enterrement pour me dire que je suis une sans-abri !

Je traverse sous la pluie le chemin qui mène à sa maison. Gary est la dernière personne de ce parc de caravanes qui possède encore une ligne téléphonique, et comme la plupart d'entre nous sommes trop pauvres pour nous payer un portable, tout le monde se sert de celui de Gary. Du moins quand on a payé son loyer et qu'on n'essaie pas de l'éviter. Voilà près d'un an que je n'ai plus appelé mon père, mais je n'ai pas oublié son numéro, qui n'a pas changé depuis huit ans. Il m'appelle au travail au moins une fois par mois mais, la plupart du temps, je ne réponds pas. Je ne vois pas ce que je pourrais raconter à un homme que je connais à peine. Je préfère éviter les mensonges genre :

– Maman va bien. Le lycée va bien. Le travail va bien. La vie va bien.

Je déglutis en ravalant ma fierté et compose son numéro. Je m'attends à tomber sur le répondeur, mais non, mon père décroche :

– Ici Brian Grim, lâche-t-il d'une voix cassée.

Je l'ai réveillé.

Je m'éclaircis la gorge :

– Euh... salut papa.

– Beyah ?

Maintenant qu'il sait que c'est moi, il semble beaucoup plus alerte et inquiet.

– Qu'est-ce qui se passe ? reprend-il. Tout va bien ?

Janean est morte. J'ai ça sur le bout de la langue, pourtant je n'arrive pas à le dire. Il connaissait à peine ma mère. Voilà trop longtemps qu'il est venu ici ; la dernière fois qu'il a posé les yeux sur elle, c'était encore une jolie femme, qui n'avait rien de l'être squelettique et vacillant qu'elle allait devenir.

– Oui, dis-je alors. Je vais bien.

– Pourquoi appelles-tu à cette heure-ci ? Qu'est-ce qu'il y a ?

– J'ai travaillé tard et je ne trouve pas toujours un téléphone.

– C'est pour ça que je t'ai envoyé ce portable.

Il m'a envoyé un portable ?

Je préfère ne pas lui poser la question, certaine que ma mère l'a vendu pour les saloperies qui traînent maintenant dans ses veines froides.

– Écoute, papa, je sais qu'on ne s'est pas vus depuis un bout de temps, mais je me demandais si je ne pourrais pas venir te voir avant de commencer l'université.

– Évidemment, répond-il sans hésitation. Dis-moi quel jour et j'achète le billet.

Je jette un coup d'œil vers Gary ; il se trouve à quelques pas de là, en train de lorgner mes seins. Alors je me détourne.

– Demain, ce serait possible ?

Un court silence s'ensuit puis j'entends un mouvement au bout du fil, comme s'il sortait de son lit.

– Demain ? Tu es sûre que tout va bien, Beyah ?

Fermant les yeux, je bascule la tête en arrière avant de lui mentir encore :

– Oui. Janean vient de... Je dois faire une pause. Et tu me manques.

Il ne me manque pas du tout. Je le connais à peine. Mais je suis prête à tout pour m'échapper d'ici au plus vite. J'entends les doigts de mon père en train de taper sur un clavier et il se met à marmonner les horaires et les noms de compagnies aériennes.

–Je peux te prendre un vol United pour Houston, demain matin. Il faut que tu sois à l'aéroport dans cinq heures. Combien de jours veux-tu rester ?

–Houston ? Pourquoi Houston ?

–Je vis au Texas, maintenant. Depuis un an et demi.

C'est sans doute le genre de chose qu'une fille devrait savoir sur son père. Au moins, il n'a pas changé de numéro de téléphone.

–Ah oui, j'avais oublié, dis-je en me grattant la nuque. Tu pourrais juste me prendre un aller simple pour le moment ? Je ne sais pas trop combien de temps je vais rester. Peut-être plusieurs semaines.

–D'accord, je m'en occupe tout de suite. Une fois à l'aéroport, va voir un agent de United pour qu'il imprime ta carte d'embarquement. Je t'attendrai au retrait des bagages à ton arrivée.

–Merci.

Je coupe la communication sans lui laisser le temps d'ajouter quelque chose. Lorsque je me retourne, Gary me désigne la porte du pouce.

–Je peux te conduire à l'aéroport, mais pas gratuitement.

Son sourire me soulève le cœur. Lorsque Gary Shelby propose de rendre service à une femme, ce n'est pas pour de l'argent.

Si je dois accorder une faveur à quelqu'un pour ce trajet, je préférerais qu'il s'agisse de Dakota.

Je connais Dakota et, même si je le méprise, c'est quelqu'un de fiable.

Je reprends le téléphone et compose son numéro. Mon père a dit que je devais être à l'aéroport dans cinq heures, mais si j'attends, Dakota risque de s'endormir et de ne pas répondre à mon appel. Je dois profiter de la situation tant que ça reste possible.

À mon grand soulagement, il décroche :

–Sérieux, Beyah ? On est en pleine nuit.

Pas un *allô*, ni un *bonjour*, ni un *tout va bien* ? Je m'éclaircis la gorge :

–Il faut que j'aille à l'aéroport.

Il se met à marmonner que je n'arrête pas de l'embêter. C'est complètement faux. Peut-être que je ne représente qu'une transaction pour lui, mais il semble ne pas s'en lasser.

Il a dû s'asseoir car j'entends son lit craquer.

– Je n'ai pas d'argent, maugrée-t-il.

– Ce... ce n'est pas pour ça que je t'appelle. J'ai besoin qu'on m'emmène à l'aéroport. S'il te plaît !

– Donne-moi une demi-heure, grogne-t-il.

Et il raccroche. Moi aussi.

Je passe devant Gary et m'arrange pour claquer la porte en sortant.

Avec les années, j'ai appris à ne pas faire confiance aux hommes. La plupart de ceux auxquels j'ai eu affaire sont comme Gary Shelby. Buzz, ça va, mais je n'oublie pas qu'il est le père de Dakota. Ce Gary Shelby en plus beau et plus jeune.

Il paraît qu'il existe des hommes bien, pourtant je commence à me demander si ce n'est pas un mythe. La plupart ont l'apparence de Dakota mais, sous toutes ces couches d'épiderme, une maladie coule dans leurs veines.

De retour chez moi, j'examine ma chambre, à la recherche de ce que je pourrais vouloir emporter. Je ne possède pas grand-chose qui vaille la peine de m'encombrer ; je récupère quelques vêtements de rechange, ma brosse à cheveux, ma brosse à dents, entasse le tout dans mon sac à dos.

Avant de passer la porte d'entrée pour attendre Dakota, je prends le tableau de mère Teresa, que j'emballe dans un sac de supermarché.

CHAPITRE 2

Une mère décédée, une escale à Orlando et quelques heures de retard à cause de la météo plus tard, je suis arrivée.

Au Texas.

Dès que je descends de l'avion, je me sens fondre comme du beurre dans la chaleur de cette fin d'après-midi.

Je suis machinalement les panneaux menant à la zone de retrait des bagages pour retrouver ce père dont je suis à moitié issue et que je connais à peine.

Je ne garde aucun mauvais souvenir de lui. En fait, les quelques étés passés dans sa maison restent parmi les meilleurs souvenirs de mon enfance.

Mes sentiments négatifs proviennent plutôt des expériences que je *n'ai pas* connues avec lui.

Plus je grandis, plus je me rends compte du peu de mal qu'il s'est donné pour faire partie de ma vie. Parfois, je me demande à quel point je serais différente si j'avais passé plus de temps avec lui qu'avec Janean.

Serais-je quand même devenue cet être méfiant et sceptique si j'avais connu davantage de moments heureux ?

Peut-être. Ou pas. J'en viens à croire que les personnalités sont plus marquées par le négatif que par le positif.

Le positif ne s'enfonce pas aussi profondément dans la peau que le négatif, qui peut tant vous salir l'âme. Au point qu'on n'arrive plus à l'effacer ; j'ai l'impression que les gens voient tout ce que j'ai pu subir rien qu'en me regardant.

Les choses auraient pu être si différentes pour moi si positif et négatif avaient pesé le même poids dans mon passé ; malheureusement, ce n'est pas le cas. Je pourrais compter sur mes dix doigts les moments positifs que j'ai vécus, tandis qu'il faudrait plus que ceux de tous les gens présents dans cet aéroport pour compter les préjudices que j'ai subis.

Il m'a fallu du temps pour m'immuniser contre le négatif. Pour bâtir ce mur qui me protège le cœur des gens comme ma mère. Des types comme Dakota.

Désormais, je suis en acier. *Vas-y, le monde, attaque-moi. Je suis imperméable.*

Arrivée au coin d'un couloir, j'aperçois mon père derrière la vitre de la zone de sécurité et m'arrête. Je vérifie ses deux jambes.

Voilà quinze jours que j'ai terminé mes études secondaires et, si je ne comptais pas le voir assister à ma remise de diplôme, quelque part, je l'espérais quand même. Mais, une semaine auparavant, il a laissé un message sur mon lieu de travail pour m'annoncer qu'il s'était cassé la jambe et ne pourrait donc pas effectuer le voyage jusqu'au Kentucky.

Apparemment, ça ne semble pas être le cas.

Encore heureux que je sois imperméable car ce mensonge est sans doute le genre de chose qui aurait dû me faire mal.

Il fait les cent pas devant le carrousel à bagages, sans aucune béquille. Je ne suis pas médecin, mais à mon avis, il faut plusieurs semaines pour se remettre d'une fracture. Au moins, il devrait boiter un peu.

Je regrette déjà d'être venue, alors qu'il ne m'a pas encore aperçue.

Tout s'est passé si vite, ces dernières vingt-quatre heures, que je n'ai pas eu le temps d'absorber tant de changements. Ma mère est morte, je ne remettrai jamais les pieds dans le Kentucky et je vais devoir passer les prochaines semaines chez un homme avec qui j'ai vécu moins de deux cents jours depuis ma naissance.

Mais j'y arriverai.

Il le faut.

Mon père se redresse à l'instant où je franchis le seuil de la zone sécurisée. Il s'immobilise, les mains dans les poches ; je le sens nerveux et, je l'avoue, ça me fait plaisir. Je voudrais qu'il s'en veuille de s'être si peu impliqué dans ma vie.

Je veux prendre les affaires en main cet été. Impossible de m'imaginer vivre avec un homme qui se croirait capable de rattraper le temps perdu en me chouchoutant. Je préférerais qu'on se contente de cohabiter sans se parler jusqu'à mon départ pour l'université, en août.

On se dirige l'un vers l'autre. Il a fait le premier pas, alors je m'arrange pour effectuer le dernier. On ne se serre pas dans les bras car je porte mon sac à dos et tous mes bagages à main, y compris le portrait de mère Teresa. Je préfère laisser assez d'espace entre nous afin qu'il ne me touche pas. Je n'aime pas ça, pas plus que les étreintes et les sourires forcés.

Comme les étrangers que nous sommes, qui ne partagent que leur nom de famille et un peu d'ADN, on se contente de se saluer de la tête.

– Waouh ! lance-t-il en me regardant. Tu as grandi ! Te voilà si belle, si grande... et...

– Et toi, tu as... vieilli.

Ça le fait rire, sans doute parce que c'est vrai. Ses cheveux noirs sont parsemés de mèches blanches, son visage s'est un peu rempli. Il a toujours été beau, mais la plupart des filles diraient la même chose de leur père. Seulement, maintenant que je suis adulte, je dois constater que c'est la vérité. Nul ou pas, c'est un très bel homme.

Pourtant, il a un peu changé et ça n'a rien à voir avec l'âge. Je ne sais pas d'où ça vient, ni si ça va me plaire.

– Combien de valises as-tu ? demande-t-il.

– Trois.

Le mensonge m'a tout de suite échappé. Je m'étonne parfois de mes propres affabulations. Encore un mécanisme de défense dû à mon enfance avec Janean.

– Trois grandes valises rouges. Je compte rester quelques semaines, alors j'ai tout apporté.

Le signal sonore retentit et le tapis se met à rouler. Mon père se dirige vers l'entrée des bagages tandis que je remonte la sangle de mon sac à dos où se trouve tout ce que j'ai apporté.

Je ne possède même pas de valise, alors trois rouges... mais s'il croit que l'aéroport a perdu mes bagages, peut-être proposera-t-il de remplacer mon inexistante garde-robe.

Bon, ce n'est pas très élégant de ma part. Mais, de son côté, il n'a pas la jambe cassée, alors ça nous met à égalité. *Un mensonge pour un mensonge.*

On attend quelques minutes dans un silence gênant ces valises qui ne viendront jamais.

Je lui annonce que je voudrais me rafraîchir un peu et m'offre une bonne dizaine de minutes aux toilettes. Je me suis changée avant de monter dans l'avion, préférant une robe d'été froissée à ma tenue de boulot, et je me contemple maintenant dans la glace.

Je ne ressemble pas beaucoup à mon père ; j'ai plutôt hérité des ternes cheveux bruns de ma mère mais tout de même de ses yeux verts à lui, et aussi de sa bouche. Janean avait des lèvres minces, quasi invisibles. Au fond, mon père m'a bel et bien légué un peu plus que son nom. Jusqu'ici, je n'avais jamais pensé que j'avais pu hériter quelques traits de mes parents. Je n'avais pas l'impression de faire partie de leur famille, comme si je m'étais adoptée quand j'étais petite et que j'étais livrée à moi-même depuis. Cette visite à mon père n'est jamais qu'une... visite. Je n'ai pas l'impression de rentrer chez moi, ni d'en être jamais partie.

Un chez-moi demeure donc un endroit mythique que j'ai cherché toute ma vie.

Lorsque je sors des toilettes, tous les autres passagers sont partis et mon père se trouve à un comptoir, en train de remplir des papiers.

– Aucun bagage n'est enregistré sur ce billet, observe l'employé. Avez-vous reçu un ticket ?

Mon père m'interroge du regard et je hausse les épaules d'un air innocent.

– J'étais en retard, alors c'est maman qui les a déclarés pendant que je faisais imprimer mon billet.

Je m'éloigne du comptoir, l'air de m'intéresser à une affiche au mur. L'employé déclare qu'il nous tiendra au courant dès qu'on les aura retrouvés.

Mon père vient me rejoindre et me désigne la sortie :

– La voiture est garée là.

*

* *

Au bout de quinze kilomètres, le GPS annonce qu'on en a encore une centaine à parcourir. La voiture sent l'après-rasage et le sel.

– Une fois que tu seras installée, Sara pourra t'emmener faire les boutiques pour que tu achètes ce dont tu auras besoin.

– Sara ? Qui est-ce ?

Mon père me jette un coup d'œil surpris, comme si je plaisantais.

– La fille d'Alana.

– Alana ?

Les lèvres crispées, il se retourne vers la route.

– Ma femme. Je t'ai envoyé une invitation au mariage l'été dernier. Tu as répondu que tu ne pouvais pas quitter ton travail.

Ah, *cette* Alana. Je ne sais rien d'autre d'elle que ce qui était imprimé sur le carton.

– J'ignorais qu'elle avait une fille.

– Bon, c'est vrai qu'on ne s'est pas beaucoup parlé, cette année.

Il dit ça comme s'il avait quelque chose à me reprocher.

J'espère que j'ai mal interprété car je ne vois en aucune façon ce qu'il pourrait trouver à redire. C'est lui, le parent. Je ne suis que le résultat de ses mauvais choix et d'une absence de contraception.

– On a beaucoup de choses à se dire, ajoute-t-il.

Il ne sait pas à quel point...

– Sara a des frères et sœurs ? dis-je en implorant le ciel que non.

Déjà, je suis choquée à l'idée de passer l'été avec quelqu'un en plus de mon père. Je ne supporterai pas davantage de tension.

– Elle est fille unique, étudiante en première année de fac ; elle passe l'été chez elle. Tu vas l'adorer.

On verra. J'ai lu Cendrillon.

Il se penche vers la clim.

– Tu trouves qu'il fait chaud ici ? Ou trop froid ?

– Ça va.

J'aimerais qu'il mette de la musique. Je suis mal à l'aise en sa présence.

– Comment va ta mère ?

Je me raidis à cette question :

– Elle...

Je ne sais comment lui dire ça. J'ai trop attendu, maintenant ça va paraître bizarre que je n'aie rien annoncé dès hier au téléphone. Ou, au moins, quand je l'ai retrouvé à l'aéroport.

– Elle va mieux que depuis longtemps.

Je me penche vers le côté du siège pour abaisser mon dossier mais, à la place du levier, je trouve une quantité de boutons ; j'appuie dessus jusqu'à ce qu'il commence à s'incliner.

– Tu me réveilles quand on arrive ?

Il fait oui de la tête et je me sens un peu mal à l'aise mais je ne sais combien de temps encore va durer ce trajet, alors que j'ai juste envie de fermer les yeux et de m'endormir pour éviter des questions auxquelles je risque de ne pas savoir répondre.

CHAPITRE 3

Un violent choc me secoue la tête et me réveille en sursaut.

–C'est le ferry Titan, annonce mon père. Désolé, ça secoue toujours un peu sur la passerelle.

Un peu décontenancée, je lève les yeux vers lui, et puis tout me revient.

Ma mère est morte hier soir. Mon père n'en sait rien. J'ai une demi-sœur et une belle-mère.

Je regarde par la fenêtre, mais des rangées de voitures me bouchent la vue dans toutes les directions.

–Qu'est-ce qu'on fait sur un ferry ?

–Il y a des travaux sur l'autoroute ; à cette heure de la journée, on rejoint plus vite Port Bolivar par la mer.

–Mais où est-ce que ça nous mène ?

–Là où se trouve la résidence d'été d'Alana. Tu vas adorer.

–Une résidence d'été ? Tu as épousé quelqu'un qui possède ce genre de propriété ?

Il a un petit rire amusé.

Voilà deux ans, quand j'ai passé mes vacances chez lui, il habitait un appartement d'une pièce dans l'État de Washington, et je dormais dans le canapé. Maintenant, il a une épouse et plusieurs maisons ?

Je le dévisage un instant et comprends pourquoi il me paraît si différent. Ce n'est pas l'âge. *C'est l'argent.* Lui qui n'a jamais été riche. Même pas un peu. Il gagnait juste ce qu'il faut pour élever son enfant et se payer un studio de célibataire, quitte à faire des économies en se coupant lui-même les cheveux et en utilisant plusieurs fois un gobelet en plastique.

À présent, il me semble évident que ses petits changements proviennent de son argent. Il va chez le coiffeur, s'achète des vêtements de marque, une voiture avec des boutons plutôt que des poignées.

Et là, j'aperçois au centre de son volant un félin bondissant.

Mon père conduit une Jaguar.

Je sens mon visage grimacer, si bien que je me détourne vers la fenêtre pour qu'il ne voie pas ma répulsion.

– Tu es riche, maintenant ?

Il se remet à rire et je déteste ce son condescendant.

– J'ai obtenu une promotion voilà quelques années, mais pas du genre à me permettre d'acheter des résidences d'été. Le divorce d'Alana lui a procuré quelques avantages ; en même temps, elle est dentiste, alors elle s'en tire bien.

Dentiste.

La vie est dure.

J'ai grandi dans une caravane avec une mère droguée et voilà que je vais m'offrir un été dans une maison au bord de l'océan avec une belle-mère qui a passé un doctorat, ce qui signifie que sa gamine est pourrie gâtée et que nous n'avons aucun point commun. J'aurais dû rester dans le Kentucky.

Je ne suis déjà pas à l'aise avec les gens, alors encore moins avec ceux qui ont de l'argent. Il faut que je sorte de cette voiture. Il me faut un moment pour me reprendre.

Je me redresse sur mon siège afin de vérifier par la fenêtre si d'autres gens quittent leur véhicule. C'est la première fois de ma vie que je me retrouve au bord de la mer, car mon père vivait avant à Spokane, plus près de la frontière canadienne que de l'océan. Jusqu'ici, je n'ai mis les pieds que dans deux États : celui de Washington, et le Kentucky.

– On a le droit de sortir ?

– Oui, répond-il. Il y a une terrasse panoramique là-haut. La traversée dure environ un quart d'heure.

– Tu descends ?

Il sort son téléphone en secouant la tête :

– Je dois passer quelques coups de fil.

J'ouvre la portière, sors et observe un instant l'arrière du ferry, bondé de familles qui jettent des miettes de pain aux mouettes ; il y a également une foule à l'avant, ainsi que sur la terrasse panoramique, alors je m'éloigne de la Jaguar pour que mon père ne me voie plus. L'autre bord du bateau semble désert, si bien que je me faufile entre les voitures.

Arrivée devant la rambarde, j'agrippe la main courante et me penche afin de contempler l'océan pour la première fois de ma vie.

Si la clarté avait une odeur, ce serait celle-là.

Jamais je n'ai respiré un air si pur. Je ferme les yeux pour inhaler encore plus profondément cet air salé ; à croire qu'il efface l'atmosphère viciée du Kentucky qui tapisse mes poumons.

La brise soulève mes cheveux, alors je les réunis et les enroule avant de les fixer avec un chouchou que je porte depuis le matin autour du poignet.

Les yeux tournés vers l'ouest, je regarde le ciel qui commence à se teinter de rose, d'orange et de rouge. J'ai vu mille fois le jour tomber mais jamais avec un soleil juste séparé de moi par l'océan et une petite parcelle de terre. On dirait qu'il flotte au-dessus de la terre comme une flamme mouvante.

C'est la première fois qu'un coucher de soleil me produit un tel effet ; j'en ai les larmes aux yeux.

Dire que je n'en ai pas encore versé une pour ma mère, alors que je me laisse ainsi émouvoir par une scène si courante de la nature.

Je ne peux pas m'en empêcher. Tant de couleurs qui tourbillonnent dans le ciel, comme si la terre écrivait un poème sur les nuages, pour transmettre sa reconnaissance à ceux qui en prennent soin.

J'inhale une autre bouffée d'air, dans l'espoir de m'emplir à jamais de cette sensation, de cette odeur et du cri des mouettes. J'ai peur que tout ça ne s'efface peu à peu. Je me suis toujours demandé si les gens qui vivaient au bord de la mer l'appréciaient moins que ceux qui ont pour vue le jardin miteux de la maison qu'ils louent.

Apparemment, tout le monde n'est pas comme moi. Quelques personnes admirent le paysage mais la plupart restent dans leur voiture.

Si je dois passer tout l'été avec de tels spectacles, est-ce que moi aussi je finirai par m'en lasser ?

À l'arrière du ferry, quelqu'un crie qu'il y a des dauphins et, si j'adorerais en voir, je goûte également l'idée de me retrouver une fois de plus loin de la foule. Tout le monde se masse comme des insectes dans la lumière d'un soir de juin.

J'en profite pour filer à l'avant, désert, complètement isolé des voitures.

J'aperçois à mes pieds un morceau de pain de mie à moitié entamé. C'était sans doute ce que les enfants jetaient aux mouettes. Quelqu'un a dû en laisser tomber un peu en se précipitant pour aller voir les dauphins.

Mon estomac se met à gargouiller immédiatement ; je n'ai presque rien mangé depuis vingt-quatre heures, à part un sachet de bretzels dans l'avion. Sinon mon dernier repas remonte au déjeuner d'hier au boulot, et encore, j'ai juste avalé quelques frites.

Je regarde autour de moi pour m'assurer que personne ne traîne dans les parages, et puis je ramasse le pain de mie, en prends une tranche et repose le paquet par terre.

Adossée à la balustrade, je la mange par petits morceaux, lentement, comme toujours.

On a tort de croire, du moins dans mon cas, que les gens pauvres engloutissent la nourriture quand ils en trouvent. Moi, je l'ai toujours savourée car je ne savais pas quand je pourrais en manger de nouveau. En grandissant, quand j'arrivais au bout d'un sachet de pain, je faisais durer la dernière tranche toute la journée.

Il va falloir que je m'habitue à autre chose cet été, surtout si la nouvelle épouse de mon père fait la cuisine. Ils prennent sans doute leurs repas ensemble. Ça va me faire drôle.

Dire que je vais devoir m'habituer à manger régulièrement...

J'avale un autre morceau de pain puis me retourne pour examiner le ferry. Il y a écrit TITAN sur le côté du pont supérieur en grosses lettres blanches. Quelques personnes traînent devant, à contempler la mer. Les dauphins doivent avoir disparu.

Parmi eux, mon attention est attirée par un type qui tient un appareil photo, l'air de complètement penser à autre chose. La sangle n'est même pas enroulée à son poignet. À croire qu'il a tout ce qu'il faut chez lui pour le remplacer s'il le laissait tomber.

L'objectif est pointé vers moi. Du moins, c'est l'impression que ça me donne.

Je l'observe encore, il n'a pas changé de position ; bien qu'il se trouve au niveau supérieur du ferry, mon instinct de défense se met aussitôt en alerte. Comme chaque fois que je trouve quelqu'un attirant.

Dans un sens, il me rappelle les garçons du Kentucky qui reviennent au lycée après avoir passé un été brûlant dehors, à la ferme, le teint hâlé, la chevelure striée de mèches décolorées par le soleil. Je me demande de quelle couleur sont ses yeux.

Non. Je ne me le demande pas. Je m'en fiche. L'attirance mène à la confiance qui mène à l'amour, choses dont je ne veux pas entendre parler. J'ai appris à rembarrer plus vite qu'à me laisser attirer. Comme un interrupteur, à peine m'a-t-il attirée que je le trouve déplaisant.

De ma place, je n'arrive pas à interpréter son regard. Je ne sais pas trop comment décrypter les gens de mon âge, car je n'ai jamais eu beaucoup d'amis, encore moins parmi les gens riches.

J'examine un instant ma robe, fripée, délavée, mes tongs que j'ai réussi à garder intactes pendant deux ans, la demi-tranche de pain qui me reste dans la main.

D'un seul coup, la présence de ce mec me dérange.

Depuis combien de temps prend-il des photos de moi ?

M'a-t-il surprise en train de voler la tranche de pain ? M'a-t-il photographiée en train de la manger ?

Compte-t-il la publier sur Internet pour qu'elle devienne virale comme ces clichés cruels de gens au supermarché ?

Confiance, amour, attirance, déception : j'ai appris à me protéger de ces sensations, mais on dirait que je ne suis pas encore venue à bout de la gêne. Elle m'enveloppe des pieds à la tête d'une vague de chaleur intense.

Il y a toutes sortes de gens dans ce bateau. Les vacanciers avec leur Jeep, en tongs et la peau brillante de crème solaire. Les hommes d'affaires, en costard, toujours assis dans leur voiture. Et puis il y a moi. La fille qui ne peut pas se payer de voiture ni de vacances.

Je n'ai rien à voir avec ces passagers de luxe. Le type à l'appareil photo me dévisage encore. Peut-être qu'il se demande ce que je fiche sur ce ferry, parmi tous ces gens, alors que je porte des fringues pourries et que je me débats entre mes impasses, mes ongles noirs et mes petits secrets.

En face de moi, une porte s'ouvre sur une zone protégée du ferry ; je me précipite, me glisse à l'intérieur, me faufile dans les toilettes sur ma droite, tire le verrou derrière moi.

Je me regarde dans la glace. Je suis toute rouge et me demande si ça vient de ma gêne ou de l'intense chaleur du Texas.

J'ôte l'élastique de mes cheveux, essaie de les recoiffer avec mes doigts.

Je n'arrive pas à croire que j'aie une tête pareille, alors que je vais faire connaissance avec la nouvelle famille de mon père. Ce sont sans doute des femmes qui passent leur temps entre salons de coiffure et manucures, sans compter les médecins chargés de lisser leurs imperfections. Elles doivent s'exprimer dans une langue parfaite et sentir bon le gardénia. Alors que je suis pâle et moite, et que je dois sentir un mélange de moisi et de friture McDonald's.

Je jette le reste de mon pain à la poubelle puis me regarde de nouveau dans la glace mais n'y vois toujours que la pire version de moi-même. Peut-être que la perte de ma mère m'affecte plus que je ne veux l'admettre. J'ai sans doute appelé mon père un peu trop vite, car je n'ai pas envie de vivre ici.

Mais là-bas non plus.

En fait, j'ai du mal à vivre.

Point.

Je remonte mes cheveux en soupirant, rouvre la lourde porte métallique qui claque bruyamment derrière moi. J'avance à peine de deux pas avant de m'arrêter lorsque quelqu'un se détache du mur de l'étroit corridor pour me bloquer la sortie.

Et je me retrouve à fixer l'expression impénétrable du type à l'appareil photo. Il me contemple comme s'il savait que je me trouvais là et venait à ma rencontre.

Maintenant que je suis plus près de lui, je me rends compte que je me trompais sur son âge. En fait, il semble bien avoir quelques années de plus que moi. À moins que la richesse ne vous fasse paraître plus vieux. En tout cas, il respire la confiance en soi, il sent l'argent à plein nez. Je ne le connais pas mais je sais déjà que je le déteste.

Au moins autant que tous ceux de son espèce. Il croit pouvoir prendre en photo une fille pauvre et vulnérable en train de vivre un moment difficile, en brandissant son appareil comme l'enfoiré qu'il est.

J'essaie de le contourner pour rejoindre la sortie, mais il fait un pas pour me barrer le passage. Ses yeux (d'un bleu pâle hallucinant, dommage) parcourent mon visage et je déteste l'idée qu'il se trouve aussi près de moi. Il jette un coup d'œil par-dessus son épaule pour s'assurer que nous sommes bien seuls puis dépose discrètement quelque chose dans ma paume. Un billet de vingt dollars, plié en deux.

Comprenant où il veut en venir, je relève la tête. Nous nous trouvons devant des toilettes. Il sait que je suis pauvre.

Il s'imagine que je suis assez désespérée pour l'attirer là-dedans et gagner l'argent qu'il vient de me glisser dans la main.

En quoi mon attitude laisse-t-elle entendre une chose pareille ? Qu'est-ce qui donne cette impression ?

Ça m'exaspère tellement que je froisse le billet et le lui jette à la figure, mais il s'esquive souplement.

Alors je lui arrache son appareil des mains, le retourne, à la recherche de la carte mémoire que j'enlève avant de le lui lancer. Sauf qu'il ne l'attrape pas et qu'il tombe par terre dans un épouvantable fracas. Un petit bout s'est détaché et roule à mes pieds.

– Putain ! s'écrie-t-il en se penchant pour le ramasser.

Je me retourne pour prendre la fuite mais tombe alors sur quelqu'un d'autre. Comme s'il ne suffisait pas que je me retrouve coincée dans un couloir avec un type qui vient de me remettre vingt dollars pour que je lui fasse une pipe, maintenant ils sont deux. Le deuxième n'est pas aussi grand que celui à l'appareil photo mais ils dégagent le même parfum. De golf. *Parce que ça sent quelque chose, le golf ?* Sans doute. J'en ferais bien des bouteilles pour les vendre à ce genre de connards.

Lui aussi est bronzé, mais ça semble un peu plus naturel que chez son camarade. Il porte une chemise noire avec les lettres HISPANIC dessus, en deux mots, *his panic.*

Ça m'amuse mais je cherche tout de même à détaler.

– Désolé pour ton appareil, Marcos, lui lance le premier type.

– Qu'est-ce qui lui est arrivé ? demande celui-ci.

Un court moment, j'ai l'impression que ce Marcos aurait pu voir notre échange et tenter d'intervenir, sauf qu'il semble plus se soucier de l'appareil que de moi.

Je m'adosse au mur en espérant pouvoir me faufiler en douce vers la sortie.

Mais le type qui a pris la photo tend une main désinvolte vers moi :

– On s'est rentrés dedans et je l'ai lâché.

Marcos m'examine puis revient vers le connard aux yeux bleus. Ils échangent un regard entendu – sans dire un mot. Comme s'ils communiquaient dans un langage silencieux auquel je ne comprends rien.

Marcos se glisse entre nous pour ouvrir la porte des toilettes.

– On se retrouve dans la voiture, le ferry accoste bientôt.

Et me voilà face au mec à la photo, alors que je n'ai qu'une seule envie : filer retrouver la voiture de mon père. Il semble essayer de réparer l'appareil de Marcos.

– Je ne te draguais pas, marmonne-t-il. Je t'ai vue prendre le pain et je me suis dit que tu pourrais en avoir besoin.

Comme il m'accorde maintenant toute son attention, j'étudie son expression, je guette ses mensonges. Je ne sais pas ce qu'il y a de pire – qu'il me fasse des avances ou qu'il s'apitoie sur mon sort.

Je m'apprête à lui répondre, à dire quelque chose d'intelligent, ou même n'importe quoi, mais je reste là, pétrifiée ; il y a quelque chose dans ce garçon qui me pénètre comme un laser.

Une sorte de gravité, que je pensais être seulement l'apanage de personnes comme moi, assombrit ses iris glacials. Que pourrait-il avoir connu de si terrible dans sa vie pour que je perçoive sa blessure ?

Je l'ignore, mais les gens blessés identifient ceux qui sont passés par là. C'est un peu comme un club dont personne ne voudrait faire partie.

– Je peux récupérer ma carte mémoire ? demande-t-il en tendant la main.

Pas question de lui rendre la photo qu'il a prise de moi sans ma permission. Je me penche pour ramasser le billet tombé par terre que je dépose dans sa paume.

– Voilà vingt balles. Tu pourras en acheter une autre avec.

Là-dessus, je me dirige vers la porte en serrant la carte dans ma main, sors et me faufile parmi les voitures, vers celle de mon père.

Comme il est en train de téléphoner, je grimpe discrètement à la place du passager et ferme la portière sans bruit. On dirait qu'il parle affaires avec un client. Je me tourne vers l'arrière pour glisser la carte dans mon sac à dos et, en me rasseyant, j'aperçois les deux types qui franchissent la porte.

Marcos est au téléphone et son copain inspecte encore l'appareil photo ; ils se dirigent vers une voiture proche de la nôtre. Je me tasse sur mon siège en espérant qu'ils ne me verront pas.

Ils grimpent dans une BMW non loin de nous. On ne voit plus que la moitié du soleil à l'horizon.

Mon père raccroche alors que le ferry accoste.

– Sara a vraiment hâte de faire ta connaissance, lance-t-il en démarrant. À part son petit copain, il n'y a pas beaucoup d'habitants dans la péninsule. Elle est surtout fréquentée par des vacanciers qui vont et viennent jour après jour. Ça va lui faire du bien d'avoir une amie.

Les véhicules commencent à sortir. Sans trop savoir pourquoi, je suis des yeux la BM qui nous dépasse. Cette fois, le type à l'appareil photo regarde dans notre direction.

Je tressaille lorsqu'il m'aperçoit.

Nos yeux se croisent mais il ne réagit pas. Et je n'aime pas que mon corps frémisse ainsi, alors je me détourne vers ma fenêtre.

– Comment s'appelle le petit ami de Sara ?

Je ne sais pas pourquoi mais tout en moi se prend à espérer qu'il ne s'agisse ni de Marcos ni de son abruti de copain aux beaux yeux.

– Marcos.

Évidemment.

CHAPITRE 4

La maison n'est pas aussi extravagante que je l'avais redouté, mais c'est quand même la plus jolie que j'aie jamais vue.

Elle est en bord de mer et est composée d'un étage, mais bâtie sur pilotis, comme toutes celles du voisinage. Il faut grimper deux escaliers pour arriver au rez-de-chaussée.

Avant de suivre mon père chez lui pour faire la connaissance de sa famille, je m'arrête sur les marches et contemple le paysage: océan et plage à perte de vue. L'eau semble vivante, en train de respirer. C'est à la fois magnifique et terrifiant.

En un sens, je commence à envier les gens qui vivent dans un tel environnement. Ce qui me rend d'autant plus amère à l'idée que certaines personnes n'auront jamais l'occasion de voir un tel paysage de toute leur vie.

Je me demande si ma mère a une seule fois vu l'océan. Elle est née et a vécu dans le Kentucky, dans la petite ville où elle est morte hier. Pour autant que je sache, elle n'a pas effectué un seul voyage à l'étranger ni n'est même allée en colonies de vacances. Ça m'attriste pour elle. Je ne me rendais pas compte de l'effet que produirait l'océan sur moi mais, maintenant que je l'ai vu, je voudrais que chaque être humain sur terre puisse en profiter.

Ça m'a l'air aussi important que de pouvoir manger ou se loger. Je ne trouverais même pas bizarre qu'on puisse organiser des voyages de charité afin que tout le monde en profite. C'est une nécessité. Comme des années de thérapie résumées en une seule vue.

– Beyah ?

Je me retourne et découvre une femme dans le salon, exactement telle que je l'imaginais, éclatante, les dents blanches, les ongles roses, les cheveux blonds, parfaitement coiffés.

Je grogne un peu, juste pour moi-même, mais j'ai bien peur de m'être un peu trop laissée aller car elle penche la tête de côté, en souriant quand même.

Moi qui m'attendais à devoir repousser des câlins, je suis arrivée avec le portrait de mère Teresa dans les bras en guise de rempart.

– Salut ! dis-je.

J'entre dans la maison. Ça sent bon le linge propre et le sel de mer. Ce qui me change des odeurs de cigarette et de moisi.

Comme elle ne peut me serrer contre elle, Alana semble hésiter sur la façon de m'accueillir. Mon père jette les clefs sur le rebord de la cheminée :

– Où est Sara ?

– J'arrive ! lance une voix haut perchée.

Des pas résonnent dans l'escalier et voilà qu'apparaît une autre Alana, en plus jeune, arborant un large sourire avec des dents presque plus blanches que celles de sa mère. Soudain, elle bondit, tape des mains en poussant un cri, et c'est franchement terrifiant.

– Oh là là, que tu es belle ! s'écrie-t-elle avant de me prendre la main. Viens, que je te montre ta chambre.

Sans me laisser le temps de répliquer, elle m'entraîne et je ne vois bientôt plus que sa queue-de-cheval qui se balance au rythme de ses pas sautillants. Elle porte juste un short en jean et un haut de bikini noir, et elle sent la noix de coco.

– On dîne dans une demi-heure ! annonce Alana dans l'escalier.

Arrivée à l'étage, Sara lâche ma main et ouvre une porte.

Je parcours ma nouvelle chambre des yeux, trois fois plus grande que la mienne, avec ses murs d'un bleu apaisant qui me rappellent l'océan, le dessus-de-lit blanc, garni d'une pieuvre bleue géante.

Le tout recouvert d'innombrables coussins.

Tout ça sent trop bon et paraît trop beau pour qu'on ose le toucher, pourtant Sara se jette dessus sans me quitter des yeux.

– Ma chambre est en face, annonce-t-elle. Mais la tienne a la plus belle vue de toute la maison.

Elle me désigne le balcon à doubles portes qui donne sur la plage.

Dans ce cas, pourquoi personne ne veut-il y dormir ? Les baigneurs doivent être trop bruyants dès l'aube. Sara saute du lit pour ouvrir une porte puis actionne l'interrupteur de la salle de bains.

– Pas de baignoire, mais la douche est très bien.

Elle ouvre une autre porte :

– Dressing. J'y ai encore laissé plein de trucs mais je vais les enlever cette semaine.

Et elle referme.

Je n'ai pas bougé, pas dit un mot depuis qu'on est là. Elle s'en charge pour nous deux. Elle se dirige vers la commode, ouvre le dernier tiroir. Rempli à ras bord.

– Le fourre-tout. Mais les trois autres sont vides.

Elle le referme, s'assied sur le lit.

– Alors ? Ça te plaît ?

Je hoche la tête.

– Bon. Je ne sais pas où tu habites en ce moment, mais j'espérais que tu n'aurais pas l'impression de rétrograder.

Elle prend une télécommande sur la table de nuit.

– Il y a tout dans chaque chambre. Netflix, Hulu, Prime. Tu peux utiliser nos comptes, ils sont à ta disposition.

Elle ne se rend pas compte qu'elle dit ça à une fille qui n'a jamais eu de télévision.

– Merci.

– Tu vas rester combien de temps ?

– Sais pas. Peut-être tout l'été.

– Waouh, génial !

Je serre les lèvres.

– Oui, génial.

Sara ne capte pas mon ironie. Elle sourit, ou ne fait que continuer. Je ne suis pas sûre qu'elle ait jamais arrêté.

– Tu peux t'installer, maintenant. Ranger tes affaires.

Je me dirige vers le placard, y glisse mon sac de supermarché, jette mon sac à dos par terre.

– C'est tout ce que tu as ? demande-t-elle.

– L'aéroport a perdu mes bagages.

– Oh, mince ! s'écrie-t-elle, l'air de compatir. Je vais te donner quelques vêtements jusqu'à ce qu'on puisse aller faire des courses.

Elle saute du lit et sort de la chambre.

J'ignore si son sourire est sincère mais ça me rend encore plus anxieuse. J'y croirais davantage si elle se montrait distante, voire désagréable.

Là, ça me rappelle plutôt ce que je ressens avec les camarades de mon lycée, celles que je surnomme les filles des vestiaires, sympa pendant le cours, devant le prof. Mais quand on se change, c'est une autre histoire. Avec Sara, je ne sais pas si on est en cours ou dans le vestiaire.

– Tu fais quelle taille ? crie-t-elle dans le couloir.

Je reviens vers ma porte et la vois fouiller dans un placard de la chambre voisine.

– Trente-huit, ou quarante ?

Je la vois hésiter, avant de se mettre à m'observer puis de faire non de la tête, l'air perplexe.

Ça me gêne de plus en plus. Je suis beaucoup trop maigre pour ma taille. Si j'allais chez un médecin, il me dirait que je suis sous-alimentée, mais j'espère que, d'ici l'automne, j'aurai pris un poids normal.

– Attends, dit-elle en revenant dans ma chambre, moi je ne fais pas du trente-huit, plutôt du quarante. Mais il y a quelques tee-shirts et deux robes qui devraient t'aller, même trop grands pour toi. Tu les prendras, le temps de récupérer tes bagages.

– Merci.

– Tu suis un régime ? Ou tu as toujours été aussi maigre ?

Je ne sais pas si elle cherche à être désagréable ou pas. Peut-être parce qu'elle ignore les raisons de mon état, si bien que j'y vois une insulte. Je secoue un peu la tête, pour clore cette conversation. J'ai envie de prendre une douche, de me changer, de me retrouver un peu seule. Elle n'a pas cessé de parler depuis que je suis là.

Elle ne s'en va pas, retourne s'asseoir sur mon lit, avant de carrément s'allonger sur le côté, appuyée sur un coude, la tempe posée sur une main.

– Tu as un copain ?

– Non.

– Ah bon. Je connais un type qui pourrait te plaire. Samson. Il habite à côté.

J'ai envie de lui dire qu'on verra plus tard, que les hommes sont tous des ordures, mais elle ne doit pas avoir le même genre de relation que moi avec eux. Jamais Dakota n'aurait proposé le moindre sou à une fille comme Sara. Il se serait juste jeté sur elle.

Elle se lève encore du lit, traverse la chambre pour ouvrir les rideaux.

– Tiens, c'est la maison de Samson, là, dit-elle en tendant le doigt. Il est super riche. Son père travaille dans le pétrole, ou quelque chose comme ça.

Elle pose son front sur la vitre :

– Oh là ! Viens voir.

Je la rejoins et regarde par la fenêtre. La maison de Samson est encore plus grande que celle où nous nous trouvons, mais assez voisine pour presque la toucher. Une lumière est allumée dans la cuisine.

– Tu as vu ? dit Sara. Il a une femme avec lui.

On voit en effet un type installé entre les jambes d'une fille assise sur l'îlot central. Ils s'embrassent. Quand ils se séparent, je pousse un léger soupir.

Samson, c'est le connard aux yeux bleus, le type qui voulait me payer vingt dollars pour que je le rejoigne dans les toilettes du ferry.

Dégueulasse.

Mais impressionnant. C'est un rapide. Il était sur le même ferry que moi et on est arrivés voilà juste dix minutes.

– C'est le mec que tu veux me présenter ? dis-je alors que sa langue attaque la nuque de sa partenaire.

– Ouais, marmonne Sara.

– On dirait qu'il est déjà pris.

– Pas du tout ! s'esclaffe-t-elle. Elle va bientôt partir. Samson ne se tape que des filles qui sont là pour un week-end.

Je me demande s'il a offert vingt dollars à celle-là.

– Il a l'air nul.

– C'est le gamin riche, pourri gâté typique.

Je ne comprends pas bien.

– Mais tu veux que je sorte avec lui ?

– Il est mignon, répond-elle en haussant les épaules. Et c'est un pote de mon copain. Ce serait sympa si on sortait tous ensemble. Parfois, il se sent un peu comme la cinquième roue du carrosse.

– Ce n'est pas mon problème, dis-je en m'éloignant de la fenêtre.

– Ouais, il a dit la même chose quand je lui ai expliqué que tu serais peut-être là tout l'été. Mais tu pourrais changer d'avis une fois que tu le connaîtras.

Je l'ai rencontré. Il ne m'intéresse pas.

– Je n'ai vraiment pas besoin d'un copain en ce moment.

– Attends ! Je ne voulais pas dire que tu devrais sortir avec lui comme ça. Juste... Tu sais, un copain pour l'été. Enfin, je comprends.

Elle soupire, comme si ça la rendait triste.

Et moi, j'attends qu'elle s'en aille pour me retrouver enfin seule. Elle me dévisage un instant et voilà qu'elle se lance dans une autre question, ou je ne sais quoi :

– Ma mère et ton père ne seront pas trop stricts, puisqu'on a terminé le lycée. Ils voudront juste savoir où on se trouve chaque fois, c'est-à-dire entre le jardin et la plage. On fait un feu tous les soirs et on traîne ensemble.

Cette fille en sait plus que moi sur l'autorité parentale de mon père. Je n'y avais pas encore réfléchi. Je sais qu'il s'appelle Brian, qu'il n'a pas de jambe cassée et que c'est un conseiller financier. C'est tout.

– Où est-ce que tu veux aller faire des courses demain ? Probablement à Houston, ici il n'y a qu'un supermarché.

– Ce sera très bien.

Elle se met à rire mais, quand elle s'aperçoit que je ne l'imite pas, elle s'interrompt en se mordillant les lèvres.

– Oh, tu dis ça sérieusement.

Elle s'éclaircit la gorge, l'air un peu gêné ; à croire qu'elle comprend d'un seul coup qu'on n'est pas du tout du même genre.

Je ne sais pas comment je vais survivre tout un été avec une fille qui se moque des supermarchés. Moi qui ai passé ma vie entre friperies et brocantes, j'y vois un énorme progrès. Sans trop savoir pourquoi, je me sens au bord des larmes.

Je ne vais pas pouvoir les retenir longtemps. Mon ancienne maison me manque déjà, ma mère toxico, mon frigo vide, mais aussi l'odeur des cigarettes, ce que je n'aurais jamais cru regretter un jour. Au moins elle était authentique.

Tandis que cette chambre sent la richesse, le confort et le raffinement. Que des odeurs falsifiées.

Je désigne la salle de bains :

– Je crois que je vais prendre une douche, maintenant.

Sara semble alors comprendre qu'elle doit partir.

– Dépêche-toi, parce que maman aime les repas en famille, le week-end.

En prononçant le mot *famille,* elle lève les yeux au ciel, puis elle sort en fermant la porte.

Complètement dépassée par les événements, je reste là, au milieu de cette chambre inconnue. Je ne me suis jamais sentie aussi seule qu'en ce moment. Au moins, dans la caravane avec ma mère, j'étais chez moi. On vivait ensemble, même si on ne s'entendait pas trop. On apprenait à naviguer et à vivre nos vies, à tisser nos existences l'une autour de l'autre, tandis qu'ici, je ne suis pas certaine de pouvoir tisser quoi que ce soit autour de ces gens. On dirait des murs de brique auxquels je vais me heurter à chaque tournant. Ça me rend claustrophobe.

J'ouvre une des portes du balcon, pose un pied dehors, mais dès que la brise m'effleure le visage, je me mets à pleurer. Je ne fonds pas en larmes discrètes, j'éclate en sanglots, avec vingt-quatre heures de retard.

Les coudes sur la balustrade, j'enfouis mon visage dans mes mains en essayant de me reprendre avant que Sara ne décide de revenir dans ma chambre. Ou pire, mon père.

Rien ne marche. Je ne fais que pleurer. Cinq bonnes minutes s'écoulent pendant lesquelles je reste à scruter la mer à travers un voile humide.

Il faut que je dise à mon père ce qui s'est passé cette nuit.

Je respire un peu, m'essuie les yeux et dois faire appel à toute ma volonté pour reprendre le contrôle de mes émotions. Le temps que mes yeux sèchent, je contemple l'océan au clair de lune, la plage sous mes pieds. La fille que Samson embrassait dans la cuisine vient de passer sur les dunes entre les deux maisons.

Elle se joint à un groupe assemblé autour d'un feu. Ados et jeunes gens qui ont tous l'air riches, tranquilles, à l'aise. Sara passe sans doute toutes ses soirées avec eux, ils doivent être ses amis. Encore des gens avec qui je n'ai aucun lien.

Je ne veux pas qu'on me voie pleurer, alors je regagne ma chambre.

J'aperçois quelque chose du coin de l'œil et m'immobilise sur le seuil.

Samson se tient tout seul sur le balcon voisin, en train de me dévisager d'un air impénétrable.

Je le fixe deux secondes, rentre dans la chambre et ferme la porte-fenêtre.

D'abord, il m'a vue en train de manger du pain sur le pont d'un ferry. Alors il m'a donné de l'argent et je ne sais toujours pas trop pourquoi. Puis je découvre qu'il est mon nouveau voisin pour l'été.

Et voilà qu'il est témoin de ma première crise depuis des années.

Génial.
Putain d'été.
Putains de gens.
Putain de vie, pire que jamais.

CHAPITRE 5

J'avais douze ans à mon premier baiser.

C'était un samedi matin. J'étais devant la cuisinière, sur le point de préparer des œufs brouillés. Je n'avais pas entendu ma mère rentrer la veille au soir, si bien que je me croyais seule à la maison. Je venais de casser deux œufs dans une poêle lorsque j'ai entendu la porte de sa chambre s'ouvrir.

Un inconnu est apparu, ses bottes à la main. Il s'est arrêté net en m'apercevant.

Je ne l'avais jamais vu. Ma mère passait d'une relation à l'autre. Je faisais mon possible pour rester en dehors de sa vie, toujours entre coups de foudre et ruptures. Toujours en plein drame.

Je n'oublierai jamais la façon dont il m'a examinée, lentement, des pieds à la tête, tel un homme affamé devant un repas. C'était la première fois que quelqu'un me dévisageait ainsi, et ça m'a donné la chair de poule. Aussitôt, je me suis mise à mélanger les œufs.

– Tu ne dis pas bonjour ? m'a demandé le type.

Je n'ai pas répondu, espérant qu'il me trouve malpolie et préfère s'en aller. Mais non, il est entré dans la cuisine, s'est appuyé au comptoir près de la cuisinière.

– Tu en fais pour moi aussi ?

J'ai secoué la tête :

– On n'en a que deux.

– Ça me paraît suffisant. Je meurs de faim.

Il s'est dirigé vers la table pour enfiler ses bottes ; je ne savais plus quoi faire. J'avais faim et il n'y avait que deux œufs, pourtant, il s'était assis à table, comme s'il attendait que je lui serve un déjeuner.

J'ai déposé les œufs dans une assiette, attrapé une fourchette puis tenté de m'enfuir vers ma chambre, mais il m'a saisie par la taille pour me plaquer contre le mur.

– C'est comme ça que tu traites tes invités ?

Là-dessus, il a soulevé mon menton pour m'embrasser et a tenté de glisser une main sous mon tee-shirt.

Je me suis débattue comme je pouvais. Sa bouche me faisait mal, collée contre mon visage, et il puait le tabac. J'ai serré les dents autant que possible tandis qu'il s'efforçait de glisser la langue entre mes dents. Jusqu'à ce que je lui balance mon assiette d'œufs à la figure.

Il a reculé et m'a flanqué une gifle.

Et puis il est parti.

Je ne l'ai jamais revu, je n'ai jamais su son nom. Ma mère s'est réveillée quelques heures plus tard pour découvrir les morceaux d'assiette cassée dans la poubelle. Elle m'a crié dessus en m'accusant d'avoir gaspillé nos deux derniers œufs.

Je n'en ai plus jamais mangé depuis.

Mais j'ai giflé pas mal de copains de ma mère.

Je dis ça parce que, en sortant de la douche, voilà quelques minutes, j'ai senti une odeur d'œufs brouillés, et ça me retourne encore le cœur.

À peine ai-je fini de m'habiller qu'on frappe à ma porte. Sara passe la tête pour annoncer :

– Dîner de baptême dans cinq minutes.

J'ignore ce que ça veut dire. Ils sont hyper religieux, ou quoi ?

– Qu'est-ce que c'est, un dîner de baptême ?

– Marcos et Samson dînent avec nous tous les dimanches soir. C'est notre façon de célébrer la fin des séjours de locataires. On dîne ensemble et on dit adieu aux week-ends.

Elle ouvre un peu plus la porte avant d'ajouter :

– La robe te va bien. Tu veux que je te maquille ?

– Pour le dîner ?

– Oui. Tu vas rencontrer *Samson.*

Elle sourit et je me rends compte à quel point j'ai horreur de me laisser piéger, bien que ce soit ma première expérience en l'occurrence. Je m'apprête à lui dire que je connais déjà Samson, et puis je préfère garder ça pour moi, parmi les nombreux autres secrets de ma vie.

– Je préfère ne pas me maquiller. Je descends dans cinq minutes.

Elle semble déçue mais s'en va quand même. Au moins, elle ne prend pas mal les refus.

Quelques secondes plus tard, j'entends des voix en bas qui n'appartiennent à aucun des habitants de la maison.

J'examine à nouveau la robe d'été froissée que j'ai portée toute la journée, étalée par terre au pied du lit. Je la ramasse et la remets. Je n'ai pas envie d'impressionner les gens de cette maison. À la limite, je préférerais les dégoûter.

Mon père est le premier à me voir quand j'arrive au pied de l'escalier sur le chemin de la cuisine.

– Tu as l'air reposée, observe-t-il. La chambre te va ?

Je hoche la tête, les dents serrées.

Sara se retourne et je lis la surprise dans ses yeux quand elle constate que j'ai remis ma vieille robe. Néanmoins, elle ne dit rien. À côté d'elle, Marcos se sert un verre de thé ; quand il lève les yeux sur moi, il en renverse. Apparemment, il ne s'attendait pas à voir ici la fille du ferry.

Samson ne doit pas lui avoir dit qu'il m'a surprise en train de sangloter sur le balcon. C'est d'ailleurs le seul à ne pas me regarder, trop occupé à fouiller dans le réfrigérateur, tandis que Sara m'adresse un signe de la main.

– Marcos, voici ma demi-sœur, Beyah. Beyah, voici mon copain, Marcos. Et puis voilà Samson, voisin et cinquième roue du carrosse.

Cette fois, il tourne son attention vers moi, me salue d'un bref signe de tête tout en ouvrant un soda. En le voyant porter la canette à ses lèvres, je ne peux m'empêcher de penser que je l'ai vu les poser dans le cou d'une autre fille.

– Bienvenue au Texas, Beyah, lance Marcos.

Comme si on ne s'était pas déjà rencontrés sur le ferry.

J'apprécie tout de même que ces deux-là n'y fassent pas allusion.

– Merci, dis-je dans un murmure.

J'entre dans la cuisine sans trop savoir ce que je vais y faire ; ce dîner m'angoisse. Je ne sais pas pourquoi les gens ont besoin de réduire leur sensation de gêne à coup de questions dont les réponses n'intéressent personne. J'ai l'impression que le dîner ne va tourner qu'autour de ça. Ils vont sans doute m'interroger l'un après l'autre pendant tout le repas, alors que j'ai juste envie de me préparer une assiette, de la monter dans ma chambre, de manger en silence et de me coucher.

Pour dormir pendant deux mois.

– J'espère que tu apprécies les petits déjeuners, Beyah, dit Alana en déposant un plat de biscuits sur la table.

– On aime bien inverser parfois les choses et en manger le soir, explique mon père.

Il dépose une poêle d'œufs brouillés à côté des assiettes de bacon et de pancakes. Tout le monde vient s'asseoir, alors j'en fais autant. Sara se place entre sa mère et Marcos, si bien qu'il ne me reste que la place près de mon père. Samson est le dernier à s'installer et semble hésiter lorsqu'il s'aperçoit qu'il sera près de moi. Il s'installe calmement et je me trompe peut-être, mais j'ai l'impression qu'il essaie de concentrer son attention ailleurs que sur moi.

Tout le monde commence à se passer les plats. Bien sûr, j'évite les œufs, mais de bonnes odeurs m'ouvrent l'appétit. J'ai à peine mordu dans un pancake que mon père commence à m'arroser de questions :

– Qu'est-ce que tu as fait depuis ton diplôme ?

J'avale avant de répondre :

– Travaillé, dormi, répété.

– Tu as un boulot ? s'enquiert Sara.

– Je suis caissière au McDonald's.

Apparemment, ça la stupéfie :

– Oh... c'est marrant.

– Je trouve génial que tu aies décidé de travailler alors que tu étais encore au lycée, observe Alana.

– Je n'avais pas le choix. C'était pour manger.

Elle s'éclaircit la gorge et je me rends compte que cette réponse sincère la met mal à l'aise. Si ça la dérange, je me demande comment elle va prendre la nouvelle de la mort de ma mère par overdose.

Mon père intervient aussitôt :

– Je suppose que tu as changé d'avis pour les cours d'été. Tu commences en automne, maintenant ?

Je ne comprends rien.

– Je ne suis inscrite à aucun cours d'été.

– Oh... Ta mère a dit que tu avais des frais de scolarité quand je lui ai envoyé de l'argent pour l'automne.

Ma mère lui a parlé de frais de scolarité ?

J'ai obtenu une bourse en Pennsylvanie. Je n'aurai aucuns frais à payer.

Combien lui a-t-il donné à mon insu ? Il y avait déjà ce portable qu'il m'a envoyé mais que je n'ai jamais reçu. À présent, j'apprends qu'elle lui a parlé de frais pour des cours auxquels je n'étais pas inscrite.

Comment lui expliquer ce que je fais ici, au Texas, et non aux cours d'été qu'il m'a offerts ?

– Oui, dis-je alors. Je me suis inscrite trop tard. Les cours étaient complets.

D'un seul coup, je n'ai plus faim. C'est à peine si je peux achever mon pancake.

Ma mère ne m'a jamais parlé d'études supérieures. Pourtant, elle a demandé à mon père de l'argent qui a dû finir dans une machine à sous du casino, ou dans les veines de son bras. Et lui, il a payé sans poser de questions. S'il m'avait interrogée, je lui aurais dit que je pouvais aller dans une fac publique gratuite. Mais je ne voulais pas rester dans cette ville. Je voulais m'éloigner autant que possible de ma mère. Apparemment, ce souhait s'est réalisé.

Au bord de la nausée, je repose ma fourchette.

Sara en fait autant et boit une gorgée de thé sans me quitter des yeux.

–Tu as choisi les diplômes que tu vas préparer? demande Alana.

Je secoue la tête en me remettant à manger. Sara m'imite aussitôt.

–Je ne sais pas trop encore, dis-je.

Je coupe un morceau de pancake mais ne le mets pas dans ma bouche. Et Sara non plus.

Je repose ma fourchette. Tout comme Sara.

La conversation reprend mais je m'en mêle aussi peu que possible. Il va falloir que je sois consciente de ça. Je vais devoir faire attention tout l'été. Elle doit savoir qu'il faut qu'elle mange quand elle a faim et qu'elle ne se cale pas sur le rythme d'une fille sous-alimentée.

Je me force donc à avaler quelques bouchées, malgré ma nausée et ma nervosité.

Heureusement, le repas ne dure pas longtemps. Vingt minutes tout au plus. Samson n'a pas articulé un mot de tout le dîner. Personne n'a réagi, ce qui démontre que ça ne les a pas choqués. S'il reste toujours aussi tranquille, j'aurai moins de mal à l'ignorer.

–Beyah voudrait faire des courses, annonce Sara. On peut y aller ce soir?

Je ne veux pas y aller ce soir. Je veux dormir.

Mon père sort de son portefeuille plusieurs billets de cent dollars et me les tend. *J'ai changé d'avis. Je veux aller faire des courses.*

–Vous devriez attendre demain, suggère Alana, et aller plutôt à Houston.

–Le supermarché suffira, dis-je. Je n'ai pas besoin de beaucoup de choses.

–N'oublie pas un portable prépayé pendant que tu y es, ajoute-t-il en me tendant encore des billets.

J'écarquille les yeux. Je n'ai jamais eu autant d'argent de ma vie. Cela doit faire dans les six cents dollars.

–Tu conduis? demande Sara à Marcos.

–Bien sûr.

D'un seul coup, je n'ai plus envie de bouger, s'il faut que ce soit avec Marcos et Samson.

– Je n'y vais pas, déclare Samson en portant son assiette vers l'évier. Je suis fatigué.

Bon. Puisque Samson reste, j'ai envie d'y aller.

– Ne sois pas désagréable, lâche Sara. Tu viens.

– Oui, tu viens, ajoute Marcos.

Samson me jette un coup d'œil; au moins, il n'a pas plus l'air de s'intéresser à moi que moi à lui. Sara se dirige vers la porte.

– Je vais chercher mes chaussures, dis-je en me précipitant vers l'escalier.

*

* *

Apparemment, le supermarché n'est pas à Port Bolivar, si bien qu'il faut prendre le ferry vers l'île de Galveston. Ça n'a pas de sens pour moi : un bateau pour aller faire des courses sur une île. Je ne comprends pas ce qu'on fait là.

Il faut environ vingt minutes pour se rendre là-bas. Dès que Marcos s'est garé, tout le monde est sorti de la voiture. Mais Sara a remarqué que je n'ouvrais pas ma portière, alors elle l'a fait pour moi.

– Viens, m'a-t-elle dit, on monte sur le pont supérieur.

Ce n'était pas tant une invitation qu'un ordre.

On n'était pas là depuis cinq minutes que Sara et Marcos avaient déjà disparu, me laissant seule avec Samson. Il se fait tard, maintenant, il doit être vingt et une heures, et le ferry est presque vide. À part nous qui contemplons l'eau comme si la situation n'était pas super gênante. Sauf que je ne sais pas quoi dire. Je n'ai rien de commun avec ce type. On a déjà eu deux échanges plutôt médiocres depuis mon arrivée, voilà quelques heures.

– J'ai l'impression qu'ils essaient de nous caser, marmonne-t-il.

Je lève les yeux sur lui, toujours penché au-dessus de l'eau.

– Ce n'est pas une impression, mais une réalité, dis-je alors.

Il hoche la tête sans répondre. Je ne sais pas pourquoi il a dit ça. Peut-être pour détendre l'atmosphère. À moins que ce ne soit son avis à lui aussi. Alors je préfère préciser :

– En tout cas, sache que je ne suis pas intéressée. Mais vraiment pas. Pas pour te pousser à insister. Et c'est valable pour tout le monde.

Il grimace un sourire, toujours sans me regarder. Il semble refuser tout contact visuel.

– Je ne crois pas avoir exprimé le moindre intérêt, lâche-t-il froidement.

– Effectivement, c'est pour ça que je le souligne. Pour que ce soit clair.

Cette fois, on se tourne l'un vers l'autre et il murmure :

– Merci de souligner une chose qui m'a toujours semblé claire.

Mince, qu'il est beau ! Même quand il dit de telles bêtises.

Je sens mes joues s'enflammer et me détourne vivement sans trop savoir comment me tirer de là. Tous nos contacts ont toujours été humiliants pour moi et je ne sais pas si c'est sa faute ou la mienne.

Sans doute la mienne puisque je le laisse faire. On n'a rien à craindre de quelqu'un dont on se moque. Autrement dit, d'une certaine façon, j'attache de l'importance à ce qu'il pense.

Il s'écarte de la balustrade et se redresse. Je suis plutôt grande pour une fille. Un mètre soixante-dix-huit, mais lui me dépasse largement. Je lui donnerais bien un mètre quatre-vingt-dix.

– Alors on est amis, conclut-il en mettant les mains dans ses poches.

Je ne peux m'empêcher d'éclater d'un rire sec.

– C'est un peu prétentieux, observe-t-il en inclinant la tête sur le côté.

– Dit le mec qui me prenait pour une sans-abri.

– Tu as mangé du pain ramassé par terre...

– J'avais faim. Tu es riche, tu ne peux pas comprendre.

Il fronce un peu les sourcils puis revient vers l'océan, soudain concentré comme s'il l'écoutait lui parler et lui répondait silencieusement.

Finalement, il se détourne aussi bien de l'eau que de moi :

– Je retourne à la voiture.

Et je le vois disparaître dans l'escalier.

Je ne sais pas pourquoi je me sens tellement sur la défensive avec lui. Après tout, s'il m'a vraiment prise pour une sans-abri, il m'a fait l'aumône. Preuve qu'il a bien une âme.

C'est peut-être moi qui n'en ai pas dans l'histoire.

CHAPITRE 6

Dire que j'ai été soulagée en voyant Marcos et Samson s'éloigner dès notre arrivée au supermarché serait un euphémisme. Je ne suis au Texas que depuis quelques heures mais j'ai déjà passé beaucoup trop de temps avec Samson.

– Qu'est-ce qu'il te faut en plus des vêtements ? demande Sara tandis qu'on traverse le rayon santé et beauté.

– Un peu de tout. Shampooing, après-shampooing, déodorant, brosse à dents, dentifrice. Tout ce que j'avais l'habitude de voler dans le chariot des femmes de ménage le samedi.

– Tu plaisantes, là ? Je connais encore mal ton humour.

– On n'avait pas de quoi s'offrir le strict nécessaire...

Je ne sais pas pourquoi je me montre aussi cassante avec elle ; finalement, j'explique :

– Quand on est pauvre, on doit être créatif.

Je m'engage dans le rayon voisin et il faut un instant à Sara pour me rejoindre et m'interroger aussitôt :

– Mais Brian ne versait pas une pension alimentaire ?

– Ma mère se droguait. Je n'ai jamais vu son argent.

Elle marche à côté de moi maintenant et j'essaie de ne pas la regarder car j'ai l'impression que mes révélations la dépouillent de son innocence. Cependant, elle a peut-être besoin d'une dose de réalité.

– Tu ne l'as jamais dit à ton père ? demande-t-elle.

– Non. Il n'avait plus vu ma mère depuis mes quatre ans. Elle ne se shootait pas, à l'époque.

– Tu aurais dû lui en parler. Il serait sûrement intervenu.

Je dépose un déodorant dans le panier.

– Je ne me suis jamais sentie tenue de lui révéler mes conditions de vie. Un père devrait se tenir au courant des conditions de vie de son enfant.

Apparemment, ce commentaire la dérange. Elle a une autre opinion de mon père que moi. Cette petite information que je viens de lâcher devrait donc suffire à l'extraire de sa bulle protectrice.

– Viens, on va voir les fringues, dis-je en changeant de sujet.

Elle ne dit rien tandis qu'on traverse le rayon vêtements. J'en attrape plusieurs mais je ne suis pas certaine qu'ils m'aillent. On se dirige vers les cabines d'essayage.

– Tu auras aussi besoin d'un maillot de bain, observe Sara. Deux, en fait. On passe presque toutes nos journées à la plage.

Le rayon ne se trouve pas trop loin, alors je saisis deux modèles et entre dans une cabine avec le reste de mes vêtements.

– Sors dès que tu auras enfilé le premier, lance Sara. Je veux voir ce que ça donne.

C'est ainsi que les filles font des courses ? En s'occupant les unes des autres ?

J'enfile d'abord le bikini. Le haut est un peu grand, mais j'ai entendu dire que les seins sont les premiers à se remplir en cas de prise de poids et je suis sûre que ça va m'arriver cet été. Je sors et me fige devant un miroir. Sara est assise, en train de consulter son téléphone. Elle se redresse et écarquille les yeux.

– Waouh ! Tu pourrais peut-être choisir la taille en dessous.

– Non, j'ai l'intention de prendre quelques kilos.

– Pourquoi ? Je tuerais pour avoir une silhouette pareille.

Je déteste ce commentaire.

Elle me contemple d'un air d'enfant gâté et j'en conclus qu'elle doit comparer mentalement nos deux corps en insistant sur ce qu'elle considère comme des défauts sur le sien.

– Tes cuisses ne se touchent même pas, murmure-t-elle presque avec regret. C'est mon rêve.

Je regagne la cabine pour enfiler le deux-pièces et un short en jean par-dessus afin de m'assurer qu'ils vont bien ensemble. À ma sortie, Sara gémit :

– Oh là ! Tu pourrais porter tout ce que tu veux.

Elle se lève, vient se placer à côté de moi et observe nos reflets dans la glace. Elle ne fait que quelques centimètres de moins que moi. Elle se tourne sur le côté, pose la main sur son ventre.

– Combien tu pèses ?

– Je ne sais pas.

En fait, je le sais très bien, mais pas la peine qu'elle se fixe un objectif qui n'est pas nécessaire.

Dans un soupir frustré, elle se laisse retomber sur son siège.

– J'ai encore cinq kilos à perdre pour cet été. Il va falloir que je fasse encore plus attention. Quel est ton secret ?

Mon secret ?

Je m'observe encore dans le miroir en riant, passe une main sur mon ventre presque concave.

– Je n'ai jamais cherché à être maigre, j'ai juste passé ma vie à avoir faim. Tout le monde n'a pas d'énormes réserves de nourriture chez soi.

Elle me dévisage d'un air consterné puis replonge vers son téléphone :

– C'est vrai ?

– Oui.

Perplexe, elle finit par demander :

– Alors pourquoi tu as si peu mangé ce soir ?

– Je venais de vivre l'un des pires moments de ma vie et j'étais assise à table avec cinq personnes que je ne connaissais pas, dans une maison où je n'avais jamais mis les pieds, au cœur d'un État inconnu. Même les gens affamés perdent parfois l'appétit.

Sara ne me regarde pas. Je ne sais pas si je la mets mal à l'aise avec mon franc-parler ou si elle se débat avec le fait que nos vies soient si différentes. J'ai envie de lui faire remarquer ce dont je me suis aperçue au dîner : qu'elle ne mangeait que quand je mangeais. Mais je n'en dis rien. Je l'ai déjà assez blessée ce soir, alors qu'on vient juste de faire connaissance.

Je préfère lui demander :

– Tu as faim ? Parce que moi, oui.

Elle me décoche un petit sourire et, pour la première fois, je sens une sorte de complicité entre nous.

– J'ai tellement la dalle que c'est incroyable.

– Comme moi, dis-je en riant.

Je regagne la cabine pour me rhabiller. En sortant, je prends la main de Sara, l'entraîne avec moi, jette mes achats dans le chariot puis me dirige vers le rayon épicerie.

– Où va-t-on ?

– Chercher des bonnes choses.

Je m'arrête devant un étalage de pâtisseries en boîte.

– Qu'est-ce que tu préfères ?

Elle désigne un sachet blanc de mini-beignets au chocolat :

– Ça.

J'attrape un paquet sur l'étagère, l'ouvre, me sers et le lui tends :

– Il va aussi nous falloir du lait, dis-je la bouche pleine.

Elle me contemple comme si j'étais devenue folle mais me suit sans protester. Je prends deux petites bouteilles de lait chocolaté, pousse le chariot en direction des œufs pour aller m'asseoir par terre.

– Viens là, lui dis-je.

D'abord, elle regarde autour de nous, puis elle vient se poser à côté de moi. Je lui tends une des deux bouteilles.

– Tu es folle, décrète-t-elle en prenant un autre beignet.

Elle étire lentement ses jambes en soupirant :

– Mais c'est le paradis ! Désolée si je t'ai vexée en parlant de ton poids.

– Pas du tout. Seulement je n'aime pas quand tu nous compares, toutes les deux.

– J'aurais du mal à ne pas le faire, surtout quand on vit sur la plage toute l'année.

– Pourquoi les gens se permettent de juger quelqu'un en se fondant sur la largeur de ses cuisses ? C'est trop bizarre.

Je jette un autre beignet dans ma bouche pour m'obliger à me taire.

– Amen, murmure Sara.

Et elle boit une gorgée de lait chocolaté.

Un employé du magasin s'arrête en nous voyant assises par terre, la bouche pleine.

– On va tout payer, dis-je avec un petit geste de la main.

Il s'éloigne en hochant la tête.

Un court silence s'ensuit, puis Sara reprend :

– J'étais anxieuse à l'idée de te rencontrer. Je croyais que tu me détestais.

Ce qui me fait pouffer de rire :

– Je ne savais même pas qui tu étais.

– Ton père ne t'a jamais parlé de moi ? demande-t-elle, l'air vexé.

– Ce n'est pas qu'il voulait me cacher ton existence. Seulement, on... se connaît à peine, lui et moi. On ne s'est quasi pas parlé depuis qu'il s'est marié. En fait, j'avais même oublié qu'il l'était.

Elle s'apprête à répondre quand la voix de Marcos nous interrompt :

– Ça va, vous deux ?

On se redresse pour apercevoir les deux garçons en train de nous observer, et Sara brandit sa bouteille :

– Beyah m'a dit d'arrêter de m'en faire pour mon poids et elle me gave de malbouffe.

Marcos éclate de rire avant de se servir dans le sachet de beignets.

– Elle a raison. Tu es parfaite.

Samson me dévisage l'air grave. Il ne rit pas pour un oui ou pour un non comme Marcos.

– On s'en va, dit Sara en se levant, la main tendue vers moi.

CHAPITRE 7

On a tout chargé dans le coffre à part le portable prépayé. J'ai essayé de comprendre comment le configurer mais il fait sombre dans la voiture et j'ai du mal à lire les instructions. Je ne sais même pas comment le mettre en route.

– Tu veux de l'aide ? propose Samson.

Je lève la tête et m'aperçois qu'il me tend la main. J'y dépose tout le paquet, qu'il éclaire à l'aide de son propre appareil.

Il y travaille encore lorsque Marcos gare la voiture sur le ferry.

– Tu viens ? demande Sara en ouvrant sa portière.

– Attends, j'arrive. Il configure mon téléphone.

Elle la referme en souriant, comme s'il allait de soi que Samson finirait par m'entraîner dans une petite aventure estivale. Ça m'énerve qu'elle imagine un truc pareil. Comment m'éprendre d'un mec qui s'intéresse si peu à moi ?

Samson doit composer un numéro pour achever la configuration ; cependant, il faut patienter deux minutes, le temps que le téléphone soit activé.

Ce n'est pas énorme, pourtant j'ai l'impression que ça dure une éternité. Je me tourne vers la fenêtre, en essayant d'ignorer la tension qui emplit l'espace entre nous.

C'est tellement désagréable qu'à peine au bout de dix secondes j'en arrive à souhaiter qu'il parle.

Après vingt secondes, je sens que je craque et je sors le premier truc qui me vient en tête :

– Pourquoi tu as pris des photos de moi sur le ferry ?

Il se passe doucement les doigts sur la lèvre inférieure mais arrête quand il voit que je l'observe, et il serre le poing avant de le frapper contre la fenêtre.

– À cause de ta façon de regarder l'océan.

– Comment ça ?

– On aurait dit que tu le voyais pour la première fois.

De plus en plus mal à l'aise, je me redresse sur mon siège.

– Tu les as vues au moins ? demande-t-il.

– Vu quoi ?

– Les photos.

Comme je secoue la tête, il poursuit :

– Bon, quand tu le feras, n'hésite pas à jeter celles qui ne te plaisent pas, mais j'aimerais bien récupérer la carte mémoire. Il y a dedans des clichés qui m'intéressent.

– Qu'est-ce que tu aimes photographier, à part les filles et les ferries ?

– Surtout la nature, l'océan, les levers et les couchers de soleil.

Je repense au dernier que j'ai vu ; Samson aurait adoré me faire poser devant. Je vais voir si Sara peut me prêter un ordinateur pour que je regarde ces fameuses photos.

– Celui de ce soir était trop beau, dis-je alors.

– Attends de voir le lever depuis ton balcon.

Ça me fait rire :

– Je ne me réveille pas si tôt non plus.

Le téléphone indique alors que la configuration est terminée.

– Tu veux que j'entre quelques numéros ? propose Samson.

J'accepte et il compose celui de Sara, puis de Marcos, et enfin le sien. Il fait encore deux ou trois manœuvres et me le tend.

– Tu veux un mode d'emploi ?

– Merci, mais un ami chez moi en avait un comme ça. Je vais me débrouiller.

– C'était où, chez toi ?

Question simple, qui me donne une bouffée de chaleur, car on la pose lorsqu'on veut mieux connaître quelqu'un.

Je m'éclaircis la gorge :

– Dans le Kentucky. Et toi ?

Il me contemple un instant sans rien dire puis se détourne, saisit la poignée de la portière comme s'il regrettait déjà d'avoir entamé cette conversation avec moi.

– Il faut que j'aille prendre l'air.

Là-dessus, il sort et s'éloigne de la voiture.

Cette réaction bizarre devrait sans doute m'énerver, mais non. Je suis soulagée. Je voudrais juste qu'il se désintéresse autant de moi que moi de lui. Du moins autant que j'essaie de m'en désintéresser.

J'ajoute le numéro de Natalie. C'était l'une de mes rares amies et voilà un moment que j'ai envie de lui parler. Je suis sûre que sa mère lui a appris la mort de la mienne, et comme elle ignore où je suis, elle doit se faire un sang d'encre. Depuis son départ pour l'université, il nous a été difficile de rester en contact puisque je n'avais pas de téléphone. Une des raisons pour lesquelles je n'ai pas beaucoup d'amis.

Je sors de la voiture et me dirige vers un coin tranquille du ferry pour passer mon appel. Je compose le numéro.

– Allô ?

Je suis soulagée d'entendre enfin le son d'une voix familière :

– Salut.

– Beyah ? Mince, j'étais morte d'inquiétude. J'ai appris pour ta maman. Désolée.

Sa voix résonne bien trop fort dans mon oreille. Je cherche comment débrancher le haut-parleur mais il n'y a que des chiffres sur cet écran. Je regarde autour de moi. Personne à l'horizon, alors je me contente d'étouffer le son avec ma main.

– Beyah, allô ?

– Je suis là, pardon. Et, oui, ça va.

– Où es-tu ?

– Au Texas.

– Qu'est-ce que tu fiches là-bas ?

– Mon père s'y est installé il y a deux ans. Je vais passer l'été chez lui. Comment ça va, à New York ?

– C'est différent, dans le bon sens du terme. Mais toi, ma pauvre, je n'arrive pas à croire que Janean est morte. Tu es sûre que ça va ?

– Oui. J'ai pleuré un bon coup, et là... je sais pas. Peut-être que je suis en miettes.

– Arrête. C'était la pire mère que j'aie jamais vue.

Voilà pourquoi j'aime bien Natalie. Elle dit ce qu'elle pense. Il n'y a pas beaucoup de gens comme elle.

– Et ton père ? Ça faisait un moment que tu ne l'avais pas vu. Ça doit faire bizarre.

– Oui, et ça l'est encore plus maintenant que je suis adulte. Mais il vit dans une maison en bord de mer, c'est sympa, seulement il est marié, il a une nouvelle belle-fille.

– Super pour la maison, mais, oh non, une demi-sœur pour toi ? Elle a ton âge ?

– Un an de plus, je crois. Elle s'appelle Sara.

– Elle doit être blonde et jolie.

– C'est ça.

– Tu l'aimes bien ?

J'y réfléchis un instant :

– Je ne sais pas encore trop quoi penser. Elle me fait l'impression d'une fille de vestiaire.

– Ce sont les pires. Des beaux mecs dans le coin, au moins ?

À l'instant où elle me pose cette question, je repère quelque chose du coin de l'œil. Je me retourne et aperçois Samson qui arrive dans ma direction, l'air d'avoir entendu la fin de notre conversation. Je serre les dents.

– Non. Aucun. Bon, il faut que j'y aille. Enregistre mon numéro.

– Oui, c'est fait.

Je raccroche, toujours aussi crispée. Ce type trouve toujours le moyen d'arriver au pire moment.

Il se rapproche un peu, jusqu'à se retrouver à côté de moi devant la balustrade. Les yeux plissés, il me regarde d'un drôle d'air.

– C'est quoi une fille de vestiaire ?

Je n'aime pas qu'il ait entendu ça. Sara me plaît bien. Je ne sais pas pourquoi j'ai dit ça à Natalie et je soupire :

– C'est comme ça que j'appelais les filles de mon école qui étaient gentilles avec moi devant les profs alors que dans le vestiaire, c'était une autre histoire.

– Tu sais... soupire-t-il en hochant la tête, en apprenant que tu venais, Sara a déménagé dans la chambre d'amis. Elle voulait que tu aies la meilleure chambre.

Là-dessus, il s'éloigne et regagne la voiture.

Moi j'enfouis mon visage dans mes mains en maugréant.

Je ne me suis jamais ridiculisée à ce point devant quelqu'un que je ne connais que depuis une demi-journée.

CHAPITRE 8

Nous rentrons assez tard et il faut que je range toutes mes affaires. Ces dernières vingt-quatre heures ont été plutôt éprouvantes. Je n'en peux plus. Et je me sens triste à nouveau.

Sans compter que, malgré le paquet de beignets au chocolat qu'on s'est partagé avec Sara, j'ai encore faim.

À la cuisine, je trouve mon père assis devant un portable et quelques livres ouverts. Il lève la tête quand il m'entend entrer.

– Bonsoir ! lance-t-il en se redressant sur son siège.

– Bonsoir.

Je lui désigne le cellier :

– Je me prends un encas.

Et j'attrape un paquet de chips avec la ferme intention de filer dans ma chambre, mais mon père ne l'entend pas de cette oreille.

– Beyah. Tu as une seconde ?

Je le rejoins et m'assieds en face de lui. Il s'adosse à son siège, passe une main sur sa mâchoire comme s'il avait une mauvaise nouvelle à m'apprendre.

Serait-il au courant pour ma mère ? Je ne crois pas qu'il connaisse quelqu'un capable de lui annoncer cela, en dehors de moi.

– Désolé de ne pas avoir assisté à ta remise de diplôme.

Ah, c'est de lui dont il est question. J'ouvre mon paquet de chips en haussant les épaules :

– C'est bon. Ça faisait un long voyage pour quelqu'un avec une jambe cassée.

Il se mord les lèvres, se penche vers moi, les coudes sur la table :

– Justement...

– Je m'en fiche. Franchement. On raconte tous des histoires pour éviter des trucs qu'on n'a pas envie de faire.

– Ce n'est pas que je ne voulais pas venir, mais juste... que toi, tu ne voulais pas.

– Pourquoi je n'aurais pas voulu te voir ?

– J'avais l'impression que tu m'évitais depuis deux ans. Et c'est ma faute. Je n'ai pas été un bon père pour toi.

Je baisse les yeux vers mon sachet de chips.

– C'est vrai.

Il fronce les sourcils, ouvre la bouche pour répondre mais Sara jaillit de l'escalier dans la cuisine, encore débordante d'énergie malgré l'heure avancée de la nuit.

– Beyah, va mettre ton maillot de bain, on part à la plage.

Interruption qui semble soulager mon père. Il reporte son attention sur son écran et j'en profite pour me lever avant de mettre une autre chips dans ma bouche.

– Qu'est-ce qu'il y a, à la plage ?

– La plage. C'est tout ce qu'il te faut.

Elle a remis son bikini et son short.

– Je suis trop fatiguée, dis-je alors.

Elle me prend les mains :

– Juste une heure et puis tu iras te coucher.

*

* *

Une fois passé les dunes, je me sens défaillir. J'espérais passer inaperçue parmi tous les gens qu'on allait trouver ici mais il semble que la foule se soit disséminée et qu'il ne reste que Samson et Marcos, ainsi que deux personnes en train de se baigner. Marcos est assis devant le feu tandis que Samson reste seul à quelques pas de là, les yeux rivés sur l'océan. Je sais qu'il nous entend approcher, pourtant, il ne se retourne pas. Soit il est perdu dans ses pensées, soit il s'efforce de m'ignorer.

Je vais devoir me détendre en sa présence si je ne veux pas que ça dure tout l'été.

Il y a six places autour du foyer, dont deux recouvertes d'une serviette pliée, avec des bières sur les accoudoirs. Elles sont donc prises. Sara est assise à côté de Marcos, si bien que je prends l'un des deux fauteuils restants.

Elle désigne les deux nageurs dans la mer.

– C'est Candace, là-bas, avec Beau ?

– Oui, répond Marcos. Je crois qu'elle part demain.

– Pas trop tôt, répond-elle, excédée. Et je voudrais qu'elle emmène Beau avec elle.

J'ignore qui sont Beau et Candace mais, apparemment, Sara et Marcos ne les portent pas dans leur cœur.

J'essaie de ne pas dévisager Samson, mais j'ai du mal. Il se trouve à trois mètres, assis les bras autour des genoux, à regarder les vagues s'écraser sur le sable. Ça m'énerve de constater que je me demande à quoi il pense, mais il pense forcément à quelque chose. C'est ce qui arrive quand on contemple l'océan. Des pensées. Beaucoup de pensées.

– On va se baigner, dit Sara en ôtant son short. Tu viens ?

– Merci, j'ai déjà pris ma douche.

Elle attrape Marcos par la main pour le faire lever de son siège. Il la soulève dans ses bras et file vers l'eau. Les cris aigus de Sara tirent Samson de sa transe. Il se lève d'un bond, chasse le sable collé sur son short et revient vers nous ; je remarque pourtant sa pause quand il s'aperçoit que je suis assise là toute seule.

Encore trop embarrassée par la conversation qu'il a surprise tout à l'heure, je reporte mon attention sur Sara et Marcos. Je ne veux pas qu'il croie que je la déteste car c'est faux. Je ne la connais pas bien, voilà tout. Et ce qu'il a entendu sonnait terriblement mal.

Il s'assied tranquillement près du feu, sans chercher à m'adresser la parole. Je me demande pourquoi j'ai l'impression de manquer d'air sur cette plage immense.

J'inhale un peu d'air, l'expire lentement avant de parler:

–Je ne pensais pas ce que j'ai dit tout à l'heure, à propos de Sara.

Il tourne vers moi un visage à l'expression stoïque.

–Bien.

C'est tout ce qu'il dit.

Je lève les yeux au ciel. Je ne sais pas pourquoi, mais même quand il défend ses amis, il a l'air d'un abruti.

–Qu'est-ce qui ne va pas? demande-t-il.

–Rien.

Je m'adosse à mon siège, observe le ciel en murmurant intérieurement:

–*Tout.*

Il attrape un bâton qui traînait dans le sable à ses pieds et se met à attiser le feu sans dire un mot tandis que j'examine les maisons alignées le long de la plage. Celle de Samson est de loin la plus belle, la plus moderne, d'un blanc intense avec des entourages de portes et de fenêtres noirs; elle est cubique avec beaucoup de vitres. Pourtant, elle semble froide à côté de celle d'Alana et de mon père, et aussi solitaire.

–Tu vis tout seul dans ta maison?

–Je ne dirais pas que c'est ma maison à moi, mais oui.

–Où sont tes parents?

–Pas ici.

Ses réponses brèves ne sont pas dues à sa timidité; il n'est pas timide. Je me demande s'il s'exprime ainsi avec tout le monde ou juste avec moi.

–Tu vas à l'université?

–Non, je prends une année sabbatique.

Je ris en mon for intérieur. Je ne devrais pas mais cette réponse est trop éloignée de ma réalité.

Il soulève un sourcil interrogateur.

–Quand on est pauvre, dis-je, on bousille son avenir en prenant une année sabbatique après le lycée. Mais quand on est riche c'est considéré comme raffiné. Ça porte même un joli nom.

Il me dévisage sans rien dire. J'aimerais creuser un trou dans sa tête pour découvrir ses pensées. Quoique je risque de ne pas trop les aimer. En attendant, j'ajoute:

– À quoi sert une année sabbatique, au juste ?

– Tu es censé passer l'année à te retrouver, lâche-t-il d'un ton sarcastique.

– Alors ? Tu t'es retrouvé ?

– Je ne me suis jamais perdu. Je n'ai pas passé ce temps à me balader à travers l'Europe mais à gérer le patrimoine immobilier de mon père. Rien de très sophistiqué.

On dirait qu'il le déplore. Moi, je donnerais n'importe quoi pour être payée pour vivre dans une belle maison, au bord d'une plage.

– Combien de maisons possède ta famille ici ?

– Cinq.

– Tu vis dans cinq maisons en bord de mer ?

– Pas dans les cinq à la fois.

Je crois surprendre un demi-sourire, sans pouvoir l'affirmer. Ce n'était peut-être qu'une ombre.

Nos vies sont si incroyablement différentes, pourtant on se retrouve là, à essayer d'échanger sans aucun rapport avec les mondes qui nous séparent.

Si je pouvais vivre une journée dans sa tête... Enfin, dans celle d'une personne riche. Comment voient-elles le monde ? Comment Sara me voit-elle ? De quoi s'inquiètent les riches s'ils n'ont pas de soucis d'argent ?

– Quel effet ça fait d'être riche ?

– Sans doute à peu près la même chose que d'être pauvre. Sauf qu'on a plus d'argent.

C'est tellement risible que je ne ris pas.

– Il faut être riche pour dire un truc pareil.

Il jette le bâton dans le sable, s'adosse à son siège et me regarde dans les yeux.

– Alors quel effet ça fait d'être pauvre ?

Mon cœur se serre et je me demande si je dois me montrer honnête.

Sans doute. J'ai raconté trop de mensonges ces dernières vingt-quatre heures, mon karma va se venger. Je reporte mon attention sur le feu et réponds :

– On n'a pas eu droit aux coupons alimentaires parce que ma mère n'était jamais assez sobre pour respecter ses rendez-vous. On n'avait pas non plus de voiture. Il y a des enfants qui grandissent sans jamais se soucier de la nourriture, des enfants qui se passent de l'aide publique pour diverses raisons; et puis il y a les enfants comme moi, ceux qui passent à travers toutes les failles, qui apprennent tout ce qu'il y a à savoir pour survivre; il y a ceux qui grandissent sans hésiter une seconde à manger une tranche de pain récupérée sur le pont d'un ferry, ça leur semble normal. C'est le dîner.

Samson me dévisage la mâchoire serrée, dans un silence pesant. Il a presque l'air coupable, mais il se détourne assez vite pour reporter son attention sur les flammes.

– Désolé d'avoir dit que c'était à peu près la même chose. C'est minable de ma part.

– Tu n'es pas minable. Les gens minables ne contemplent pas l'océan avec la même intensité que toi.

L'air sombre, il se passe une main sur le visage:

– Merde.

Je ne sais pas pourquoi il dit ça mais ça me donne la chair de poule; quelque part, il semble avoir compris certaines choses sur moi.

Je ne peux pas lui demander quoi car je vois la fille et le garçon qui sortent de l'eau et viennent dans notre direction. Candace et Beau.

À mesure qu'ils approchent, je comprends mieux: c'est la fille que Samson embrassait dans sa cuisine. Plus je l'observe plus je la trouve jolie. Elle se pose directement sur les genoux de Samson et me jette un coup d'œil comme si elle voulait jauger ma réaction au fait qu'elle le prenne pour sa chaise personnelle; seulement je sais cacher mes pensées.

Et pourquoi devrais-je ressentir quelque chose?

– Tu es qui, toi? me demande Candace.

– Beyah. La demi-sœur de Sara.

Rien qu'à son regard sur moi, je peux dire que c'est une fille de vestiaire. Elle passe un bras autour de Samson, comme s'il lui appartenait. Et lui semble s'ennuyer, perdu dans ses pensées. Quant à Beau, qui était dans l'eau avec Candace, il s'assied près de moi, une bière à la main.

Son regard se pose sur mes pieds et remonte lentement le long de mon corps jusqu'à croiser mes yeux.

– Je m'appelle Beau, lâche-t-il alors avec un sourire satisfait en me prenant la main.

J'essaie de me dégager au moment où Marcos et Sara émergent de leur baignade. Elle proteste en voyant l'attention que me porte Beau :

– Ne perds pas ton temps, dit-elle, Beyah est fiancée.

– Je ne vois pas de bague, réplique-t-il en désignant ma main.

– Oui, le diamant est si gros qu'il est trop lourd à porter toute la journée.

Beau se penche vers moi avec un sourire narquois :

– Elle ment parce qu'elle me déteste.

– Ça se voit.

– D'où viens-tu ? demande Beau.

– Du Kentucky.

– Et tu restes combien de temps ici ?

– Sans doute tout l'été.

– Super. Moi aussi. Si tu t'ennuies, je vis par là.

Il tend le doigt vers l'endroit où se trouve sa maison, mais il se tait car Sara vient de se lever.

Elle me prend par la main :

– Viens, Beyah, on rentre.

J'en suis soulagée ; je n'avais aucune envie de rester là. Quand je me lève, Beau prend un air excédé :

– Tu gâches toujours mon plaisir, Sara.

Celle-ci se penche pour embrasser Marcos, mais quand je jette un coup d'œil vers Samson, je ne vois que la main qu'il a posée sur la cuisse de Candace. Sur le point de me détourner pour parler à Sara, je croise le regard de Samson, si dur que ça m'en pince le cœur. Je préfère m'éloigner à la suite de Sara.

En chemin vers la maison, je finis par lui demander :

– Qu'est-ce qui se passe avec Beau ?

– Il se comporte de façon inacceptable. S'il te plaît, ne t'occupe pas de lui, il n'en vaut pas la peine.

Difficile pour moi d'accorder mon attention à qui que ce soit en présence de Samson.

Nous traversons les dunes et j'ai très envie de lui jeter un dernier coup d'œil, pourtant je m'abstiens.

– Et cette fille, Candace ?

– Ne t'inquiète pas. Demain elle part et Samson sera libre.

– Ça ne me concerne pas, dis-je en riant.

– Tant mieux pour toi. Il commence l'École de l'air à la fin de l'été. Ce serait dommage que tu craques pour lui juste avant qu'il parte au bout du monde.

Surprise, je m'arrête dans l'escalier, mais elle ne s'en rend pas compte car elle est devant moi. Il ne m'a pas dit ce qu'il comptait faire après son année sabbatique. Et je n'aurais jamais cru qu'il comptait entrer dans l'armée.

Quand on arrive à la maison, toutes les lumières sont éteintes.

– Tu veux qu'on regarde un film ?

– Je suis épuisée, peut-être demain soir.

Elle s'assied sur le canapé et attrape la télécommande.

– Je suis contente que tu sois là, Beyah.

Là-dessus, elle allume l'écran et elle n'est plus là pour personne ; cependant, ses paroles me font sourire.

Ça me fait du bien qu'elle soit contente de ma présence ici. Ce n'est pas si souvent que je me sens appréciée. Ou seulement remarquée.

Je monte dans ma chambre et m'y enferme à clef.

Puis j'ouvre les portes du balcon pour écouter le bruit de l'océan pendant mon sommeil. Mais j'ai aussi envie de savoir ce que fait Samson. Je me penche sur la balustrade, vers la plage. Marcos et Beau s'y trouvent toujours. Candace s'éloigne du groupe dans la direction opposée de la maison de Samson.

Celui-ci escalade les dunes, vers chez lui. Seul.

Pourquoi est-ce que ça me fait plaisir ?

Je ne veux pas qu'il me voie, alors je regagne ma chambre et ferme les portes du balcon.

Avant de me glisser dans mon lit, je sors mère Teresa de son emballage et pose le tableau sur la commode. Il n'a pas trop l'air à sa place dans cette pièce luxueuse, pourtant je me réjouis de l'avoir apporté. J'ai besoin de quelque chose de chez moi pour me rappeler que cette chambre, cette maison, cette ville n'ont rien à voir avec ma réalité.

CHAPITRE 9

Qu'est-ce que c'est que ce bruit?

Je pose la main sur mon oreille, gênée par le son qui m'arrache à un profond sommeil. Ça vient de l'autre côté de la chambre. J'ouvre les yeux, soulève la tête de mon oreiller, et ça vibre encore plus fort. Aucune lumière ou presque ne passe par la fenêtre; l'horizon reste gris, comme si le monde se préparait encore à s'éveiller.

Je repousse les couvertures afin d'identifier la source du bruit. On dirait que ça se passe dans la commode. Je me lève et découvre que c'est mon nouveau téléphone. Je me frotte les yeux pour pouvoir lire ce qui est écrit sur l'écran. Il est à peine six heures du matin.

C'est une alarme accompagnée d'un message:

Va voir le lever du soleil.

C'est tout.

J'annule l'alarme et le silence retombe dans la chambre. Je me tourne vers le balcon. Hier soir, Samson m'a dit d'assister au lever du soleil sur la péninsule. C'est également lui qui a configuré mon téléphone, autrement dit, il a créé cette alarme; c'est à cause de lui que je me suis réveillée avant l'aube.

Il a intérêt à ce que ça en vaille la peine.

Je prends mon édredon pour m'en envelopper, sors sur le balcon, inspecte celui de Samson. Vide.

Je m'assieds sur une chaise, inspecte l'horizon encore sombre. C'est tout juste si, à l'est, une petite lueur émerge de l'océan. Au nord, dans l'obscurité, quelques éclairs jaillissent encore. Apparemment un orage, qui menace d'étouffer la lumière.

En même temps, le soleil commence à illuminer lentement la péninsule et j'écoute le bruit des vagues, auquel répond le grondement lointain du tonnerre, tandis que les mouettes piaillent au-dessus de ma tête.

Je reste en transe pendant plusieurs minutes alors que le vent se lève. L'éclatante lumière de l'horizon se voile à mesure que l'orage approche. Les nuages absorbent toutes les couleurs du ciel pour ne laisser qu'un gris sinistre. La pluie se met alors à tomber. Protégée par le toit du balcon, je reste dehors à contempler cet horizon qui offrait tant de promesses il y a encore un quart d'heure.

Je me demande si Samson savait qu'une tempête se préparait ou si ce n'est qu'une coïncidence. Je jette un coup d'œil vers sa maison. Je l'aperçois, adossé à sa porte, une tasse de café à la main. Il n'observe pas la pluie ni l'océan ni le ciel. Mais moi.

Ça me donne des sensations que je n'aurais pas voulu éprouver. Je l'examine encore un moment en me demandant s'il se réveille tous les matins pour admirer le lever du soleil ou s'il voulait juste vérifier si j'avais suivi l'injonction de son alarme.

Peut-être qu'il adore ce spectacle, qu'il fait partie des rares personnes à ne jamais s'en lasser ?

Et si je me trompais totalement sur son compte ? Si je l'avais jugé trop vite ? Mais qu'est-ce que cela changerait ? Les choses entre nous sont déjà trop bizarres et je ne vois pas en quoi elles pourraient changer à moins que l'un de nous deux ne se fasse transplanter une nouvelle personnalité.

Je me détourne de lui, rentre à l'intérieur et me blottis dans le lit.

Je crois que je vais rester ici.

CHAPITRE 10

Ces trois derniers jours, j'ai passé le plus clair de mon temps dans ma chambre. La pluie, après la semaine que je viens de passer, ne me donne aucune envie d'affronter le monde. Sans compter que cette pièce est mon endroit préféré, je me sens en sécurité entre ces quatre murs. J'y ai une vue imprenable sur l'océan, une télévision que j'ai fini par savoir mettre en marche, et ma propre salle de bains.

Si on me disait que j'allais passer là le restant de mes jours, ça m'irait très bien.

Le problème, ce sont les autres occupants de cette maison.

Mon père est venu me voir chaque jour. Je lui ai dit que j'avais mal au crâne et à la gorge, que je ne pouvais pas trop parler, alors il se pointe régulièrement pour demander si je me sens mieux, je fais non de la tête et il retourne à son travail.

Sara m'a apporté des affaires. Des repas, de l'eau, des médicaments dont je n'ai pas besoin. Hier, elle s'est même allongée sur mon lit pour regarder Netflix avec moi pendant une heure avant de partir à un rendez-vous avec Marcos. On n'a pas beaucoup parlé mais, bizarrement, sa présence ne me gênait pas.

Elle ne manque pas d'énergie. Parfois, je me sens comme un trou noir autour d'elle. Comme si j'aspirais toute sa vie à force de la côtoyer.

Je surveille les mouvements de Samson un peu plus que je ne voudrais l'avouer. Je ne sais pas pourquoi il attise ainsi ma curiosité, mais ses habitudes m'intriguent.

J'ai laissé son alarme sur mon téléphone car les levers de soleil semblent devenir une habitude entre nous. Tous les matins, il est sur son balcon. On voit le monde s'éveiller chacun de son côté et pourtant ensemble. Et, lorsque je regagne ma chambre, on échange un bref coup d'œil. Cependant, il ne m'adresse jamais la parole.

Soit il n'est pas du matin, soit il apprécie davantage le spectacle en silence. Toujours est-il que ça crée une sorte d'intimité entre nous. Comme si on se donnait ce rendez-vous intime et quotidien sans le révéler à personne, même si on ne se parle jamais.

Ensuite, je retourne souvent au lit, tandis que Samson quitte sa maison. J'ignore où il va si tôt le matin, mais il ne rentre pas de la journée. Et quand il revient, le soir, la bâtisse est toujours plongée dans l'obscurité. Il n'allume que dans les pièces où il se trouve, puis il éteint dès qu'il s'en va.

À croire qu'il mène déjà une vie militaire. La maison est impeccable, du moins à ce que j'en vois de ma fenêtre. Je me demande si son père n'est pas lui-même dans l'armée, ce qui expliquerait tout. Ce qui expliquerait pourquoi Samson semble aussi discipliné.

Il faut vraiment que je trouve quelque chose pour m'occuper le cerveau au lieu de penser toujours à la même chose. Je devrais sans doute me trouver un travail. Je ne peux pas rester toute ma vie dans cette chambre.

Je pourrais m'acheter un ballon de volley, un filet et m'entraîner, sauf que ça ne me tente pas du tout. Le coach nous a déjà envoyé les programmes d'entraînement et les horaires mais je n'ai pas ouvert le mail. Je ne sais pas pourquoi, je n'ai aucune envie de songer au volley avant de me retrouver en Pennsylvanie. J'y ai consacré ma vie ces cinq dernières années et c'est ce qui m'attend durant les quatre à venir.

Je mérite bien un mois ou deux pour penser à autre chose.

La pluie s'est arrêtée et le soleil brille aujourd'hui. Si je continue de jouer les malades un quatrième jour d'affilée, mon père finira par m'emmener chez le médecin. Je n'ai pas de véritable excuse pour rester enfermée plus longtemps et la journée s'annonce assez belle pour sortir me chercher un travail. Je pourrais peut-être reprendre un job de serveuse et économiser mes pourboires pour l'université.

Je donnerais n'importe quoi pour m'offrir une nouvelle journée comme ces trois dernières. Mais il ne semble pas que ce soit possible car quelqu'un frappe à ma porte.

– C'est moi, dit Sara. Je peux entrer ?

– Bien sûr.

Je suis déjà assise sur le lit. Elle vient se glisser à côté de moi. Elle sent la cannelle.

– Ça va mieux ?

Je hoche la tête, en me forçant à sourire.

– Oui, plutôt.

– Bon. Déjà, il ne pleut plus. Ça te tente, une journée à la plage ?

– Je ne sais pas. Je me disais que je pourrais trouver un job d'été. Il faut que je mette un peu d'argent de côté pour la fac.

Ça la fait rire.

– Mais non, profite de ton dernier été avant de devenir adulte, régale-toi.

De la main, elle indique tout ce qui nous entoure.

Elle est tellement contente, alors que je suis encore coincée dans mon humeur d'hier. Il y a une différence évidente entre nous pour le moment. Elle doit s'en apercevoir, car son sourire disparaît et elle fronce les sourcils.

– Ça va, Beyah ?

J'essaie de sourire mais cela vire davantage au soupir.

– Je ne sais pas. C'est juste que... Enfin, ça me fait drôle.

– Quoi ?

– D'être là.

– Tu veux retourner chez toi ?

– Non.

Je ne sais même pas où c'est, chez moi, mais je ne le dis pas. Je me sens entre deux mondes et c'est étrange. Et déprimant.

– Tu es triste ? demande-t-elle.

– Je crois.

– Je peux faire quelque chose pour toi ?

– Non.

Elle roule sur le côté, la tête sur la main.

– Il faut qu'on te tire de là. Tu crois que c'est parce que tu te sens comme une étrangère ici ?

– Ça doit y contribuer.

– Alors il faut qu'on développe notre amitié, qu'on fasse connaissance. Pose-moi des questions.

En fait, j'aimerais en savoir davantage sur elle. Alors je réfléchis, puis :

– Tu as de bonnes relations avec ta mère ?

– Oui. Je l'aime, c'est ma meilleure amie.

Veinarde.

– Où est ton père ?

– Il vit à Dallas. Ils ont divorcé voilà cinq ans.

– Tu le vois encore ?

– Oui, assure Sara. C'est un bon père. Comme le tien.

Je parviens à rester impassible.

Elle a deux parents sympa et un beau-père qu'elle semble aimer plus que ne le fait sa propre fille. J'espère qu'elle ne considère pas ça comme parfaitement normal.

Sara n'a pas connu une vie trop difficile. Ça se voit, elle est encore pleine d'espoir ; et je lui demande :

– Qu'est-ce qui t'est arrivé de pire dans la vie ?

– Le divorce de mes parents, j'ai vraiment eu du mal.

– Qu'est-ce qui t'est arrivé de mieux ?

– Marcos, sourit-elle.

– Vous êtes ensemble depuis combien de temps ?

– Depuis les vacances de printemps.

– C'est tout ?

– Oui, juste quelques mois. Je parierais n'importe quoi qu'on va se marier.

– Ne fais pas ça.

– Quoi ? L'épouser ?

– Ne parie pas. Tu ne le connais que depuis quelques mois.

– Oh, ce n'est pas pour maintenant ! On va attendre la fin de nos études. Et je change d'université pour me rapprocher de lui.

– Il est à la fac, non ?

– Si, il étudie le stylisme à l'université de Houston. Avec option gestion d'entreprise.

– Il étudie le stylisme ?

– Il voudrait lancer une ligne de vêtements qu'il appellera *His Panic.*

– Oui, c'est écrit sur ses tee-shirts.

– C'est très malin. Il est né au Chiapas, alors, si jamais ses affaires marchent, il compte faire don d'une partie de ses revenus pour lutter contre la pauvreté de cet État. Il a déjà cinq mille abonnés sur Instagram.

– Et c'est bien ? Je n'y connais rien en réseaux sociaux.

– C'est mieux que de ne pas avoir cinq mille abonnés.

Elle s'assied sur le lit, croise les jambes. Elle bouge tellement. J'aimerais avoir la moitié de son énergie.

– Je peux te poser une question ? reprend-elle.

– Bien sûr, je t'en ai déjà posé au moins dix.

– Qu'est-ce qui te rend heureuse ?

Je préfère me détourner avant qu'elle ne lise la réponse sur mon visage car, franchement... je ne sais pas ce qui me rend heureuse. Moi aussi je me pose un peu la question. J'ai passé toute ma vie à juste tenter de survivre. Je ne me suis jamais posé la question sur ce que cela sous-entend.

Déjà, il suffisait d'un repas pour faire mon bonheur, ou les soirs où ma mère n'amenait pas un inconnu, et puis les jours de paie au McDonald's.

Je ne sais pas trop pourquoi cette question m'intrigue tellement mais je me rends compte, pour la première fois depuis mon arrivée ici, que ce qui me plaisait tant alors n'existe plus aujourd'hui.

Qu'est-ce qui me rend heureuse ?

– Je ne sais pas, dis-je en contemplant la mer paisible. L'océan, peut-être.

– Alors profites-en tant que tu peux, ne prends pas un job d'été. Tu as toute la vie devant toi pour travailler. Tu ferais mieux de t'occuper de toi, cet été. Tu as bien le droit d'être un peu égoïste, pour une fois.

– C'est vrai.

– Je suis contente que tu t'en rendes compte, dit-elle en se levant. Bon, j'ai promis à Marcos de l'emmener se faire couper les cheveux, et ensuite on déjeunera en vitesse. Tu peux venir avec nous, si tu veux.

– Non, il faut que je prenne une douche. Après, j'irai peut-être me promener sur la plage.

– Très bien. On rentre dans deux heures. Ne prépare pas de dîner. Ce soir on cuisine sur la plage.

*
* *

Sara m'a dit qu'une grande partie de Port Bolivar s'appelait Zoo Beach. Les véhicules ont le droit de rouler sur le sable, tout comme les voiturettes de golf. Le trafic n'arrête pas, pas plus que la fête.

Le quartier de Sara est aussi un peu animé, mais l'ambiance reste nettement moins agitée que dans certaines parties de la péninsule. À moins de trois kilomètres, c'est un autre monde qui commence. Pas forcément meilleur. Tout dépend de l'humeur de chacun ; en ce qui me concerne, pour le moment, je ne recherche ni musique assourdissante ni virilité toxique.

Je fais demi-tour avant de trop m'enfoncer dans la zone bondée. J'aperçois deux garçons assis à l'arrière de leur pick-up, en train d'attirer un chien avec un hamburger.

On devine ses côtes à travers sa fourrure ; il s'approche prudemment comme s'il savait qu'on allait lui demander quelque chose en échange.

Je compatis aussitôt.

– C'est ça, approche, dit l'un des deux types en éloignant la main.

Dès qu'il arrive à leur portée, le hamburger disparaît et l'autre type enfourche l'animal en rigolant pour lui bander les yeux avant de le relâcher. Le chien se met à tituber, incapable de retrouver son chemin.

Comme il essaie de se dégager les yeux à coups de patte, je me précipite vers lui, le libère ; il me jette un regard effrayé, avant de détaler.

– Arrête ! crie l'un des types, on rigole.

Je leur lance le bandeau puis m'approche pour récupérer le hamburger :

– Connards !

– Espèce de salope, murmure l'un d'eux.

Après quoi je descends à la poursuite du chien. La pauvre bête s'est cachée derrière une poubelle bleue. Je m'approche doucement et jette la viande non loin de lui.

Il la renifle une seconde puis se met à manger. Alors je repars, énervée. Parfois, je ne comprends plus les humains, au point de leur souhaiter d'endurer les mêmes choses que ce chien. Peut-être qu'alors ils se montreraient moins bêtes.

J'arrive à mi-chemin de la maison quand je m'aperçois que le chien m'a suivie. Il doit croire que j'ai encore de la viande.

Je m'arrête et il s'arrête.

On s'observe, on se jauge.

– Je n'ai plus rien à te donner.

Je repars et il me suit encore. De temps en temps, il semble attiré par autre chose mais finit vite par relever la tête et court me rejoindre. Il est encore sur mes talons lorsque j'arrive chez moi.

Je ne vais tout de même pas faire entrer une bête aussi sale, mais je peux au moins lui donner à manger. Arrivée devant la porte, je m'arrête, tends un doigt vers lui :

– Stop !

Il s'assied sur place ; ça me surprend, mais ça prouve qu'il écoute ce qu'on lui dit.

Je prends quelques tranches de dinde dans le réfrigérateur, remplis un bol d'eau et viens déposer le tout devant lui. Je m'assieds sur la dernière marche du perron, le caresse tandis qu'il mange. Je ne sais pas si j'ai tort ou raison de le nourrir ainsi devant la maison. Il risque de ne plus vouloir s'en éloigner mais, après tout, ça ne me dérange pas. Je profiterais bien de la compagnie d'un être qui ne me juge pas.

– Beyah !

Le chien dresse les oreilles alors que j'inspecte les alentours du regard pour savoir qui m'a appelée, mais je ne vois personne.

– Par ici !

Ça vient de la bâtisse en angle derrière nous. Un garçon se tient tout en haut, au bord du toit, si haut qu'il me faut quelques secondes pour me rendre compte que c'est Samson.

Il me fait des signes et, comme une idiote, je me retourne pour vérifier que c'est bien à moi qu'il s'adresse, alors qu'il a déjà crié mon nom.

– Viens ici, crie-t-il encore.

Il est torse nu. Je me lève d'un bond ; je me sens aussi pathétique que la pauvre bête affamée près de moi.

Je traverse la rue, le chien sur mes talons.

J'entre dans le jardin sur lequel donne directement le toit duquel se penche dangereusement Samson.

– Prends l'escalier devant toi, indique-t-il, ensuite c'est la première porte à gauche dans le couloir. Elle mène à l'escalier. Viens me rejoindre, je veux te montrer quelque chose.

La sueur fait luire sa peau et j'hésite une seconde. Je n'ai jamais entretenu d'excellentes relations avec lui. Pourquoi courir le moindre danger ?

Je préfère crier :

– J'ai peur du vide !

Ça le fait rire :

– Tu n'as peur de rien. Viens ici.

Je n'aime pas ce ton sûr de lui, comme s'il me connaissait bien. Pourtant, il a raison. Il en faudrait davantage pour m'effrayer. Je m'adresse alors au chien :

– Va là-bas.

Il se dirige aussitôt vers l'endroit que je lui indique et s'assied.

– Tu es trop malin, toi !

Puis je me dirige vers la maison. *Dois-je frapper?* Ce que je fais, mais personne ne répond. J'en conclus que Samson doit être seul.

Je pousse la porte, ressentant une sensation étrange de découvrir cette demeure inconnue. Je me dirige en hâte vers l'escalier qu'il m'a indiqué et monte les marches qui débouchent, au dernier étage, sur un salon circulaire tout en fenêtres. On se croirait en haut d'un phare avec une vue à 360 degrés.

C'est époustouflant. Pourquoi toutes les maisons ne sont pas construites comme ça ? Je me verrais bien venir lire un livre ici tous les soirs.

L'une des fenêtres ouvre sur le toit où Samson m'attend.

– C'est trop cool, dis-je en jetant un coup d'œil dehors.

Il me faut un certain temps pour trouver le courage de grimper sur le toit. Je n'ai pas vraiment peur du vide comme je le prétendais, mais là, c'est une maison sur pilotis, avec deux étages posés dessus.

Samson me prend par la main pour m'aider à me hisser près de lui. Une fois sur place, j'aspire une grande goulée d'air, car je ne me rendais pas compte à quelle hauteur on se trouvait. Je n'ose pas regarder en bas.

Tout semble différent, vu d'en haut. Notre maison paraît toute petite, ainsi que celle de Samson, d'ailleurs, car elle est plus vaste que celle-ci mais pas aussi haute.

Aux pieds de Samson, j'aperçois des tuiles entassées près d'une boîte à outils.

– C'est l'une de tes cinq maisons à louer ?

– Non, j'aide mon amie, Marjorie. Elle a une fuite.

Le toit comporte deux niveaux, séparés par un petit espace. Samson grimpe sur le plus haut et, les mains sur les hanches, m'ordonne :

– Viens.

Une fois que je me retrouve près de lui, il me désigne un point à l'opposé de l'océan :

– Regarde, le soleil va se coucher sur la baie.

À l'autre bout de la péninsule, le ciel s'enflamme de rouge, de mauve et de bleu entremêlés.

– Marjorie a la plus haute maison du quartier. D'ici, on voit toute la péninsule.

Je tourne sur moi-même pour admirer la vue. La baie est inondée de couleurs et on distingue la plage tout entière.

– C'est magnifique.

Samson contemple un instant le soleil couchant puis descend vers le toit du dessous, enjambe la boîte à outils et s'agenouille. Il place une tuile devant lui et commence à la clouer.

Quand je le vois se déplacer sur ce toit avec une telle aisance, je me sens déstabilisée et m'assieds.

– C'est tout ce que je voulais, dit-il. Je sais que tu aimes les levers de soleil, alors je voulais que tu voies un coucher d'ici.

– En fait, le lever de ce matin m'a pas mal déprimée.

Il acquiesce comme s'il voyait exactement ce que je voulais dire.

– Oui, parfois, les choses sont si belles que ça rend le reste moins impressionnant.

Je le dévisage un instant sans rien dire. Il place encore cinq tuiles tandis que le ciel engloutit peu à peu toute la lumière. Il sait que je le regarde mais, pour une raison ou pour une autre, ça ne me gêne pas. On dirait qu'il est content de me voir ici. Un peu comme le matin, quand on est installés chacun sur son balcon sans échanger un mot.

Il a les cheveux trempés de sueur, ce qui les rend d'un blond plus foncé que d'habitude. Il porte une chaîne autour du cou et, quand il bouge, j'aperçois une trace de bronzage dessous. Il ne doit jamais l'enlever. C'est un médaillon en bois accroché à une fine corde noire tressée.

– Il signifie quelque chose, ce pendentif ?

Il hoche la tête, sans toutefois me donner davantage d'explications.

– Tu m'expliques ?

Il fait non.

Bon, d'accord.

Je soupire. Pourquoi m'obstiner à vouloir discuter avec lui ? J'avais oublié comment ça se passait.

– Tu as pris un chien aujourd'hui ? demande-t-il.

– Je me suis promenée et il m'a suivie à la maison.

– Je t'ai vue le nourrir. À présent, il ne te quittera plus.

– Ça me va.

Il essuie la sueur de son front du revers de la main.

– Que font Sara et Marcos ce soir ?

– Elle a parlé d'un barbecue, je crois, dis-je en haussant les épaules.

– Parfait. Je meurs de faim.

Et il se remet à poser des tuiles. Jusqu'à ce que je demande :

– Qui est Marjorie ?

– La propriétaire de cette maison. Son mari est mort il y a quelques années, alors je l'aide de temps en temps.

Je me demande combien de gens il connaît dans ce quartier. A-t-il grandi au Texas ? Où allait-il à l'école ? Pourquoi rejoint-il l'armée de l'Air ? J'ai tellement de questions à lui poser...

– Depuis combien de temps as-tu des maisons ici ?

– Je n'en ai aucune. Elles sont à mon père.

– Depuis combien de temps ton père a-t-il des maisons ici ?

Il lui faut un certain temps pour répondre :

– Je n'ai pas envie de parler des maisons de mon père.

Je me mords les lèvres. On dirait qu'un grand nombre de questions sont interdites avec lui. Je n'aime pas ça, ça ne fait qu'exciter ma curiosité. Je ne croise pas beaucoup de gens qui gardent autant de secrets que moi. La plupart cherchent à se faire entendre, à s'épancher. Tandis que Samson ne veut pas se confier. Et moi non plus. Ce qui explique sans doute pourquoi nos conversations me semblent tellement différentes de celles que j'ai avec d'autres gens.

Je les trouve barbouillées, comme une page blanche avec des taches d'encre.

Samson commence à ranger ses affaires dans sa boîte à outils. Il y a encore un peu de lumière mais ça ne va pas durer. Il se relève et remonte s'asseoir à côté de moi sur le toit.

Si près que je sens la chaleur de son corps.

Il s'immobilise, les coudes sur ses genoux. Il est vraiment très beau. Difficile de ne pas admirer des gens comme lui. Pourtant, je crois que son charisme vient plutôt de son attitude que de son apparence. Il doit posséder un côté artistique.

Son côté très calme lui donne un air introverti. À moins qu'il ne soit juste sur ses gardes.

Quoi qu'il en soit, ça me donne envie de me pencher sur son cas, d'en faire un projet. C'est comme un défi. J'ai envie de le forcer à s'ouvrir pour voir ce qui fait de lui la seule personne au monde qui attise ma curiosité.

Samson passe le pouce sur sa lèvre inférieure, de façon si naturelle que ça attire mon regard, lorsqu'il se remet à parler :

– Il y avait un pêcheur qui venait régulièrement dans le coin. Il s'appelait Rake. Il vivait sur son bateau et longeait la côte d'ici à South Padre. Quelquefois, il jetait l'ancre par ici et nageait jusqu'à la plage pour se joindre aux gens qui faisaient des barbecues. Je ne me souviens pas trop de lui, mais je sais qu'il écrivait des poèmes sur des morceaux de papier pour les donner aux gens. Je crois que c'était ce qui me fascinait le plus en lui, ce pêcheur audacieux qui écrivait des poèmes. Pour moi, c'était une sorte de créature mythique.

Il marque une pause, avant de reprendre, rêveur :

– Voilà quelques années, un ouragan a détruit une partie de l'île. Je participais au nettoyage quand j'ai trouvé le bateau de Rake retourné au bout de la péninsule. En miettes.

Il passe les doigts sur son pendentif.

– J'ai pris un morceau de la coque pour en faire ce pendentif.

Tout en contemplant l'océan, il passe ses doigts le long de la corde.

– Qu'est-ce qui est arrivé à Rake ?

– Je ne sais pas. Techniquement, il n'habitait pas la région, il n'a donc pas fait partie des morts ou des disparus. Seulement, il n'aurait jamais abandonné son bateau, même pendant un ouragan. À vrai dire, je ne suis pas sûr qu'on l'ait vraiment cherché, ni qu'on ait remarqué son absence.

– Toi, tu l'as remarquée.

Là, il change d'expression, laisse paraître un peu de sa tristesse. Je n'aime pas trop ça, parce que la tristesse est ce qui m'attire, apparemment. J'ai l'impression qu'il manipule mon âme, avec cette expression.

Samson n'est pas du tout celui que je croyais en faisant sa connaissance. Je ne sais pas comment l'interpréter. D'abord, ça me déçoit. Moi qui ne me serais jamais crue du genre à juger les autres, voilà que je l'ai fait avec lui. Et avec Sara.

Je me lève et regagne le salon. Je jette un coup d'œil sur Samson. Et on échange un regard qui dure bien cinq secondes.

– Je me suis trompée sur toi.

– Je sais.

Il dit ça en toute sincérité, comme s'il ne m'en voulait pas.

Je ne rencontre pas beaucoup de gens capables de m'apprendre quelque chose, cependant, il pourrait bien m'avoir percée à jour bien mieux que moi je ne l'ai fait. Et je trouve ça séduisant.

Raison pour laquelle je descends l'escalier beaucoup plus lourdement que je ne l'ai monté.

Le chien se trouve toujours au même endroit. Il s'est levé dès que je suis sortie sur le perron mais n'a pas bougé. Il se contente de me fixer en remuant la queue.

– Te voilà bien obéissant, dis-je en le caressant.

Il a les poils tout emmêlés. Pauvre bête que personne n'aime. Il me fait penser à moi-même.

– C'est votre chien ?

C'est une femme qui m'a demandé ça, assise à une table de pique-nique devant la maison. Plutôt âgée, dans les soixante-dix ans, elle farfouille dans un sac posé sur ses genoux. Ce doit être Marjorie.

– Je ne sais pas, dis-je alors. On vient de faire connaissance.

Je m'approche de la table, suivie du chien.

– Vous êtes une amie de Samson ? s'enquiert-elle.

– Je ne sais pas, dis-je encore. On vient de faire connaissance, là aussi.

Ça la fait rire.

– Bon, si vous arrivez à le comprendre, dites-le-moi. Cet homme est un vrai mystère.

Apparemment, je ne suis pas la seule à penser ça de lui.

– Il voulait me montrer la vue depuis votre toit. C'est magnifique.

Maintenant que je suis plus près d'elle, je vois qu'elle casse des noix de pécan. Je m'adosse à l'un des pilotis de sa maison et lui demande :

– Depuis combien de temps connaissez-vous Samson ?

L'air de réfléchir, elle lève le menton :

– Voyons, depuis le début de l'année. J'ai eu une crise cardiaque en février, qui m'empêche de faire tout ce que je voudrais, comme avant. Alors il vient de temps en temps et je lui donne du travail. Il ne se plaint jamais. Pourtant, il ne me fait rien payer. Je ne vois pas ce qu'il en tire.

J'aime bien l'idée qu'il ne lui soutire pas d'argent. Non pas qu'elle ne puisse payer quelqu'un qui lui vient en aide. Elle vit dans la plus grande maison du plus beau quartier, sans doute, de cette péninsule. Une bâtisse qui n'a rien de moderne, assez datée, mais qui a du caractère. On la sent habitée, au contraire de nombreuses autres, identiques et prêtes à louer.

– J'aime vraiment votre maison, dis-je alors. Comment appelez-vous cet étage ?

– Le niveau pilotis. Pour nous, c'est le rez-de-chaussée.

J'examine les autres maisons. Certaines ont encastré leurs pilotis. D'autres en ont fait un parking. J'aime bien celui de Marjorie avec son tiki bar, sa table de pique-nique et ses deux hamacs accrochés entre les piliers.

– Certaines personnes ont transformé leur rez-de-chaussée en pièces. Les abrutis d'à côté y ont installé une chambre d'amis, pas très malin, mais ils ne m'ont pas demandé mon avis. Ils comprendront bien assez vite.

Parfois, l'océan est notre voisin, mais parfois, il devient envahissant.

Elle me fait signe de me rapprocher :

– Tenez, prenez ça.

Et elle me tend un grand sac de noix de pécan épluchées.

– Gardez-les, j'en ai trop.

– Merci, dis-je sans trop savoir ce que je vais en faire.

Sans doute les garder pour Alana.

– Vous lui avez donné un nom ? demande-t-elle en désignant le chien.

– Non.

– Vous devriez l'appeler Pepper Jack.

– Comme le fromage ? dis-je en riant.

– Pourquoi pas ?

Il ne ressemble pas à un morceau de fromage au poivre. Un chien en général ne ressemble pas à du fromage.

– Pépère, lui dis-je alors. Ça te parle ?

– Pepper Jack, corrige Marjorie. Ça lui ira mieux.

L'extravagance de cette dame me plaît bien.

– Merci pour les noix de pécan.

Puis je me penche vers le chien :

– Allez, Pepper Jack, on y va.

CHAPITRE 11

J'ai été élève dans une petite école primaire. C'est là que j'ai rencontré Natalie. Elle se trouvait à quelques pâtés de maisons et il n'y avait qu'un professeur par niveau. On fréquentait donc tous les élèves de son âge. Personne ne parlait d'argent car on était trop jeunes pour vraiment s'en préoccuper.

Au collège et au lycée, les choses ont changé. D'abord avec des campus beaucoup plus grands, et parce que, les bandes d'amis dépendaient du niveau de fortune de la famille. À moins d'être la plus ravissante des filles, ou, dans le cas de Zackary Henderson, célèbre sur YouTube. Il n'était pas riche, mais son importance sur les réseaux sociaux lui permettait de fréquenter le groupe des plus aisés, car, pour les gens de mon âge, le nombre d'abonnés comptait plus que le fric.

Je venais du pire quartier de la ville et tout le monde le savait. Les gamins du coin, aussi pauvres que moi, disparaissaient peu à peu. Beaucoup d'entre eux suivaient la même pente glissante que leurs parents en sombrant dans la drogue. Je n'ai jamais eu l'impression de faire partie de cette population car je faisais mon possible pour rester totalement à l'opposé de ma mère et des gens qui vivaient comme elle.

En fait, ça n'avait pas d'importance à l'école. Natalie est restée ma seule amie jusqu'à ce que j'entre dans l'équipe de volleyball ; certaines joueuses m'ont acceptée, surtout après que je suis devenue la meilleure, mais la plupart me rejetaient. Elles me traitaient comme une moins que rien. Ce n'était pas un harcèlement systématique. Pas de noms d'oiseaux ni de bousculades dans les couloirs. Je devais être trop impressionnante pour qu'elles osent m'agresser. Je me serais défendue et elles le savaient.

En revanche, elles m'évitaient, m'ignoraient totalement. Jamais je n'étais sollicitée pour quoi que ce soit ni invitée nulle part. Je suis sûre que c'était dû en grande partie au fait d'être une des rares élèves sans ordinateur portable ni aucun téléphone, fixe ou mobile. Impossible de me contacter en dehors des heures de cours ; ce qui explique mon isolement durant six bonnes années, selon moi.

Difficile de ne pas développer une certaine amertume quand on passe autant de temps seule. Particulièrement contre certaines classes sociales ; car plus mes camarades étaient riches, plus elles m'ignoraient.

C'est la raison pour laquelle je suis mal à l'aise sur cette plage, parmi des gens pour qui, j'en suis certaine, je serais demeurée invisible au lycée. J'aimerais croire que Sara m'aurait traitée comme elle le fait aujourd'hui. Plus je la connais, moins je vois en elle une personne capable de se montrer odieuse avec qui que ce soit.

Et Samson, comment traitait-il les moins que rien ?

Les élèves qui avaient de l'argent ne se conduisaient pas tous comme des enfoirés, mais ils étaient assez nombreux pour que j'aie fini par tous les mettre dans le même sac. Quelque part, je me demande comment auraient pu tourner les choses si j'avais fait davantage d'efforts. Si je m'étais un peu plus ouverte, aurais-je été acceptée ?

Sans doute ne l'ai-je pas été parce que je ne le voulais pas. C'était plus facile de rester seule avec moi-même. Éventuellement, je pouvais toujours me tourner vers Natalie, mais elle possédait un téléphone portable et fréquentait aussi d'autres élèves; on n'était pas inséparables. Je ne peux même pas dire qu'on était de grandes amies.

Mais je n'ai jamais fait ça: traîner parmi des groupes pleins de gens. Quand j'ai atteint l'âge de gagner ma vie, j'ai bossé sans arrêt. Impossible de me rendre à des fêtes et des barbecues; de même que je ne fréquentais pas des gens de mon âge. Je fais tout pour me détendre dans cette foule, mais ça va me prendre du temps. J'ai passé trop d'années à devenir la personne que je suis pour en changer du jour au lendemain.

Il y a au moins huit personnes autour du feu, mais pas Samson. Il est venu prendre un burger, avant de repartir chez lui. Parmi tous ces gens, je ne connais que Sara et Marcos, et ils sont assis en face, de l'autre côté du feu. Je ne crois pas qu'ils connaissent les autres gens non plus. J'ai entendu Marcos demander à un type d'où il venait.

Ça doit se passer comme ça, sur les plages. On traîne avec des gens qu'on connaît à peine, on rejoint des inconnus autour du feu, on pose des questions superficielles jusqu'à être assez ivre pour faire comme si on se connaissait depuis toujours. Sara doit trouver que je me replie trop sur moi-même, car la voilà qui vient s'asseoir à côté de moi. Pepper Jack est affalé sur le sable à mes pieds; elle se penche pour lui caresser la tête.

– Où est-ce que tu l'as trouvé ?

– Il m'a suivie jusqu'à la maison.

– Tu lui as trouvé un nom ?

– Pepper Jack.

– Sérieux ? J'aime bien. On devrait lui donner un bain. Il y a une douche sous les pilotis.

– Tu crois que ta mère acceptera que je le garde ?

– Pas dans la maison, mais on pourrait lui installer une niche dehors. En fait, il y a des chances qu'elle ne s'aperçoive de rien. Les parents ne restent jamais longtemps ici.

C'est ce que j'ai cru remarquer. Ils arrivent tard tous les deux et se couchent peu après, pour repartir tôt le matin. Je n'ai presque pas vu mon père depuis que je suis là.

– Pourquoi s'en vont-ils toujours ?

– Ils travaillent tous les deux à Houston. La circulation est épouvantable. Alors, les soirs de semaine, ils dînent ensemble en ville, pour pouvoir rentrer tranquillement. Mais ils prennent leurs vendredis en été, pour s'offrir des week-ends de trois jours.

– Pourquoi est-ce qu'ils rentrent ici en semaine, alors que leur maison principale est à Houston ?

– Ma mère s'inquiéterait trop pour moi. Elle n'est plus aussi stricte qu'avant, parce que j'ai dix-neuf ans, mais elle veut toujours s'assurer que je passe bien toutes mes nuits à la maison. Et puis elle aime l'océan. Je crois qu'elle dort mieux ici.

– Quelqu'un habite dans votre maison de plage en dehors de l'été ?

– Non. On la loue. On vient ici pour les vacances ou pour passer un week-end de temps en temps.

Elle cesse de caresser Pepper Jack et se tourne vers moi :

– Où est-ce que tu habiteras pendant tes cours, en août ? Tu vas retourner chez ta mère ?

Mon cœur se serre. Ils croient toujours que je vais fréquenter l'université publique du Kentucky ; et je ne leur ai encore rien dit pour maman...

– Non. Je vais...

Marcos arrive et soulève Sara de sa chaise sans me laisser le temps de finir ma phrase ; malgré ses cris joyeux, il l'entraîne en courant vers la mer. Tout ce tumulte réveille Pepper Jack qui se redresse et se met à aboyer.

– C'est bon, dis-je en posant une main sur sa tête. Couché.

Il se rassied silencieusement. J'observe la maison de Samson en me demandant ce qu'il fabrique. Y a-t-il une fille avec lui ? Ce qui expliquerait pourquoi il n'est pas sorti nous rejoindre.

Je n'aime pas me retrouver seule maintenant que Sara et Marcos se baignent. Je ne connais pas les gens qui restent et ils deviennent bruyants. Je dois être la seule à ne pas boire.

Je me lève, histoire d'aller me promener un peu avant que l'un d'entre eux ne se mette à jouer au jeu de la bouteille ou je ne sais quoi d'aussi horrifiant. Pepper Jack me suit.

Je commence à bien l'aimer, ce chien. Je trouve juste son nom trop long. P.J., ce serait plus amusant... On passe devant un château de sable abandonné. Il se met à le renifler et je m'installe à côté pour remonter un mur.

La vie est bizarre. Un jour on est devant sa mère décédée, et, quelques jours plus tard, on répare un château de sable dans la nuit, avec un chien qui porte un nom de fromage.

– La marée va l'avaler dans moins d'une heure.

Je lève la tête vers Samson, debout devant moi. Ça me soulage de le voir ici, en même temps, c'est bizarre. Je commence à me sentir trop bien en sa compagnie.

– Alors tu pourrais m'aider à bâtir un mur de soutènement.

Il vient s'asseoir de l'autre côté, regarde le chien :

– Il t'aime bien.

– Je l'ai nourri. Je suis sûre que si tu lui donnes un burger, il te suivra aussi.

Sans répondre, Samson commence à entasser du sable devant sa partie du château et ça m'amuse de voir ce beau mec, torse nu, en train de jouer ainsi.

Impressionnée par sa concentration, je ne peux m'empêcher de lui jeter régulièrement un coup d'œil.

– Il s'appelle Pepper Jack, dis-je pour rompre le silence.

– Tu as vu Marjorie ? demande-t-il avec un sourire.

– Tu savais que l'idée venait d'elle ?

– Elle a deux chats, Cheddar et Mozzarella.

Là, je m'esclaffe :

– Intéressant !

– Tout à fait.

L'eau monte et commence à nous atteindre les pieds. Samson arrête de tapoter son mur.

– Tu t'es déjà baignée ?

– Non. Je n'aime pas trop.

– Pourquoi ?

– Les méduses, les requins, tous ces trucs qu'on ne voit pas sous la surface.

– Tout à l'heure, on traînait au sommet d'une maison. Tu es plus en sécurité dans la mer que sur ce toit.

Il se lève et chasse le sable resté sur son short.

– Viens.

Et il entre dans l'eau sans m'attendre. Je cherche Marcos et Sara mais ils sont déjà loin, en train de partir dans la direction opposée.

L'océan est énorme, je ne vois pas en quoi m'y baigner avec Samson pourrait paraître intimiste. Je me lève, ôte mon short que je lance à proximité de Pepper Jack.

– Tiens, garde-moi ça.

Je me dirige vers l'eau, la trouve plus chaude que je ne l'aurais cru. Je continue de marcher, surprise de la distance à parcourir avant de m'enfoncer seulement jusqu'aux mollets. À quelques mètres devant moi, Samson plonge dans une vague et disparaît sous l'eau.

J'avance toujours et me retrouve immergée jusqu'à la poitrine lorsqu'il réapparaît non loin de moi ; il me regarde, puis rejette ses cheveux an arrière :

– Tu vois ? Rien à craindre.

Il se penche et nos genoux se heurtent accidentellement mais il fait comme si de rien n'était et ne recule pas. C'est moi qui m'écarte un peu afin que ça ne recommence pas. Je ne le connais pas assez pour savoir si j'ai vraiment envie de lui donner des idées. Il avait je ne sais quelle fille dans ses bras l'autre soir, pas envie de faire partie de ses trophées.

– Marjorie t'a donné ses noix de pécan, aujourd'hui ? s'enquiert-il.

Comme je hoche la tête, il éclate de rire :

– J'en ai des tonnes chez moi ! Maintenant, je les dépose sur les perrons des voisins.

– C'est tout ce qu'elle fait de ses journées ? Casser des noix de pécan ?

– À peu près.

– Où est-ce qu'elle les trouve ? Elle n'a même pas d'arbres.

– Aucune idée. Je ne la connais pas bien. La dernière fois qu'on s'est vus remonte à plusieurs mois. Je marchais près de sa maison lorsqu'elle m'a arrêté en demandant si j'allais bientôt faire des courses. J'ai répondu que oui, même si ce n'était pas le cas, et lui ai demandé de quoi elle avait besoin. Elle m'a dit des piles, j'ai demandé quelle taille et elle a répondu: *Étonnez-moi.*

Je souris, pas tant à cause de ce qu'il raconte que de sa façon de parler. Sa lèvre inférieure remue d'une drôle de façon qui capte complètement mon attention.

Soudain, je m'aperçois que lui aussi contemple ma bouche. Avant de se remettre à nager un peu.

J'ai de l'eau jusqu'au cou, il faut que je remue les bras pour rester à la surface.

– Sara dit que tu étais malade ces derniers jours.

Je ne confirme pas, préférant hausser les épaules:

– Je ne me sentais pas très bien, mais c'était plutôt émotionnel qu'autre chose.

– Tu avais envie de rentrer chez toi?

– Pas du tout. Et toi, où est-ce que tu vas, tous les jours? Qu'est-ce que tu fais quand tu n'aides pas les vieilles dames gratuitement?

– J'essaie de passer inaperçu.

– Comment ça?

Il tourne la tête en direction de la pleine lune qui se lève juste au-dessus de l'eau.

– Ce serait trop long à t'expliquer. Pas envie pour le moment.

Rien d'étonnant. En matière de conversation, il semble préférer ce qui est superficiel.

– Je ne te comprends pas, dis-je pourtant.

Il ne change pas d'expression mais son intonation se teinte d'une note amusée quand il répond:

– Je ne savais pas que tu essayais.

– Je croyais tout savoir sur toi, mais je me suis trompée, comme je te l'ai déjà dit. Tu es multi-couche.

– Quoi? Comme un oignon ou un gâteau?

– Plutôt un oignon. Il faut t'éplucher pour mieux te saisir.

– Et c'est ce que tu essaies de faire ?

– Ça ou autre chose... Je vais peut-être passer tout mon été à te dépiauter jusqu'à ce que tu finisses par répondre à mes questions.

– C'est déjà fait : je t'ai expliqué pourquoi je portais un médaillon.

– C'est vrai, je dois le reconnaître.

– Et toi ? reprend-il. Tu crois que tu es facile à déchiffrer ?

– Je ne sais pas.

– Absolument pas.

– Tu as essayé ?

Il me fixe un instant, avant de lâcher :

– Si toi tu le fais...

J'en ai les jambes qui tremblent.

– J'ai l'impression qu'on ne va pas aller très loin ensemble, dis-je alors. J'aime garder mes secrets et j'ai l'impression que toi aussi.

– Je peux juste te garantir que tu n'es pas près de détacher ma première pellicule.

Quelque chose me dit que je vais y arriver.

– Pourquoi es-tu si réservé ? Ta famille est célèbre ou quoi ?

– Ou quoi.

Il se rapproche de moi et ça me fait penser que l'attraction est mutuelle entre nous. J'ai du mal à comprendre qu'un mec aussi séduisant, aussi riche, puisse s'intéresser à moi d'une façon ou d'une autre.

Ça me rappelle ce que j'ai ressenti la première fois que Dakota m'a embrassée. Raison pour laquelle je m'éloigne de Samson. Que dirait-il après notre baiser ? Serait-il aussi cruel que Dakota ?

On se détourne légèrement l'un de l'autre, je tourne le dos à l'océan, comme si on bougeait insensiblement. Je ne peux quitter ses lèvres du regard ; des gouttes d'eau perlent sur celle du bas.

Nos genoux s'effleurent à nouveau. Cette fois, je ne m'écarte pas, mais le contact ne dure que quelques secondes et, ensuite, je me sens un peu triste.

Je me demande ce qu'il ressent ; il n'est sans doute pas aussi dérouté que moi.

– Pourquoi es-tu si secrète ?

J'y réfléchis un instant, puis je réponds :

– Je crois que je n'ai jamais connu quelqu'un à qui j'aie eu envie de me confier.

À son regard, je vois qu'il me comprend.

– Pareil pour moi, murmure-t-il d'une voix à peine audible.

Il replonge dans l'eau et disparaît. Peu après, je l'entends jaillir et reprendre son souffle derrière moi. Je me retourne. Jamais on n'a été aussi près l'un de l'autre. Nos jambes se touchent encore mais aucun de nous ne s'éloigne.

Je ne crois pas avoir jamais ressenti ça – comme si mon sang filait à toute vitesse dans mes veines. J'ai toujours préféré mettre beaucoup d'espace entre les garçons et moi. Je ne sais pas ce que c'est que de se rapprocher de quelqu'un.

– Pose-moi des questions, dit-il. Je ne répondrai peut-être pas toujours mais je serais curieux de savoir ce que tu voudrais apprendre à mon sujet.

– C'est sans doute plus que tu ne veux dire.

– Vas-y.

– Tu es fils unique ?

Il hoche la tête.

– Quel âge as-tu ?

– Vingt ans.

– Où as-tu grandi ?

Il secoue la tête, signifiant qu'il ne veut pas répondre à celle-là.

– Ne me dis pas que je suis indiscrète.

– Si tu connaissais la réponse, tu comprendrais.

Il a raison. Ça tourne au défi. Mais je ne crois pas qu'il ait compris à quel point j'aime la compétition. Après tout, mon goût de la victoire m'a fait gagner une bourse pour l'université de Pennsylvanie.

– Sara dit que tu vas rejoindre l'École de l'air ?

– Oui.

– Pourquoi ?

– C'est une tradition familiale.

– Ah ! Premier indice : ainsi ton père était dans l'armée de l'Air ?

– Oui, et mon grand-père aussi.

– Comment se fait-il que ta famille soit si riche ? L'armée ne rapporte pas tant que ça.

– La fortune remonte à plus longtemps. Les gens riches deviennent militaires pour la gloire, pas pour l'argent.

– Et tu veux entrer dans l'armée ou tu y vas juste parce que c'est ce qu'on attend de toi ?

– Je veux y entrer.

– Très bien.

Je ne sais pas si c'est lui ou le courant, mais il est encore plus près de moi. J'ai une jambe coincée entre ses genoux, si bien que ma cuisse frôle parfois la sienne. Je le fais plus ou moins exprès, et ça m'étonne. C'est peut-être son cas à lui aussi. Je reprends :

– Quel est ton animal préféré ?

– La baleine.

– Ton plat préféré ?

– Les fruits de mer.

– Ton occupation préférée ?

– Nager.

– Tu nous fais des réponses de surfeur, là ! dis-je en riant. Ça ne mène à rien.

– Pose-moi de meilleures questions.

Encore un défi. On se regarde dans les yeux tandis que je cherche ce que j'ai exactement envie de lui demander.

– Sara dit que tu ne cours pas après les relations, que tu ne sors pas avec des filles en vacances ici. Pourquoi ?

Il ne répond pas. Encore une question déplacée, j'imagine.

– D'accord, trop personnel. Je vais chercher quelque chose de plus facile.

– Non, attends, je vais répondre à celle-là. J'essaie juste de voir comment...

Il replonge jusqu'au menton et j'en fais autant. J'aime bien quand on peut ainsi se regarder dans les yeux. Même si les siens n'expriment pas grand-chose.

– Je ne fais pas facilement confiance.

Réponse plutôt inattendue ; j'aurais cru qu'il allait me confier vouloir rester seul ou quelque chose de ce genre.

– Pourquoi ? Tu as eu un chagrin d'amour ?

Il serre les dents avant de répondre :

– Oui. Ça m'a brisé. Elle s'appelait Darya.

Le fait qu'il prononce ce nom à haute voix provoque en moi un petit pincement de jalousie. J'ai envie de lui demander ce qui s'est passé mais je ne tiens pas trop à connaître la réponse.

– Quel effet ça fait ?

– D'avoir le cœur brisé ?

Je hoche la tête tandis qu'il éloigne une algue.

– Tu as déjà été amoureuse ?

– Non, même pas en rêve. Je n'ai jamais aimé personne, ni jamais été aimée.

– Mais si. Ça compte, la famille.

Cela ne change rien... Mon père me connaît à peine. Ma mère n'a pas su m'aimer.

– Je n'ai pas ce genre de famille. Tout le monde n'a pas une mère comme la mienne. Je ne crois pas qu'elle m'ait jamais prise dans ses bras. D'ailleurs, maintenant que j'y pense, je ne crois pas que ça me soit déjà arrivé avec personne.

– Ce n'est pas possible !

– Bon, j'ai embrassé des gens pour dire merci, bonjour ou au revoir, vite fait. Mais on ne m'a jamais... comment dire...

– Serrée dans ses bras ?

– C'est ça. Personne ne m'a jamais serrée dans ses bras. Je ne sais pas à quoi ça ressemble. En fait, j'essaie de l'éviter. Ça me paraîtrait bizarre.

– Tout dépend de la personne qui le fait.

La gorge serrée, je déglutis sans répondre.

– Ça m'étonne, dit-il alors, que tu ne croies pas que ton père t'aime. Il a l'air d'un type bien.

– Il ne me connaît pas. C'était la première fois que je le revoyais en deux ans. Je te connais mieux que lui.

– Tu ne sais pas grand-chose.

– Exactement.

Cette fois, son genou glisse entre mes cuisses et je suis contente qu'il ne puisse pas voir la chair de poule qui hérisse ma peau.

– Je ne pensais pas qu'il y avait beaucoup de gens comme moi, avoue-t-il.

– Tu crois qu'on se ressemble ?

Cette comparaison me donnerait presque envie de rire mais je n'ai perçu aucun humour dans son intonation.

– Je crois qu'on a beaucoup plus de choses en commun que tu ne l'imagines, Beyah.

– Tu te sens aussi seul au monde que moi ?

Les lèvres serrées, il hoche la tête, et c'est la réaction la plus sincère que j'aie jamais vue. Comment imaginer qu'une personne fortunée puisse mener une vie aussi pourrie que la mienne ? En même temps, c'est bien ce que je lis dans son expression. D'un seul coup, tout en lui me paraît si familier...

Il a raison. On se ressemble, mais seulement dans nos pires caractéristiques.

C'est d'une voix cassée que je murmure :

– La première fois que je t'ai vu, sur ce ferry, je sentais bien que tu en avais bavé.

– C'est ce que tu crois de moi ? Que j'en ai bavé ?

– Oui.

Il se rapproche encore et, cette fois, nos corps se touchent presque complètement.

– Tu as raison, poursuit-il doucement en glissant une main derrière mon genou. Je suis totalement en miettes.

Et il m'attire contre lui, enroule mes jambes autour de lui mais ne va pas plus loin. Il n'essaie pas de m'embrasser, se contente de nous réunir comme si ça pouvait suffire, tandis que nos bras nous permettent de flotter.

On se regarde un instant et ça me donne l'impression de me regarder dans un miroir brisé. Il se penche doucement, mais pas vers ma bouche ; il pose les lèvres sur mon épaule, si doucement qu'il l'effleure à peine.

Je ferme les yeux, et j'inspire.

Jamais rien n'a été aussi sensuel, aussi parfait.

Une de ses mains disparaît sous l'eau pour se poser sur ma taille. Quand je rouvre les yeux, c'est pour voir son visage à quelques centimètres du mien.

Tandis qu'on se contemple encore, je sens soudain comme un éclair brûlant dans toute ma jambe.

– Merde !

Quelque chose vient de me piquer.

Quelque chose qui me pique à l'instant où on allait s'embrasser, voilà qui illustre bien ma chance.

– Merde, merde, merde ! J'ai été piquée par je ne sais quoi.

Il secoue la tête comme pour se remettre les idées en place ; il comprend aussitôt ce qui vient de se passer.

– Une méduse.

Il m'attrape par la main pour me ramener sur la plage mais ma jambe est si douloureuse que je me déplace difficilement.

– Mince, ça fait trop mal !

– Sara garde une bouteille de vinaigre dans leur douche extérieure. Ça devrait te faire du bien.

Quand il constate que j'ai du mal à rester debout, il se penche et me soulève dans ses bras pour m'emporter vers la plage comme si de rien n'était.

– Où est-ce qu'elle t'a piquée ? demande-t-il.

– Sur la jambe droite.

Il accélère dès que l'eau ne lui arrive plus qu'aux genoux, puis on file devant le feu, en direction de la cabine de douche de chez Sara.

– Qu'est-ce qui se passe ? crie celle-ci.

– Méduse ! répond-il.

En fait, il y a à peine assez de place pour nous deux entre les pilotis. Quand il me dépose à terre, je sens la douleur monter directement de l'arrière de ma cuisse et pousse un gémissement.

– Beyah, lance-t-il d'un ton grave. Ne fais pas tant de bruit.

La douleur est trop forte, et ça ne s'arrange pas lorsque le vinaigre atteint ma peau.

– Arrête, Samson, s'il te plaît !

– Pas encore.

Il m'arrose de nouveau la jambe pour s'assurer que la piqûre est entièrement nettoyée.

– Tu te sentiras mieux bientôt, assure-t-il.

Menteur, je veux mourir.

– Non, ça fait mal, arrête !

– Pas pour longtemps, promis.

Tout d'un coup, il s'immobilise, mais ce n'était pas volontaire. Le voilà qui disparaît brusquement. Je fais volte-face pour apercevoir mon père en train de lui balancer un coup de poing en pleine figure.

Samson recule puis s'écroule sur le sol en béton.

– Elle t'a dit d'arrêter, connard ! hurle mon père.

Samson se relève péniblement et recule, les mains levées dans un geste de défense alors que mon père s'apprête à le frapper de nouveau.

– Papa, non !

Je l'attrape par le bras mais ça n'amortit pas vraiment son deuxième coup.

Sara surgit alors en criant elle aussi. Elle se précipite pour lui prendre l'autre bras alors qu'il a saisi Samson à la gorge.

Et je m'époumone :

– Il m'aidait. Laisse-le tranquille !

Cette fois, il desserre un peu sa prise, sans toutefois le libérer. Le nez ensanglanté, Samson secoue la tête. Je suis sûre qu'il aurait pu riposter, mais il n'en a rien fait.

– Je ne voulais pas... marmonne-t-il. Elle s'est fait piquer par une méduse. Je l'aidais.

Mon père cherche mon regard et j'insiste vigoureusement :

– C'est vrai ! Il me mettait du vinaigre sur la jambe.

– Mais je t'ai entendue crier...

Il semble enfin comprendre son erreur, il ferme les yeux et inspire longuement :

– Merde.

Il lâche un Samson ensanglanté, puis, après un nouveau soupir, lui fait signe de le suivre :

– Venez. Je crois que je t'ai cassé le nez.

CHAPITRE 12

Adossé au lavabo de la salle de bains, Samson appuie une serviette sur son nez pour stopper le saignement. Je l'observe depuis la baignoire vide, une compresse chaude sur ma jambe. La porte est restée entrouverte, on entend ce que dit mon père à Alana dans l'entrée.

– Il va porter plainte contre nous.

– Mais non, m'assure Samson dans un murmure amusé.

– Bien sûr que non, réplique Alana.

– Tu n'en sais rien. On le connaît à peine et je lui ai cassé le nez.

– Pas cassé, souffle Samson. Il n'a pas frappé si fort.

Je laisse échapper un petit rire soulagé, alors qu'en bas Alana poursuit :

– Je ne comprends pas. Pourquoi l'as-tu frappé ?

– Ils se trouvaient dans la douche extérieure. Je croyais qu'il...

Je n'ai pas envie d'entendre la suite, c'est déjà trop gênant. Alors je crie :

– On vous entend !

Mon père monte nous rejoindre, ouvre la porte en grand :

– Tu prends la pilule ?

Oh là là !

Alana essaie de l'attirer dehors :

– Pas devant le garçon, Brian.

Écartant la serviette de son nez, Samson me jette un regard interrogateur.

– Le *garçon* ? murmure-t-il.

Au moins, il a gardé le sens de l'humour. J'en profite pour lui conseiller :

– Tu devrais partir, ça devient gênant.

Il fait oui de la tête, mais mon père réapparaît sur le seuil :

– Je ne dis pas que les rapports sexuels sont interdits. Tu es presque une adulte. Il faut juste faire attention.

– Pas *presque*, dis-je alors. Je *suis* une adulte.

Samson se tient près de mon père qui bloque complètement la sortie. Il ne voit pas que Samson cherche à partir.

– Laissez-moi passer, finit-il par implorer en lui tapotant l'épaule.

Mon père comprend et s'écarte.

– Pardon pour ton nez.

Samson hoche simplement la tête puis s'en va. J'aimerais pouvoir en faire autant mais je suis sûre qu'il y a encore des tentacules incrustés dans ma jambe et ça me fait mal.

Mon père retourne son attention sur moi :

– Alana peut te faire obtenir la pilule si tu ne la prends pas encore.

– On n'est pas... Samson n'est pas... *Laisse tomber.*

Je sors de la baignoire.

– On peut parler de ça plus tard ? J'ai trop mal aux jambes, là.

– Demande à Sara, insiste mon père en me suivant. Nous sommes très ouverts sur ce point, si tu veux qu'on en parle.

– Je sais, dis-je en prenant l'escalier vers ma chambre. Merci.

Waouh ! C'est ainsi que ça se passe avec des parents impliqués dans l'éducation de leurs enfants ? Je ne suis pas sûre d'aimer ça.

Je me dirige droit vers la fenêtre pour regarder Samson rentrer chez lui. Il allume la lumière dans la cuisine et s'appuie contre le comptoir pour se prendre la tête dans les mains.

Je ne sais pas quoi en penser. Est-ce un signe de regret? Ou est-il juste accablé après avoir reçu deux coups de poing sans répliquer? Je sais bien qu'il refusera de répondre à ce genre de questions. Il restera muet comme une tombe que je ne saurai jamais ouvrir.

Ni faire exploser.

Il faut que je trouve un prétexte pour aller chez lui et découvrir ce qui le perturbe à ce point. Que je comprenne exactement ce qui le trouble ainsi. Il faut que je sache si c'est parce qu'il a failli m'embrasser. Essaierait-il encore si je lui en laissais la chance?

J'ai envie de lui laisser sa chance. J'ai presque autant envie de ce baiser que pas envie.

J'ai toujours sa carte mémoire. Je pourrais la lui rendre mais je n'ai pas encore regardé les photos et j'y tiens absolument.

Sara a un ordinateur dans sa chambre. Je m'y glisse en douce mais je dois attendre plusieurs minutes pour charger les photos. Les premières sont celles représentant des éléments naturels. Tout ce qu'il disait prendre, d'innombrables levers et couchers de soleil, la plage. Pourtant, elles ne sont pas très belles, plutôt tristes et apaisantes. La plupart semblent avoir été prises au hasard, comme ce bout de papier qui flotte sur l'eau, ou ces algues entassées sur le sable.

C'est intéressant, comme s'il se concentrait sur les parties les plus tristes d'un paysage, pourtant, chaque cliché est passionnant.

Les portraits de moi commencent à arriver. Il y en a plus que je n'aurais cru et, apparemment, il a commencé à en prendre une série alors qu'on était encore sur le ferry.

Au moment où je contemplais seule le coucher du soleil. Il m'a mise au centre de chacune de ses photos. Ni plus ni moins. Et, d'après toutes les autres, je suppose qu'il y voyait la chose la plus triste qu'il pouvait trouver.

Une, en particulier, me frappe. C'est un gros plan autour d'une légère déchirure que je n'avais pas vue au dos de ma robe. Avec lui, ce genre de sujet désolant peut devenir frappant. On ne voit pas mon visage, et s'il s'agissait de quelqu'un d'autre, je dirais que c'est une belle œuvre d'art.

Tandis que là, je suis gênée à l'idée qu'il ait pu me prêter une telle attention alors que je n'avais même pas remarqué sa présence.

Je parcours toutes les autres images de moi et remarque qu'aucune ne me représente en train de manger du pain. Je me demande pourquoi il n'a pas photographié ça.

Ça en dit beaucoup sur lui. Je regrette d'avoir réagi ainsi quand il a voulu me donner de l'argent ce jour-là. C'est sûrement quelqu'un de correct.

J'enlève la carte mémoire, et bien que je souffre encore et n'aie qu'une envie, me réfugier dans mon lit pour dormir, je descends et traverse le jardin. Samson utilise toujours la porte de service, alors c'est là que je me dirige. Je grimpe les marches du perron et frappe.

J'attends un moment mais n'entends rien bouger ; de là où je suis, on n'aperçoit pas la cuisine. Cependant, je capte quelque chose derrière moi et me retourne pour apercevoir P.J. assis sur l'escalier, en train de m'observer. Ça me fait sourire. J'aime bien le savoir dans les parages.

Samson finit par ouvrir la porte ; il a enfilé un autre tee-shirt *His Panic* de Marcos. Ce sont les seuls qu'il semble porter, quand il en met un. Tant mieux s'il soutient le projet de son ami. Leur amitié est vraiment adorable.

Il est pieds nus et je ne sais pas pourquoi ça attire tellement mon attention. Je relève la tête vers son visage :

– Je te rapporte ta carte mémoire.

– Merci.

– Je n'ai rien effacé.

– Je m'en doutais, dit-il avec un petit sourire en coin.

Il s'écarte et me fait signe d'entrer, puis allume vite une lampe. Là, je retiens mon souffle, mais c'est encore plus grand que ça ne le paraît de l'extérieur.

Tout est blanc, les murs, les placards, les étagères, tandis que le parquet semble carrément noir. Je ne peux m'empêcher de tout examiner autour de moi. En même temps, c'est sans âme, ça n'a rien d'une demeure habitée.

– C'est assez... stérile.

Je regrette aussitôt d'avoir dit ça. Il ne m'a pas demandé mon avis, mais je ne peux m'empêcher de remarquer à quel point on se sent plutôt dans un décor.

Pourtant, il hausse les épaules, comme s'il s'en fichait.

– C'est une location. Elles sont toutes pareilles. Totalement standard.

– C'est trop propre. Un mec dans la vingtaine ne passe pas sa vie à tout nettoyer.

– Les gens louent parfois à la dernière minute. Mieux vaut garder les maisons impeccables.

Il ouvre le réfrigérateur pour me montrer l'intérieur presque vide à part quelques condiments dans la porte.

– Rien au frigo, rien dans les placards.

– Où est-ce que tu gardes ta nourriture, alors ?

Il me désigne un sac à dos sous l'escalier.

– Tout est là. Moins j'en ai, mieux je me porte quand il faut déménager d'une propriété à l'autre.

Je l'ai déjà vu plusieurs fois porter son sac à dos, sans en tirer la moindre conclusion. Bizarre qu'on trimballe tous les deux nos affaires de la même façon, malgré l'énorme différence de nos revenus. J'aperçois un portrait accroché au mur non loin de la porte. C'est la seule chose dans la maison qui ait un peu de caractère. Je m'en approche pour mieux regarder ce petit garçon d'à peu près trois ans, qui marche sur la plage. Il y a une femme derrière lui, en robe blanche fluide.

– C'est ta mère ?

Il fait oui de la tête.

– Alors là, c'est toi ? Petit ?

Nouvel acquiescement.

Il avait les cheveux si clairs sur la photo, presque blancs. Ils ont foncé depuis, mais ils sont encore blonds.

Je me demande à quoi ressemble son père, mais je ne vois aucune silhouette d'homme.

J'ai tellement de questions à lui poser. Sa mère semble heureuse, lui aussi. Je me demande ce qui lui est arrivé pour qu'il devienne aussi réservé. Sa mère est-elle morte ? Quelque chose me dit qu'il n'apportera aucune réponse aux questions que je pourrais poser.

Samson allume d'autres lampes puis vient s'appuyer au comptoir de la cuisine. Je ne sais pas comment il peut se montrer aussi décontracté quand je sens mes muscles tellement tendus.

– Ta jambe va mieux ?

Apparemment, il ne veut parler ni du tableau ni de sa mère ni de quoi que ce soit d'un peu profond. J'entre dans la cuisine pour venir m'installer en face de lui, contre l'îlot central. Celui où était assise Candace, voilà quelques soirs, quand je les ai vus s'embrasser.

Je repousse cette idée.

– Ça va un peu mieux. Mais je ne suis pas près de me baigner de nouveau.

– Ne t'inquiète pas. Ça arrive rarement.

– Oui, tu as déjà dit ça avant, et pourtant...

Ça le fait sourire.

Je voudrais reprendre notre moment d'intimité là où nous en étions. Je voudrais ressentir encore ce que j'ai senti quand il m'a attirée contre lui et m'a embrassée sur l'épaule. Sauf que je ne sais pas comment faire. Il y a tellement de lumière ici. L'atmosphère était différente dans l'eau. Je crois que je n'aime pas cette maison.

– Comment va ton visage ?

– Ma mâchoire me fait plus mal que mon nez. C'était bien de la part de ton père.

– Quoi ? De te frapper ?

– Non, il voulait te protéger.

Je n'avais pas pensé à ça. Mon père n'a pas réfléchi deux fois quand il m'a entendue crier à quelqu'un d'arrêter. Mais je ne suis pas sûre que ç'ait été spécifiquement à cause de moi. Il aurait protégé n'importe qui dans cette situation, j'en suis certaine. Néanmoins, j'essaie de détourner la conversation :

– Où vas-tu quand cette maison est louée ?

– On n'en loue jamais plus de quatre à la fois, comme ça, j'ai toujours un endroit où vivre. Celle-ci est la plus chère, donc la moins louée. J'y habite soixante-quinze pour cent de mon temps.

Je regarde autour de moi, à la recherche d'un autre élément qui me donne des indications sur son passé. Mais je ne vois rien.

– C'est assez ironique, dis-je alors. Tu as cinq maisons sans vraiment habiter dans aucune d'elles. Ton réfrigérateur est vide, toutes tes affaires sont dans un seul sac à dos. Finalement, on vit à peu près la même vie, tous les deux.

Il ne répond pas. Comme souvent, il se contente de m'observer, et j'aime bien ça. Peu importe à quoi il songe dans ces moments. Ce qui me plaît c'est l'idée que je puisse l'intriguer. Il me *voit*. Je n'ai pas trop l'habitude d'être vue.

– Quel est ton nom de famille ?

On dirait que ça l'amuse :

– Tu poses beaucoup de questions.

– Je t'ai prévenu.

– Sauf que c'est mon tour, maintenant.

– Mais tu ne m'as presque rien dit. Tu ne réponds jamais.

Il ne conteste pas, mais il ne développe pas pour autant et se lance dans son propre interrogatoire :

– Qu'est-ce que tu comptes faire de ta vie, Beyah ?

– Vaste programme. On dirait un conseiller d'orientation.

Cette fois, il éclate de rire, et ça me serre le cœur. D'autant qu'il précise :

– Qu'est-ce que tu comptes faire après les vacances ?

Je réfléchis un moment. Dois-je vraiment me montrer franche avec lui ? Peut-être que ça le mettra davantage en confiance.

– Je vais te le dire, mais tu ne le répètes à personne.

– C'est un secret ?

– Oui.

– Alors, je ne le répéterai à personne.

Je le crois sur parole. Je ne sais pas pourquoi, car je ne fais jamais confiance à personne. Faut-il que je sois folle, ou terriblement attirée par lui ; en tout cas, aucune de ces deux éventualités ne me plaît.

– J'ai obtenu une bourse pour l'université de Pennsylvanie. Je commence le trois août.

Il hausse légèrement les sourcils :

– Une bourse ? Pour faire quoi ?

– Du volleyball.

Il me dévisage des pieds à la tête, non pas d'un air séducteur, mais plutôt curieux.

– Je vois... Mais qu'est-ce qu'il y a de secret là-dedans ?

– Tout. Je n'en ai parlé à personne. Même pas à mon père.

– Ton propre père ne sait pas que tu as reçu une bourse d'étude ?

– Non.

– Pourquoi tu ne le lui as pas dit ?

– Parce qu'il aurait l'impression d'avoir fait quelque chose de bien. Alors que j'ai dû me démener parce qu'il a été nul.

Il hoche la tête comme s'il comprenait mon point de vue. Je me détourne car tout mon corps s'embrase quandje le regarde trop longtemps. Je ne voudrais pas que ça se voie.

– Comme ça, tu as une passion pour le volley ?

Je prends le temps de réfléchir. Personne ne m'avait encore posé cette question.

– Non. En fait, je n'aime pas vraiment.

– Pourquoi ?

– J'y ai beaucoup joué parce que c'était le seul moyen de sortir de la ville où j'ai grandi. Mais personne n'est jamais venu me voir jouer et ça a fini par me décourager. Toutes mes coéquipières avaient des parents qui les applaudissaient pendant les matchs, mais pas moi, et je crois que ça m'a empêchée de trop m'attacher à ce jeu.

Je ne peux retenir un soupir, tout en continuant de lui confier mes pensées :

– Parfois, je me demande si j'ai raison de m'obliger à jouer encore quatre années. Dans cette équipe où tout le monde vit une vie tellement différente de la mienne, je me sens plus seule que jamais.

– Donc tu n'as pas envie d'y aller ?

–Bon, en même temps, je suis fière d'avoir obtenu cette bourse. Et j'étais contente de pouvoir quitter le Kentucky. Mais maintenant que je suis là, que je n'y joue pas, pour la première fois depuis des années, je ne pense pas que ça me manquerait. Je me demande si je ne vais pas rester ici et juste chercher un travail, m'offrir une année sabbatique.

Je disais ça un peu comme une plaisanterie mais, à la réflexion, ça me tente vraiment. Moi qui ai tant travaillé pour partir vivre ailleurs, maintenant que c'est fait, j'ai envie d'une pause. D'une nouvelle vie.

–Tu es prête à laisser tomber une bourse dans une super équipe juste parce que tu te sens parfois seule à cause de ce sport ?

–C'est plus compliqué que ça.

–Tu veux savoir ce que j'en pense ?

–Dis-moi.

–Que tu devrais porter des bouchons d'oreilles pendant les matchs pour te convaincre que les gens t'applaudissent, toi.

–Je croyais que tu allais me dire quelque chose de sérieux.

–Ça l'était.

Je me rends compte que, quand il sourit, sa mâchoire se met à trembler. Mais il arrête vite et incline la tête.

–Pourquoi est-ce que tu pleurais sur ton balcon, le soir de ton arrivée ?

Je me raidis. On s'écarte trop du volley. Je ne sais pas quoi lui répondre. Surtout dans une pièce autant éclairée. On se croirait un peu dans une salle d'interrogatoire.

–Tu ne peux pas éteindre quelques lampes ?

Ma question semble le dérouter. Alors j'explique vite :

–Il y a trop de lumière, ça me met mal à l'aise.

Il s'exécute aussitôt, pour ne laisser que l'éclairage autour du placard.

–C'est mieux comme ça ?

J'acquiesce. Je comprends pourquoi il laisse souvent la maison dans l'obscurité. Cet éclairage éclatant et les murs blancs donnent l'impression qu'on est dans un hôpital psychiatrique.

– Pourquoi est-ce que tu pleurais ? redemande-t-il.

J'inspire un grand coup puis décide de ne pas lui mentir.

– Ma mère est morte la nuit qui a précédé mon arrivée.

Il ne réagit pas du tout. J'en viens à me dire que c'est justement sa manière de réagir... Je me hâte d'ajouter :

– Ça aussi c'est un secret. Je ne l'ai pas encore dit à mon père.

Il garde un air stoïque :

– Elle est morte de quoi ?

– D'une overdose. Je l'ai trouvée en rentrant du travail.

– Désolé. Ça va, maintenant ?

Je hausse une épaule incertaine, reprise par ces sensations qui m'ont déjà fait pleurer sur le balcon. Je n'étais pas prête à parler de ça. Je n'en ai aucune envie. Ce n'est pas juste de ne pas répondre à ses questions, mais il ne dit rien non plus.

Je me sens comme une cascade près de lui, à déverser ainsi tous mes secrets.

Pourtant, son expression s'adoucit aussitôt quand il me voit au bord des larmes.

Il se détache du comptoir et vient vers moi, mais je me raidis et secoue la tête, puis pose une main sur son torse pour l'empêcher de me toucher.

– Arrête. Ne me prends pas dans tes bras. Tu sais que ça ne m'est jamais arrivé, alors n'essaie pas de le faire maintenant.

– Je n'allais pas te prendre dans mes bras, Beyah.

Son visage est si proche du mien... son souffle effleure ma joue quand il parle... J'ai l'impression que je vais tomber par terre, alors je m'agrippe au comptoir derrière moi.

Il se rapproche, jusqu'à ce que ses lèvres effleurent les miennes. Tout doucement, comme s'il s'excusait. Alors j'accepte.

De la langue, il ouvre ma bouche et je l'accueille en passant les mains dans ses cheveux, tandis que nos poitrines se pressent l'une contre l'autre.

Je désire ce baiser, même s'il n'est dû qu'au goût de Samson pour les choses tristes.

Il m'entraîne loin du comptoir, un peu plus vers lui, puis, d'un geste rapide, il me soulève et je me retrouve assise sur l'îlot central, avec lui entre mes jambes. Sa main gauche glisse le long de ma jambe, jusqu'à caresser ma cuisse.

Je me sens parcourue de sensations que je connais à peine. Chaleur, électricité, lumière.

Et ça me fait peur.

Son baiser me fait peur.

Ma bouche n'a rien d'impénétrable. Je suis vulnérable, je me sens faiblir. Je suis prête à tout lui raconter, et ça ne me ressemble pas. Son baiser est assez puissant pour faire de moi une fille que je ne reconnais pas. J'aime et je déteste.

J'ai beau essayer de me concentrer sur ce qui se passe entre nous, j'ai du mal à effacer l'image de ce qui s'est passé entre lui et Candace. Je ne veux pas faire partie des nombreuses filles qu'il a pu embrasser dans sa cuisine.

Je ne suis pas sûre de pouvoir être le coup d'un soir de Samson, comme avec Dakota. Je préférerais ne pas embrasser du tout que de revivre une chose pareille, tout cela pour me retrouver à la fenêtre de ma chambre demain soir et voir quelqu'un d'autre au même endroit, en train d'éprouver la même chose que moi en ce moment.

Exactement ce que Dakota m'a infligé avant de se retirer et de gâcher d'un geste les prochaines années de ma vie.

Mince, et si Samson se met à me regarder comme Dakota le premier soir dans son pick-up ?

Cette idée me donne la nausée. J'ai besoin d'air. Frais. Qui ne vienne pas de ses poumons ni de cette maison stérile.

J'interromps brusquement ce baiser, sans prévenir, repousse Samson, saute de l'îlot et le plante là, en évitant son regard quand je passe devant lui pour me diriger droit vers la porte. Je me précipite sur le balcon, m'accroche à la balustrade à bout de souffle.

J'en ai assez vu dans ma vie pour ne pas laisser un mec changer ce que j'aime le plus en moi. J'ai toujours été fière de ma détermination à rester impénétrable et le voilà qui s'infiltre en moi comme si j'étais pleine de trous. Même Dakota n'est jamais arrivé à me pénétrer aussi profondément.

Je l'entends qui me rejoint mais je ne me retourne pas, préférant juste inspirer encore un grand coup puis fermer les yeux. Pourtant, je le sens près de moi, calme, songeur, sensuel, discret; tout ce que j'aime chez un mec apparemment. Néanmoins, je ne tiens aucunement à m'engager.

Je crois que Dakota m'a brisée.

Quand je rouvre les yeux, je découvre Samson de nouveau adossé à la balustrade, la tête baissée. Il n'a pas l'air aussi décontracté qu'avant notre baiser.

Nos yeux se croisent et c'est comme si je voyais toutes mes craintes dans son regard. Pourtant, on ne se détourne ni l'un ni l'autre. En fait, ça nous arrive souvent... on s'observe sans rien dire, mais c'est aussi productif qu'une conversation. Ou pas. Je ne sais même pas quoi penser de ce qui se passe entre nous. Parfois, ça semble énorme, important, parfois cela paraît insignifiant.

– Désolé, soupire-t-il, j'ai mal choisi le moment pour t'embrasser.

Je crois que beaucoup de gens seraient d'accord avec lui, ce n'est pas le moment d'embrasser une fille quand elle vient de dire que sa mère est morte. Ou parce qu'elle vient de le dire.

Je dois être un peu cinglée parce que je pense, au contraire, que c'était le moment idéal. Jusqu'à ce que ça ne le soit plus.

– Ce n'est pas pour ça que je suis partie.

– Alors pourquoi ?

Je soupire profondément, à la recherche d'une réponse. Impossible de lui expliquer ma peur qu'il ne vaille au fond pas mieux que Dakota. Je ne veux pas mentionner Candace, ni le fait que Sara m'a raconté qu'il se tapait une fille différente chaque week-end. Il ne me doit rien. C'est moi qui me suis pointée chez lui.

– Je préfère ne pas répondre à ça, dis-je alors.

Il se retourne et on se retrouve tous les deux penchés sur la balustrade. Il détache un morceau de peinture, sous lequel apparaît du bois, et le lance devant lui en le regardant voleter jusqu'au sol.

– Ma mère est morte quand j'avais cinq ans, dit-il. On nageait vers l'horizon lorsqu'elle a été entraînée par le courant. Le temps que les secours interviennent, il était trop tard.

Il me dévisage, sans doute pour observer ma réaction. Mais il fait partie de ceux qui savent cacher leurs émotions.

J'ai l'impression qu'il ne l'a pas raconté à beaucoup de gens. Un secret pour un secret. C'est peut-être ainsi que ça va finir ; je le découvrirai à mesure qu'il me découvrira.

– Je suis tellement triste pour toi, dis-je dans un murmure.

Sans me détacher du balcon, je me penche un peu vers lui et pose la bouche sur son épaule que j'embrasse, comme il l'a fait avec moi dans l'eau.

Lorsque je m'écarte, il pose une main sur ma joue, puis remonte les doigts vers ma pommette et se rapproche pour essayer de m'embrasser à nouveau. Aussitôt, je m'éloigne de lui. Et je me déteste pour cela.

Il passe une main dans ses cheveux, le regard interrogateur. Je sais bien que je lui envoie des signaux contradictoires, mais cela reflète ce qui se passe en moi. Je suis agitée, confuse, comme si on passait au mixer mes sensations et mes expériences passées.

– Désolée, dis-je de plus en plus gênée. Je ne garde pas un très bon souvenir de mes expériences avec les garçons. Je...

– Tu hésites ?

– Oui. Je suis un peu perdue.

Il se met à gratter la peinture sur le bois d'où s'est déjà détaché un morceau.

– C'est quoi, ton expérience avec les garçons ?

J'étouffe un petit rire :

– *Les* garçons, c'est beaucoup dire... Il n'y en a eu qu'un.

– Je croyais que tu n'avais jamais eu le cœur brisé.

– C'est vrai. Ce n'était pas ce genre d'expérience.

Il m'examine longuement, l'air d'attendre la suite. Mais pas question que j'en dise davantage.

– Il t'a forcée à faire quelque chose que tu ne voulais pas ?

Cette fois, il a l'air plutôt furieux pour moi.

– Non, dis-je vivement.

Je voudrais qu'il se sorte cette idée de la tête. Et puis je pense à ma vie dans le Kentucky, aux moments que j'ai passés avec Dakota, et maintenant que je ne suis plus dans cette situation, je la vois d'un autre œil.

Dakota ne m'a jamais obligée en rien. Il ne m'a pas facilité les choses non plus. Il y a bien eu quelqu'un dont on a profité dans cette histoire.

Cette pensée fait jaillir de sombres pensées et des larmes me brûlent les yeux ; Samson s'aperçoit vite que j'essaie de les ravaler. Il se retourne, le dos pressé contre la balustrade, pour mieux me voir, comme s'il cherchait à deviner tout ce que je ne dis pas en étudiant ma posture.

– Qu'est-ce qui t'est arrivé, Beyah ?

Je ris car ça me semble ridicule de songer à une telle chose en ce moment. La plupart du temps, je réussis très bien à l'oublier. J'essuie en hâte la larme qui coule sur ma joue et murmure :

– Ce n'est pas juste.

– Quoi ?

– Pourquoi est-ce que je me retrouve à répondre à toutes tes questions ?

– Tu n'es pas obligée de me répondre.

– Non, mais j'en ai envie.

– Alors raconte.

J'évite soigneusement de le regarder ; je fixe le toit du balcon, le sol, puis l'océan derrière Samson.

– Il s'appelait Dakota. J'avais quinze ans, j'étais en seconde. Lui était en terminale. Le mec avec qui toutes les filles voulaient sortir. Il me plaisait bien, comme à tout le monde. Rien de très sérieux. Et puis, un soir, il m'a vue rentrer à pied chez moi après un match de volley, alors il a proposé de me ramener. J'ai dit non parce que je n'avais pas envie qu'il voie où j'habitais, même si tout le monde le savait. Il a fini par me convaincre de monter dans son pick-up.

De nouveau, je regarde Samson dans les yeux. Il serre les dents, il croit savoir où va cette histoire. Sauf que non.

Je ne sais pas pourquoi je lui raconte ça. Peut-être que j'espère inconsciemment le voir ensuite me lâcher pour le reste de l'été, et que je n'aurai plus à affronter son intense attention. *Ou alors, j'espère l'entendre me dire que j'ai bien fait.*

– Il m'a ramenée à la maison et on a bavardé dans le pick-up pendant une bonne demi-heure. Il ne portait aucun jugement sur moi, il m'écoutait. On a parlé musique, volleyball, il m'a dit détester être le fils du commissaire. Et puis... il m'a embrassée. Et c'était parfait. Pendant un moment, j'ai cru m'être trompée sur ce que les gens pensaient de moi.

– Pourquoi juste pendant un moment ? s'étonne Samson. Qu'est-ce qui s'est passé ensuite ?

Je souris. Non que ce soit un bon souvenir, mais parce que ça me donne l'impression d'avoir été stupide. J'aurais dû m'attendre à la suite.

– Il a sorti deux billets de vingt dollars de son portefeuille et me les a tendus. Puis il a ouvert son jean.

Son visage reste impassible. La plupart des gens estimeraient que c'est la fin de l'histoire, que j'ai jeté l'argent à la tête de Dakota et que je suis sortie du pick-up. Pourtant, je vois à l'expression de Samson qu'il sait que ça ne s'est pas passé comme ça.

Je croise les bras.

– Quarante dollars, ça faisait beaucoup, dis-je en laissant échapper une autre larme.

Elle coule jusqu'à ma lèvre et je sens son goût salé en la saisissant du bout de la langue.

– Après ça, il m'a ramenée à la maison au moins une fois par mois. Il ne me parlait jamais en public, mais je n'y comptais pas. Je n'étais pas le genre de fille qu'il pouvait exhiber en ville. En fait, il ne parlait même pas de moi à ses meilleurs amis.

Samson reste totalement silencieux, j'aimerais bien qu'il dise quelque chose. Mais j'enchaîne :

– Voilà, pour répondre à ta question, non, il ne m'a forcée en rien. Et, à vrai dire, il ne me les a pas jetés à la figure non plus. C'était un type très correct, à côté de...

Samson me coupe la parole :

– Tu avais quinze ans quand c'est arrivé, Beyah. Ne me dis pas qu'il est correct !

Je ravale le reste de ma phrase coincée dans ma gorge.

– Un mec correct t'aurait donné de l'argent sans rien attendre en retour. Ce qu'il a fait, c'était...

Il a l'air complètement dégoûté mais je ne sais pas si c'est à cause de moi ou de Dakota. Il se détourne en passant une main agacée dans ses cheveux.

– Alors l'autre jour sur le ferry, quand je t'ai offert ces billets... Voilà pourquoi tu as cru...

– Oui.

– Mais tu sais bien que ce n'était pas pour ça ? insiste-t-il en me regardant de nouveau.

– Maintenant je le sais. Pourtant, là... j'ai eu peur quand tu m'as embrassée. C'est pour ça que je suis partie. Je craignais que tu ne me considères comme Dakota. Je préférerais qu'on ne m'embrasse plus jamais plutôt que de me sentir aussi humiliée.

– Je t'ai embrassée parce que je t'aime bien.

Comment savoir à quel point il le pense ? Ne dit-il pas ça pour me faire plaisir ? L'a-t-il déjà raconté à quelqu'un d'autre ?

– Tu aimes bien Candace aussi ? Et toutes les autres filles avec qui tu as flirté ?

Je n'essaie pas de lui jeter ça à la figure. Ça m'intrigue vraiment. Que ressentent les gens quand ils embrassent d'autres gens aussi fréquemment que lui ?

Samson ne paraît pas s'offenser de ma question, il paraît plutôt mal à l'aise et se raidit un peu.

– Elles m'attirent, mais c'est différent avec toi.

– Pire ou meilleur ?

Il réfléchit un instant avant de laisser tomber :

– Ça fait peur.

Je pouffe de rire. Je ne devrais sans doute pas prendre ça comme un compliment, pourtant si, car ça signifierait qu'il apprécie ma propre peur quand on est ensemble. En tout cas, j'insiste :

– Tu crois que les filles apprécient ta compagnie ? À quoi leur sert une simple aventure d'un week-end ?

– La même chose que ça m'apporte.

– C'est-à-dire ?

Il semble déconcerté et se penche sur la balustrade en soupirant :

– Tu n'as pas aimé quand on s'est embrassés, tout à l'heure ?

– Si. Mais non.

J'apprécie qu'il ne me juge pas, en même temps, ça me gêne, car si j'aime être en sa compagnie et qu'il m'attire, pourquoi ai-je paniqué quand il m'a embrassée ?

– Dakota a fait une chose que tu étais censée apprécier mais tu en as eu honte. Ce n'est pas comme ça pour toutes les filles. Elles ont aimé ça autant que moi. Sinon, je ne le ferais pas.

– J'ai un peu aimé, enfin pas tout le temps. Mais tu n'y es pour rien, évidemment.

– Toi non plus. Et je ne vais plus t'embrasser. Sauf si tu me le demandes.

Je ne réponds pas, incapable de comprendre pourquoi ça me donne l'impression que c'est à la fois une punition et un cadeau chevaleresque.

Il sourit gentiment :

– Je ne t'embrasserai pas, je ne te prendrai pas dans mes bras, je ne te ramènerai pas dans l'océan.

Je lève les yeux au ciel :

– Oh là, je suis une sacrée rigolote, dis-moi !

– Mais oui, et moi aussi sans doute. Sauf qu'on a trop de problèmes pour savoir comment se comporter quand la situation n'est pas désagréable.

Je suis tout à fait d'accord et le montre en hochant la tête :

– Sara et Marcos s'amusent bien, mais toi et moi ? On... est déprimants.

– Arrête ! s'esclaffe-t-il. On n'est pas déprimants. On est très sérieux. C'est différent.

– Si tu le dis.

Je ne sais pas comment nous en sommes arrivés à terminer cette conversation en souriant. Pourtant j'ai peur, si je ne m'en vais pas maintenant, que l'un d'entre nous ne gâche ce moment. Je recule d'un pas.

– On se voit demain ?

Son sourire s'altère.

– Oui, bonne nuit, Beyah.

– Bonne nuit.

Je m'éloigne vers l'escalier. Pepper Jack se lève et m'emboîte le pas. Arrivée devant les pilotis de ma maison, je me retourne pour constater que Samson n'est pas rentré à l'intérieur. Toujours accoudé au balcon, il m'observe. Je recule de quelques pas, jusqu'à me retrouver sous la maison sans plus le voir.

Alors je m'adosse à un pilotis, ferme les yeux et me passe une main sur le visage.

Impossible de passer l'été à proximité de lui si je ne veux pas qu'il me consume entièrement. Je ne veux pas non plus être consumée par quelqu'un que je devrai finalement quitter.

Il m'arrive sans doute de me sentir invincible, mais je ne suis pas Wonder Woman.

*

* *

En arrivant, je trouve Alana encore dans la cuisine, en train de manger de la glace. Elle ôte la cuillère de sa bouche en souriant :

– Ça va mieux ?

– Oui, merci.

– Et Samson, il va bien ?

– Tout à fait. Il dit que papa ne l'a pas frappé trop fort.

Ça la fait rire :

– Je suis même étonnée qu'il l'ait touché. Je ne savais pas qu'il pouvait se montrer aussi agressif. Tu veux de la glace ?

En fait, c'est exactement ce dont j'ai besoin pour m'apaiser:

– Volontiers.

Elle sort un bol du placard et le remplit tandis que je m'assieds.

– Désolée si nous t'avons embarrassée tout à l'heure.

– Ce n'est pas grave.

Elle revient près de moi et je goûte aussitôt la glace. C'est tellement bon que je retiens un soupir de plaisir. Je reste silencieuse et mange tranquillement, comme si j'avais toujours pu m'offrir ce genre de gourmandise. Alors qu'il n'y en avait jamais à la maison. Je m'efforçais de ne pas trop remplir le réfrigérateur car, quand on vous coupe le courant parce que vous n'avez pas payé la facture, il n'y a rien de pire que de nettoyer un freezer plein de nourriture décongelée.

– Je peux te poser une question? demande Alana.

Je hoche la tête tout en gardant la cuillère dans ma bouche, craignant un peu sa question. Pourvu qu'elle ne m'interroge pas sur ma mère. Elle m'a l'air de quelqu'un de bien, je ne suis pas sûre de pouvoir lui mentir, encore que je n'aie aucune envie de lui dire la vérité pour le moment.

– Tu es catholique?

Je ne m'attendais pas à ça.

– Non. Pourquoi?

Elle lève une main vers le plafond:

– J'ai vu le portrait de mère Teresa dans ta chambre.

– Oh! Non, c'est juste... une sorte de souvenir.

– Dans ce cas, tu n'es pas opposée à la contraception?

Et voilà. Je me penche sur ma glace.

– Non, mais je ne prends pas la pilule. Je ne suis pas...

– Sexuellement active? lâche-t-elle paisiblement.

– Oui. Enfin pour le moment.

– C'est bon à savoir. Mais si tu penses en avoir besoin cet été, autant t'y préparer dès maintenant. Je peux te prendre un rendez-vous.

Je mange encore une cuillerée de glace, histoire de me donner le temps de répondre. Elle doit me voir rougir.

– Ne te sens pas gênée, Beyah.

– Je sais, mais je n'ai pas l'habitude de parler de ces choses-là.

Alana dépose sa cuillère dans son bol vide qu'elle va déposer dans l'évier.

– Ta mère ne te parle jamais de ces choses-là ?

– Non.

Elle se retourne et me contemple un instant.

– Comment est-elle ?

– Ma mère ?

– Oui. Ton père ne la connaît pas bien et je suis curieuse. On dirait qu'elle a fait du bon travail avec toi.

J'éclate de rire.

J'aurais mieux fait de m'abstenir car cela semble provoquer des dizaines de questions chez Alana. J'avale encore un peu de glace, puis :

– Elle ne vous ressemble pas.

J'y voyais un compliment, mais Alana semble sceptique. J'espère qu'elle ne l'a pas pris pour une insulte, pourtant, je ne veux pas développer sinon je vais finir par lui dire toute la vérité. Or, je dois déjà en parler à mon père.

J'aurais vraiment mieux fait de lui dire avant de tout raconter à Samson, sauf que, pour une raison ou pour une autre, il semble que je sois incapable de garder mes secrets avec ce garçon.

Je repousse mon bol de glace encore à moitié plein :

– Je veux prendre la pilule. Non pas qu'avec Samson...

Je lève les yeux au plafond et soupire :

– Vous voyez ce que je veux dire. J'aimerais me mettre à l'abri au cas où.

C'est trop dur de parler de ça. Surtout avec une femme que je connais à peine.

Elle sourit :

– Je vais prendre un rendez-vous demain. Pas de souci.

– Merci.

Elle se retourne afin de laver mon bol et j'en profite pour filer dans l'escalier. Sur le point d'entrer dans ma chambre, j'entends Sara lancer :

– Attends, Beyah ! Je veux un rapport détaillé.

Je m'arrête devant sa porte ouverte et la vois, assise sur son lit avec Marcos à qui elle fait signe de partir.

– Tu peux rentrer chez toi.

Il la dévisage l'air de dire qu'on ne lui parle pas comme ça, mais il se lève au bout d'un moment.

– C'est bon, dit-il en l'embrassant. Je t'aime, même quand tu m'envoies promener.

– Moi aussi, je t'aime, répond-elle en souriant.

Puis elle s'adresse à moi en tapotant la place qu'il occupait :

– Viens là, et toi, Marcos, tu fermes la porte.

Je viens m'asseoir en face d'elle. Elle arrête la télé de son côté.

– Comment ça s'est passé ? demande Sara.

– Ta mère m'a coincée dans la cuisine avec un bol de glace pour qu'on parle de ma vie sexuelle.

Elle lève les yeux au ciel :

– Ne jamais tomber dans le piège de la glace. Elle me fait tout le temps ce coup-là. Mais tu sais très bien que je ne parlais pas de ça. Tout à l'heure, je t'ai vue sortir de la maison de Samson.

J'hésite à lui dire qu'on s'est embrassés et puis je décide de garder ça pour moi dans un premier temps.

– Il ne s'est rien passé.

Elle semble déçue.

– Zut ! Moi qui espérais des détails croustillants.

– Désolée.

– Tu as quand même essayé de flirter avec lui, non ? D'habitude, il a vite fait de poser sa bouche sur une fille. Dès qu'il voit des seins et que ça respire, ça lui suffit.

Mon cœur cesse de battre.

– C'est censé me donner envie d'aller plus loin avec lui ? Parce que ça ne marche pas.

– J'exagère, assure-t-elle. Il est sexy et riche, alors les filles lui tombent dans les bras et, parfois, il en attrape. Comme n'importe quel mec, non ?

– Je ne me jette pas au cou des gens. Je préfère éviter ces trucs.

– Pourtant, tu es allée chez lui.

Je hausse un sourcil sans rien dire mais elle paraît s'en contenter :

– On devrait peut-être sortir tous les quatre, demain soir.

Je n'ai pas envie de lui donner trop d'espoir, mais en même temps j'en ai envie.

– J'en conclus que c'est oui, reprend-elle, puisque je ne réponds pas.

Pouffant de rire, je me cache le visage entre les mains.

– Oh, c'est tellement perturbant. Je ferais mieux de ne pas tant y réfléchir, à force je vois trop de raisons de dire non.

– Vas-y, lesquelles ?

– Je ne suis pas douée pour les relations.

– Samson non plus.

– Je pars en août.

– Samson aussi.

– Ça pourrait faire mal quand on devra se séparer.

– Sans doute.

– Alors pourquoi courir ce risque ?

– Parce que, la plupart du temps, le plaisir qui s'achève en chagrin en vaut la peine.

– Je ne sais pas. Je n'ai jamais eu de plaisir.

– Oui, ça se voit. Sans vouloir te vexer.

– Pas de problème.

Elle s'est allongée sur le côté, la tête sur une main, pour mieux écouter mes interrogations :

– Je n'ai jamais rien ressenti pour personne avant. Si ça m'arrive, à quel point vais-je en souffrir à la fin de l'été ?

– Arrête ! Tu réfléchis trop. En été, on pense à l'instant présent, c'est tout. Pas au lendemain, ni à la veille. À *aujourd'hui*. Alors qu'est-ce que tu veux faire, maintenant ?

– Là, tout de suite ?

– Oui, qu'est-ce que tu veux, tout de suite ?

– Un autre bol de glace.

Elle se rassied en souriant :

– C'est génial d'avoir une sœur !

CHAPITRE 13

La sonnerie de mon téléphone retentit alors que le soleil n'est pas encore levé.

Je devrais sans doute la supprimer mais j'adore contempler ce spectacle tout en guettant l'éventuelle apparition de Samson.

Je sors du lit dans le tee-shirt que j'ai porté toute la nuit. J'enfile un short pour le cas où Samson se trouverait sur son balcon. Voilà dix secondes que je suis réveillée et j'ai déjà pensé à lui deux fois. Apparemment, le repousser hier soir ne suffit pas à me faire passer à autre chose.

J'ouvre la porte du balcon et je pousse un cri.

– Chut ! souffle Samson en riant. Ce n'est que moi.

Il est assis sur le canapé en osier, les jambes posées devant lui sur la balustrade. Malgré la nuit encore noire, j'ai tout de suite vu qu'il y avait quelqu'un, sans toutefois deviner que c'était lui.

– Qu'est-ce que tu fais là ?

– Je t'attends.

– Comment tu es monté ?

– J'ai sauté.

Il me montre son coude plein de sang.

– Ça faisait plus loin que je ne l'avais prévu.

– Tu es fou !

– Bof, je ne serais pas tombé très bas, j'aurais atterri sur le toit du balcon du premier.

Effectivement. Compte tenu de l'architecture de cette maison, il n'aurait pas abouti sur le sol, mais quand même.

Je m'assieds à côté de lui. C'est un canapé à deux places, étroit en revanche, si bien qu'on se touche. Je suppose qu'il comptait là-dessus, sinon, il aurait juste choisi une chaise.

J'appuie la tête sur le dossier avant de me rendre compte qu'elle se pose sur l'avant-bras de Samson. Et ça semble tout naturel.

On regarde ensemble la lueur qui émerge de la mer à l'horizon sans dire un mot pendant plusieurs minutes. Je dois avouer que c'est plus agréable d'assister à ce spectacle avec Samson que toute seule. C'est peut-être pour ça qu'il est venu jusqu'ici.

Je sens son menton se poser sur ma tête ; c'est gentil et discret, pourtant ça me fait l'effet d'une explosion. Je ne sais pas comment tout en moi peut retentir avec tant d'ardeur, au milieu d'un monde encore assoupi. On voit maintenant émerger les trois quarts du soleil, mais le bas reste plongé dans la mer.

– Il faut que j'y aille ; j'aide un type à réparer un passage entre les dunes de l'île. On voudrait terminer avant qu'il fasse trop chaud. Qu'est-ce que tu vas faire ?

– Sans doute retourner au lit pour dormir jusqu'à midi. Après, je crois que Sara voudrait aller à la plage.

Il écarte son bras du dossier et je ne peux m'empêcher d'observer son corps tandis qu'il se lève.

– Tu as dit à Sara qu'on s'est embrassés ? demande-t-il.

– Non, pourquoi ? Il faut le leur cacher ?

– Non, je voulais juste savoir, au cas où Marcos se serait mis à en parler ; de façon que nos versions concordent.

– Je ne lui ai rien dit.

Il hoche la tête et il se rapproche de la balustrade avant de se retourner :

– Ça m'est égal si tu lui en parles. Ce n'est pas pour ça que je te le demandais.

– Arrête de t'inquiéter de mes états d'âme, Samson.

Il se passe une main dans les cheveux.

– Je ne peux pas m'en empêcher.

Il s'éloigne lentement à reculons.

– Qu'est-ce que tu fais ? Tu ne vas pas encore sauter ?

– Ce n'est pas si haut. Je vais y arriver.

– Mais tout le monde dort ! Tu n'as qu'à descendre l'escalier et sortir par la porte, sans risquer de te casser un bras.

Il regarde son coude ensanglanté.

– Oui, peut-être.

Je me lève pour l'accompagner dans ma chambre. On se dirige vers la porte quand il s'arrête devant le tableau de mère Teresa.

– Tu es catholique ?

– Non, mais bizarrement sentimentale.

– Je ne t'aurais jamais crue sentimentale.

– C'est pour ça que j'ai dit « bizarrement ».

Ça le fait rire. Je lui ouvre la porte et on descend l'escalier. Arrivés en bas, on s'immobilise.

Mon père est là, debout devant la cafetière. Il lève les yeux vers nous et je me sens comme une gamine prise les doigts dans le pot de confiture. Jamais encore je n'ai été confrontée à une autorité parentale. Ma mère ne m'accordait pas assez d'attention pour ça, alors je ne sais pas ce qui pourrait m'arriver. Mon père n'a pas l'air content et ça m'inquiète. Ce n'est pas moi qu'il regarde mais Samson :

– Ça ne va pas du tout, laisse-t-il tomber.

Samson se place devant moi, lève les mains comme pour se défendre.

– Je n'ai pas passé la nuit ici. S'il vous plaît, ne me frappez pas.

Mon père m'interroge du regard.

– Il est arrivé il y a juste un quart d'heure. On a regardé le soleil se lever.

– Je suis dans cette cuisine depuis beaucoup plus d'un quart d'heure. Comment aurait-il pu entrer ?

– Je... euh... j'ai sauté, réplique Samson en lui montrant son coude. Ça aurait pu mal finir.

Mon père le regarde un moment avant de secouer la tête.

– Quel imbécile ! Bon, qui veut du café ?

Euh... ça ne le gêne pas plus que ça ?

– Non merci, répond Samson en se dirigeant vers la porte. À plus tard, Beyah ?

J'opine du chef et il hausse un sourcil complice puis s'en va. Je garde le regard fixé sur la porte plusieurs secondes après son départ. Mon père s'éclaircit la gorge, me tirant de mes pensées. J'espère qu'il va s'en tenir là.

– Je veux bien une tasse, dis-je pour détourner son attention.

Il en sort une du placard et la remplit.

– Tu le préfères noir ?

– Non, avec autant de crème et de sucre que possible.

Je m'assieds sur un tabouret du comptoir tandis qu'il me prépare tout ça.

Il se rapproche de moi en marmonnant :

– Je ne sais pas comment prendre cette affaire.

J'avale une petite gorgée pour me donner une contenance, puis je dépose la tasse des deux mains.

– Je ne te mens pas. Il n'a pas passé la nuit ici.

– Attends, j'ai été ado, moi aussi. Vos deux balcons sont voisins. Aujourd'hui, c'était peut-être juste pour le lever du soleil, mais tu vas passer tout l'été ici. Ni Alana ni moi n'autorisons Sara à recevoir des garçons pour la nuit. Désolé, mais cette règle s'applique à toi aussi.

– Entendu.

Il me dévisage l'air de chercher à savoir si je dis ça pour le calmer ou si je suis vraiment d'accord. À vrai dire, je n'en ai aucune idée.

Il s'appuie contre le comptoir en sirotant son café.

– Tu te réveilles toujours aussi tôt ? demande-t-il.

– Non. Samson voulait que je regarde le soleil se lever, alors il a mis une alarme sur mon téléphone.

– Alors comme ça, il... vous sortez ensemble ?

– Non. Je pars en août pour la Pennsylvanie. Je ne veux pas de petit ami.

Il fronce les sourcils.

– Pennsylvanie ?

Merde.

Ça m'a échappé.

La gorge serrée, je baisse les yeux sur mon café, avant de pousser un soupir :

– Oui.

Sans en dire davantage. Peut-être qu'il n'insistera pas.

– Pourquoi en Pennsylvanie ? Quand est-ce que tu as décidé ça ? Qu'est-ce qu'il y a en Pennsylvanie ?

Mes doigts se crispent sur la tasse.

– J'allais te le dire. Je... j'attendais le bon moment.

Je mens. Je n'avais aucune intention de le lui dire, mais c'est fait.

– J'ai obtenu une bourse grâce au volley.

Il me fixe d'un regard vide, qui n'exprime ni surprise, ni contentement, ni colère.

– Sérieux ?

– Oui. Une bourse complète. Je pars le trois août.

Toujours pas de réaction.

– Quand est-ce que tu l'as appris ?

Je déglutis, avale une gorgée de café, tout en hésitant à lui dire la vérité. Ça pourrait le mettre en colère.

– En première.

Il paraît sur le point de suffoquer. De surprise ou de fureur. Je ne sais pas.

Il se détache lentement du comptoir, se dirige vers la fenêtre, le dos tourné pour faire face à l'océan. Au bout de trente secondes de silence, il fait volte-face :

– Pourquoi tu ne me l'as pas dit ?

– Je sais pas.

– Beyah, c'est énorme.

Il revient vers moi :

– Tu aurais dû me le dire.

D'un seul coup, il s'immobilise et je sens son hésitation.

– Si tu as obtenu une bourse complète l'année dernière, pourquoi ta mère m'a-t-elle dit qu'il fallait régler tes frais de scolarité ?

Je pousse un soupir et me prends la tête entre les mains, le temps de réfléchir à ce que je vais lui répondre.

– Beyah ? insiste-t-il.

Je lui fais signe de me laisser encore une minute, avant de lâcher :

– Elle t'a menti. Je ne savais même pas qu'elle t'avait demandé cet argent. Elle n'était pas au courant pour la bourse, mais je peux te garantir que tout ce que tu as pu lui envoyer ne m'était pas destiné.

Je verse mon café dans l'évier et rince la tasse. Puis je me retourne pour découvrir son expression abasourdie. Il ouvre la bouche, la referme, puis il secoue la tête.

Apparemment, il a du mal à encaisser. On ne parle jamais de ma mère. C'est sans doute la première fois que je lui dis quelque chose de négatif à son sujet. J'aimerais bien lui raconter en détail à quel point ce n'est pas la mère de l'année, mais il est six heures et demie du matin et je ne peux pas en rajouter pour le moment.

– Je retourne dormir, dis-je en regagnant l'escalier.

– Beyah, attends.

Je m'arrête pour le découvrir immobile, les mains sur ses hanches, en train de me fixer.

– Je suis fier de toi.

J'acquiesce, mais dès que je me remets à monter, je sens une boule de colère surgir en moi.

Je ne veux pas qu'il soit fier de moi.

C'est même pour ça que je ne lui ai rien dit.

Et bien qu'il semble vouloir faire un effort, je ne peux m'empêcher de lui en vouloir car j'ai passé presque toute ma vie loin de lui.

Je ne laisserai pas ses paroles me faire du bien ni excuser sa médiocre attitude parentale.

Bien sûr que tu peux être fier de moi, Brian. Mais tu ne devrais l'être que parce que j'ai miraculeusement survécu à mon enfance.

CHAPITRE 14

En dépit de tous mes efforts, je n'ai pas pu me rendormir après le départ de Samson, ce matin. Sans doute à cause de la conversation avec mon père.

Sara a installé des transats et un parasol sur la plage, après le déjeuner, et j'ai finalement dû m'assoupir car je viens de me réveiller. Il y a de la bave sur mon bras.

Je l'essuie, me retourne sur le dos et regarde dans la direction de Sara. Pourtant, ce n'est pas elle que je vois.

Mais Samson.

Affalé sur le ventre, à sa place; il porte une casquette tournée en arrière, des lunettes noires, mais pas de tee-shirt.

Je m'assieds et regarde la mer. Sara et Marcos font du paddle. Je vérifie l'heure sur mon téléphone. Seize heures. J'ai dormi une heure et demie.

Je me rallonge sur le côté pour observer un peu Samson. On n'a pas forcément besoin de connaître le passé de quelqu'un pour savoir ce qu'il est devenu au présent. Et plus je le découvre, plus il m'attire, assez pour que je ne pense plus qu'à lui toute la journée.

En contemplant sa bouche, je me demande pourquoi j'ai tant flippé quand on s'est embrassés cette nuit. Est-ce que je réagirai de la même façon s'il recommence ce soir? Ou pourrai-je aller jusqu'au bout et goûter ce baiser autant que j'ai apprécié les premières secondes de celui d'hier ?

J'examine ses lèvres pour mieux me convaincre que cela vaut la peine d'essayer une deuxième fois. Et une troisième et peut-être une quatrième. Peut-être que si je l'embrasse assez, ça finira par devenir parfait.

– Tu as vu que mes yeux étaient ouverts, non ?

Mince.

Je croyais qu'il dormait. Je me cache le visage dans les mains, incapable de dissimuler ma gêne.

– T'inquiète, reprend-il d'une voix cassée comme si sa gorge était irritée. Je n'ai pas arrêté de te regarder pendant que tu dormais.

D'un doigt, il effleure mon épaule :

– D'où vient cette cicatrice ?

– D'un match de volley.

Son transat n'est qu'à quelques centimètres du mien, pourtant il semble à des kilomètres de là quand il cesse de me toucher.

– Tu étais dans une bonne équipe ?

– On a gagné deux fois le championnat de notre État. Et toi, tu faisais du sport au lycée ?

– Non, je ne suis pas allé dans une école traditionnelle.

– Quel genre d'école, alors ?

Il secoue la tête, me faisant comprendre qu'il ne répondra pas.

Je lève les yeux au ciel :

– Pourquoi tu fais ça ? Pourquoi tu me poses des questions mais refuses de répondre aux miennes ?

– Tu en sais déjà plus que n'importe qui d'autre. Ne va pas trop loin.

– Et toi, arrête de me poser celles auxquelles tu ne veux pas répondre.

Il sourit :

– Arrête de répondre à mes questions.

Je roule sur le dos :

– Tu crois que c'est plus inconvenant de me dire quel lycée tu as fréquenté que de fourrer ta langue dans ma bouche ? Ou de m'interroger sur Dakota ?

Ou de me parler de ta mère ? Raisonnement stupide, Samson.

À quoi bon essayer d'entretenir une conversation avec lui s'il esquive toutes mes interrogations comme un torero devant un taureau.

– J'étais dans un internat à New York, finit-il par répondre. Et j'ai détesté.

Cette fois, j'ai l'impression d'avoir gagné une bataille. Il a ôté ses lunettes noires et le soleil rend ses yeux plus que clairs.

On se fixe comme ça nous arrive souvent ; pourtant c'est différent, cette fois-ci. Car on connaît le goût de l'autre. Il sait mon plus grand secret, pourtant, il continue de m'observer comme si j'étais la personne la plus importante de la péninsule.

– Comment épelles-tu ton nom ? demande-t-il en posant un doigt dans le sable.

– B-e-y-a-h.

Je le regarde écrire chaque lettre. À peine a-t-il terminé qu'il efface tout d'un geste, puis il se tourne vers la mer :

– Sara et Marcos arrivent.

Là-dessus, il remet ses lunettes et se lève.

L'air faussement détendu, je garde mes mains croisées derrière la tête alors que je me sens comme électrocutée. Samson rejoint Sara en train de tirer son paddle. Il l'en débarrasse pour le traîner lui-même sur le sable.

Sara me rejoint tout en refaisant sa queue-de-cheval, puis elle s'assied dans le transat.

– C'était bien, ta sieste ? demande-t-elle.

– Oui. Dire que j'ai pu m'endormir...

– Tu ronfles ! s'esclaffe-t-elle. Tu as demandé à Samson s'il voulait qu'on se retrouve tous les quatre ce soir ?

– Non. On parlait d'autre chose.

Marcos et Samson arrivent en traînant les planches derrière eux.

– Samson, lui lance Sara, on dîne tous ensemble. Départ à dix-huit heures.

– Quoi ? rétorque-t-il. Tu m'as trouvé une partenaire ?

– Beyah, gros malin.

Il me dévisage, l'air songeur :

– Un rendez-vous entre amis ?

– Juste un dîner, intervient Marcos. Ne laisse pas Sara mettre un nom là-dessus.

– On va manger des fruits de mer ? demande Samson.

– Quoi ? Tu voudrais autre chose ?

– Beyah, tu aimes les crevettes ?

– Sais pas. Je crois que je n'en ai jamais mangé.

– Tu plaisantes, là ?

– Je viens du Kentucky. On n'y trouve pas trop de restaurants de fruits de mer.

– Même pas dans une chaîne de restau de fruits de mer ? demande Marcos.

– Vous oubliez que c'est plutôt onéreux.

– Bon, soupire Samson. Je commanderai pour toi.

– Comme c'est condescendant ! dis-je en riant.

– Allez ! lance Sara en se levant. On va se préparer.

– Maintenant ? On ne va pas partir avant au moins deux heures.

– Oui, mais on doit te préparer.

– Comment ça ?

– Je te relooke.

– Ah, non, s'il te plaît !

– Si. Je te coiffe, je te fais les ongles, je te maquille.

Elle saisit ma main pour m'obliger à me lever et montre ce que nous avons apporté sur la plage.

– Les mecs, vous vous occupez de ça ?

À mi-chemin de la maison, elle m'explique :

– Il craque pour toi, ça se voit. Jamais il n'a regardé une fille comme il le fait avec toi.

Je ne réponds pas car je reçois un texto, ce qui ne m'arrive pas souvent. Peu de gens ont mon numéro de téléphone.

Ça vient de Samson :

Ne la laisse pas trop te transformer. Je te préfère telle que tu es.

– Tu viens ? lance Sara.

Je me force à arrêter de sourire et lui emboîte le pas.

CHAPITRE 15

Tout le monde me regarde tandis que je m'apprête à goûter une crevette. Même le garçon. Ça me met la pression.

– Trempe-la dans la sauce cocktail, suggère Marcos.

Mais Samson m'en empêche.

– Tu es fou ? Ça va la faire vomir.

Il me tend le pot de sauce tartare.

– Tiens, prends plutôt ça.

Sara pousse un soupir en reposant son menu. Avec Marcos, ils viennent de commander, mais pas Samson et moi, car il voulait d'abord s'assurer que j'aimais les crevettes. Ce qui n'a pas manqué d'amuser le serveur qui s'est empressé de m'en apporter une pour me faire goûter.

Je ne suis pas trop fan de poisson, alors je n'en espère pas grand-chose, pourtant la pression est forte quand je la trempe dans la sauce.

– On dirait que c'est une question de vie ou de mort ! s'exclame Sara. J'ai faim, moi !

– Ce sera une question de vie ou de mort si elle est allergique aux fruits de mer, rétorque le serveur.

Je m'arrête net :

– Qu'est-ce que vous appelez fruits de mer, au juste ?

– Homard, crevettes, les trucs dans des coquillages.

– Crabe, tortue, dit Marcos.

– La tortue n'est pas un poisson, intervient Sara.

– Je rigole, répond Marcos.

– Tu as déjà mangé du homard ou du crabe ? me demande Samson.

– Du crabe, oui.

– Alors ça devrait aller.

– Bon, s'écrie Sara, goûte ça ou c'est moi qui la prends. J'ai trop faim !

Je croque une moitié de la crevette et ils m'observent tous, même Sara. Je trouve le goût correct, rien d'extraordinaire mais ça va.

– Pas mal, dis-je en avalant le reste.

Avec un sourire, Samson se tourne vers le serveur :

– On va prendre tous les deux le plateau de crevettes.

L'homme prend note et s'en va ; Sara plisse le nez :

– Attends, il a choisi à ta place ! Je trouve ça aussi mignon qu'écœurant.

– J'ai déjà essayé de commander pour toi, observe Marcos, et tu m'as balancé un coup de coude.

– Oui, tu as raison, c'est écœurant.

Elle boit un peu de vin avant de reprendre :

– J'ai envie d'organiser une petite sortie pour le week-end.

– Où ça ? demande Marcos.

– Le parc aquatique ou un tour de la ville ? Vous venez, tous les deux ?

– Je suis libre après le déjeuner tous les jours sauf le vendredi, répond Samson. Je termine le toit de Marjorie.

Perspective qui me réchauffe un peu le cœur.

– Shawn ?

On se tourne tous les quatre en direction de la voix. Un type assez grand, les bras couverts de tatouages, s'approche de notre table, les yeux fixés sur Samson, et celui-ci se raidit.

– Ça alors ! s'écrie le type. C'est bien toi ! Comment ça va ?

– Salut, répond Samson.

Il n'a pourtant pas l'air enchanté de cette rencontre. *Et pourquoi ce type l'appelle Shawn ?*

Samson me tapote la jambe pour que je le laisse sortir du box. Je me lève et il s'approche du type qu'il prend dans ses bras tandis que je me rassieds. Aucun de nous trois ne fait semblant de ne pas écouter leur conversation.

– Alors, mec, quand est-ce que tu t'es échappé ? demande le type.

Échappé ?

L'air gêné, Samson jette un coup d'œil vers nous. Il pose la main sur le dos de son camarade pour l'entraîner un peu plus loin afin qu'on ne les entende plus.

Je guette la réaction de Sara et Marcos. Lui déguste son verre, mais Sara penche la tête vers Samson avant de se radosser à son siège.

– C'était dingue. Pourquoi ce mec l'appelle Shawn ?

– Peut-être que Samson n'est que son deuxième prénom, dis-je, plus pour moi-même que pour Sara ou Marcos.

Je me demande pourquoi je ne lui ai pas demandé son nom entier hier soir, quand c'était mon tour de poser des questions. Bizarre de constater que je ne connaissais même pas son premier prénom. Cela dit, je suppose qu'il ne sait pas que mon nom de famille est Grim. Ou peut-être que si, puisque c'est celui de mon père.

– Pourquoi ce type lui a demandé quand il s'était échappé ? reprend Sara. Échappé d'où ? De prison ?

– Ou de désintox, suggère encore Marcos.

– Il est allé en *désintox* ? s'étrangle Sara.

– Aucune idée. Je ne le connais pas depuis plus longtemps que toi.

Peu après, Samson revient, sans son ami. Je me lève pour le laisser reprendre sa place. Il ne dit rien, ne donne aucune explication. Peu importe, d'ailleurs, car Sara ne lâche rien :

– Pourquoi ce type t'appelle Shawn ?

Il la dévisage un instant avant de s'esclaffer.

– Quoi ?

D'un geste, elle désigne la porte par laquelle il est sorti :

– Il t'a appelé Shawn ! Et puis il a demandé quand tu t'étais échappé. D'où tu viens ? De prison ?

Je ne sais pas pourquoi il me regarde mais je ne dis rien car j'attends moi aussi sa réponse. Il revient vers Sara :

– C'est mon nom : Shawn Samson. Quand on a fait connaissance, Marcos s'est mis à m'appeler Samson et vous en avez tous fait autant. À part vous, tout le monde m'appelle Shawn.

– Ça me dit quelque chose, maintenant que j'y pense, acquiesce Marcos.

Shawn ? Il s'appelle *Shawn* ?

J'ai tellement pris l'habitude de l'appeler Samson que je vais avoir du mal.

– Bon, commente Sara. Mais d'où est-ce que tu t'es échappé ? De prison ?

Il pousse un soupir ; je vois bien qu'il ne veut pas répondre.

– Lâche-le, intervient Marcos, qui a remarqué aussi.

Mais elle me désigne, comme pour se défendre :

– J'essaie de caser ma demi-sœur. On a le droit, quand même, de savoir s'il n'est pas une sorte de criminel.

– C'est bon, répond Samson. Il parlait de s'échapper d'une ville. On était dans le même internat et il savait que je détestais New York.

Après quoi, je le vois déglutir, comme s'il venait de mentir. Combien avait-il de chances de rencontrer un type de New York sur une péninsule du Texas ?

Très peu, mais est-ce que ça concerne Sara ? Ou moi ? Rien ne nous oblige à rendre compte de notre passé.

Je ne sais pas pourquoi j'ai l'impression de devoir le protéger, mais je sais qu'il déteste parler de lui-même. C'est sans doute une chose que Sara ignore sur lui.

Je lui demanderai plus tard la vérité. Pour le moment, je voudrais juste que l'atmosphère se réchauffe, alors je lance :

– Je ne suis jamais allée à New York. Avec le Texas, je ne connais en fait que trois États.

– Sérieux ? demande Sara.

–Oui. Je n'ai quitté le Kentucky que quand j'ai dû partir dans l'État de Washington pour voir mon père. Je ne me rendais pas compte qu'il faisait si chaud au Texas. Je ne suis pas trop sûre d'aimer.

Ça fait rire Marcos.

Le serveur arrive avec les hors-d'œuvre que Sara a commandés. Il prend mon verre pour le remplir tandis que Samson attrape un calamar qu'il jette dans sa bouche.

–Tu as déjà goûté ça, Beyah ?

–Non, dis-je en me servant.

Marcos écarquille les yeux.

–À croire que tu viens d'une autre planète !

Sara se met à me poser des questions sur tout ce que je n'ai pas encore goûté et la conversation passe de Samson à un tout autre sujet.

Au bout de quelques minutes, il me prend la main sous la table, la serre puis la relâche, en articulant un *merci* silencieux.

Je le connais à peine, pourtant je communique mieux avec lui sans parole que de vive voix avec n'importe qui d'autre.

Il me jette un coup d'œil, et c'est la preuve que je n'ai pas besoin d'en savoir davantage. Pas pour le moment, en tout cas.

J'apprendrai à le connaître petit à petit.

CHAPITRE 16

Il n'y avait pas de chaises libres l'une près de l'autre quand on a rejoint notre feu de camp, si bien que Samson se retrouve assis en face de moi.

Et, malheureusement, c'est Beau qui est à côté de moi.

J'ai remarqué que Samson l'observait chaque fois qu'il me parlait. J'essaie de lui faire comprendre que je ne suis pas intéressée mais Beau n'a pas l'air de saisir l'information, comme tous les mecs dans son genre. Ils ont trop l'habitude d'obtenir ce qu'ils veulent pour ça. Pour lui, ça doit être inimaginable.

– Oh là là ! murmure Sara.

Elle désigne une dune à une vingtaine de mètres de nous sur laquelle vient d'apparaître Candace. Comme Samson lui tourne le dos, il n'a rien vu.

– Je croyais qu'elle était partie, dis-je.

– Moi aussi, répond Sara.

Arrivée à sa hauteur, elle lui masque les yeux de ses mains. Il les écarte et lève la tête vers elle.

– Surprise ! s'exclame-t-elle.

Elle se penche pour l'embrasser sur la bouche.

– On est revenus pour la semaine, explique-t-elle.

Mon sang est une coulée de lave dans mes veines.

À peine s'est-elle détachée de lui que Samson me regarde. Je m'efforce de ne pas laisser paraître la jalousie qui me taraude.

Il se lève et se tourne vers Candace. Je n'entends pas ce qu'il lui dit, mais il me jette un bref coup d'œil avant de poser la main au creux de ses reins tout en lui désignant la mer. Ils partent ensemble dans cette direction et je baisse la tête vers mes genoux.

J'espère qu'il ne s'éloigne que pour la rembarrer gentiment. Ou moins gentiment, ça m'est égal.

Non pas qu'il me doive quelque chose. C'est moi qui ai interrompu notre baiser hier soir.

– Ça va ? s'enquiert Sara qui a dû remarquer mon changement d'attitude.

Je pousse un soupir :

– Qu'est-ce qu'ils font ?

– Qui ? Candace et Samson ? Ils se baladent.

Et puis elle fronce les sourcils :

– Qu'est-ce qui se passe entre vous ?

– Rien du tout.

– Attends, dit-elle en rapprochant sa chaise. Je sais que vous restez assez discrets sur beaucoup de choses, Beyah. Ça se comprend, mais si Samson t'embrasse cet été, tu me tiendras au courant ? Pas besoin de dire quoi que ce soit, tu me fais juste un *check* ou quelque chose de ce genre.

J'acquiesce d'un hochement de tête puis me retourne vers Samson et Candace. Ils se tiennent presque à un mètre l'un de l'autre ; elle croise les bras, l'air furieux.

Je reporte mon attention sur le feu, jusqu'au moment où mes voisins sursautent.

– Mince ! s'esclaffe Marcos.

Il désigne Samson qui revient vers le feu, seul, en train de se frotter la joue.

– Elle l'a giflé, murmure Sara.

Elle attend qu'il s'asseye sur sa chaise pour lui demander :

– Qu'est-ce que tu lui as dit ?

– Des choses qu'elle ne voulait pas entendre.

– Tu l'as envoyée promener ? ajoute Beau. Tu es dingue ! Elle est canon.

Samson le contemple d'un air impassible.

– Ne te gêne pas, Beau ; tente ta chance.

– Non merci, j'ai quelqu'un d'autre en tête.

Et il me désigne du doigt.

– N'y songe même pas, lui dis-je.

Il me sourit ; je ne vois pas en quoi mon refus catégorique peut le laisser croire autre chose. Il se lève, me prend la main pour tenter de m'entraîner, mais je ne bouge pas.

– Viens te baigner avec moi, propose-t-il.

– Je t'ai déjà dit non deux fois.

Il essaie de me tirer derrière lui quand même, alors je lui envoie un coup de pied dans le genou à l'instant où Samson se lève d'un bond et se précipite vers nous.

– Elle a dit non !

Beau nous regarde l'un après l'autre et nous désigne tous les deux du doigt :

– Ah, compris ! Il se passe des trucs entre vous.

– Ça n'a rien à voir avec moi, réplique Samson. Mais je l'ai déjà entendue plusieurs fois te demander de la laisser tranquille. Il faut que tu percutes, abruti !

Samson est furieux. Je ne sais pas si c'est de la jalousie ou juste à cause de la crétinerie de Beau.

J'espère que ça va s'arrêter là mais celui-ci ne semble pas trop aimer se faire engueuler. Il frappe Samson au visage puis serre les poings, prêt à la bagarre. Sauf que Samson se contente de le dévisager en se frottant la joue :

– Sérieux, là ?

– Oui, sérieux, rétorque Beau, les poings toujours en position de combat.

Marcos se lève, prêt à défendre Samson, mais celui-ci ne semble pas vouloir poursuivre la bagarre.

– Rentre chez toi, Beau, lance Marcos en se glissant entre eux.

– Comment tu dis « va te faire foutre » en mexicain ?

Je déteste les crétins, encore plus quand ils sont racistes.

– *Jódete*, dis-je en me levant. Et c'est de l'espagnol, pas du « mexicain ».

Si ça fait sourire Samson, ça exaspère Beau :

– Va te faire foutre, petite salope de riche. Je vous emmerde tous.

– Tu nous emmerdes chaque fois que tu rappliques, rétorque Sara.

– Allez tous vous faire foutre, reprend-il en nous désignant du doigt.

Ce qui semble exaspérer Samson. S'il ne frappe pas Beau, il se plante devant lui, et ce dernier préfère récupérer ses affaires et s'en aller.

Magnifique !

Samson se laisse tomber sur sa chaise en se tenant la mâchoire.

– Depuis ton arrivée, Beyah, j'ai été giflé par une fille et boxé par deux types.

– Alors arrête de prendre ma défense.

Il me décoche un petit sourire, l'air de dire : *Dans tes rêves.*

– Tu saignes.

J'attrape une serviette pour lui essuyer le visage. Il a une petite coupure sur la mâchoire. Beau devait porter une bague.

– Il va te falloir un pansement.

– J'en ai à la maison.

Il se lève aussitôt et prend la direction de sa maison.

Il ne me propose pas de le suivre ni ne m'attend, mais je jurerais qu'il pense que je vais lui emboîter le pas. Alors je presse la main contre ma peau que je sens s'échauffer, et je jette un coup d'œil vers Sara.

– N'oublie pas, murmure-t-elle. Un *check* ou un signe de la main.

J'éclate de rire et suis Samson qui se trouve déjà à plusieurs mètres devant moi. Néanmoins, il laisse sa porte ouverte. Il a donc très bien compris.

Arrivée en haut de l'escalier, je pousse un soupir pour me calmer un peu. Je ne sais pas pourquoi je suis aussi énervée. On s'est embrassés hier soir. Le plus dur est passé.

Je ferme la porte en entrant. Samson n'a pas allumé à l'intérieur ; il est devant l'évier en train de mouiller une serviette en papier, juste éclairé par la pleine lune derrière la fenêtre.

Je m'appuie contre le comptoir pour examiner sa blessure. Il penche la tête vers moi.

– Ça saigne toujours ? demande-t-il.

– Un peu.

Je recule pendant qu'il applique la serviette mouillée sur son visage.

– Je n'ai pas de pansement, reprend-il. Je mentais.

– Je sais. Il n'y a rien dans cette maison.

Il grimace un sourire douloureux et ça me fait mal.

Jetant la serviette, il s'agrippe au comptoir.

Cette fois-ci, ce n'est pas lui qui va faire le premier pas, même s'il en meurt d'envie, et malgré ma nervosité, je voudrais échanger un véritable baiser avec lui, du début à la fin.

Le regard de Samson m'attire comme un aimant. Je me rapproche d'un mouvement timide. Malgré ma fébrilité qu'il sent certainement, il ne me repousse pas. Il attend. Mon cœur se met à battre la chamade lorsqu'il devient évident que je suis sur le point de l'embrasser.

C'est différent d'hier soir, plus important, alors qu'on vient de passer la journée à y penser, pour arriver à la conclusion qu'on n'attend tous les deux que ça.

On ne se quitte plus des yeux alors que je me hisse sur la pointe des pieds et pose doucement mes lèvres sur les siennes. Il inspire alors que ma bouche est tout contre la sienne, comme s'il s'imposait encore de la patience, qu'il n'a plus du tout.

C'est un baiser rapide. Le début prometteur de ce qui pourrait arriver ensuite. Je ne crois pas que, cette fois, je vais m'enfuir, ce que je regrette depuis vingt-quatre heures.

Il pose son front sur le mien et je ferme les yeux quand il m'enveloppe la nuque de sa main ; il doit avoir les yeux clos lui aussi. C'est comme s'il voulait être au plus près de moi pour se rapprocher encore alors qu'il ne peut ni m'étreindre ni m'embrasser.

Instinctivement, je bascule la tête en arrière, car je veux de nouveau sentir ses lèvres sur les miennes. Il accepte cette invitation silencieuse en m'embrassant le coin de la bouche, puis le milieu, jusqu'à laisser passer un autre soupir, tremblant, comme s'il savourait déjà ce qui va suivre.

Sa main remonte de ma nuque vers mes cheveux et il renverse un peu plus ma tête ; puis il m'embrasse sans plus hésiter.

D'un baiser aussi lent que profond, comme s'il risquait de ne pas survivre à moins d'avaler un peu de mon âme. Il a un petit goût d'eau salée, et mon sang circule rageusement dans mes veines telle une mer déchaînée.

Je ne veux plus que ça s'arrête, pourtant, quand il commence à ralentir, j'apprécie encore son geste, graduel, prudent, délicat.

On cesse de s'embrasser et il me relâche, mais je ne bouge pas. Je reste pressée contre lui, cependant, il s'agrippe de nouveau au comptoir plutôt qu'à moi, et là, j'apprécie qu'il ne m'enveloppe plus de ses bras.

Au moins, j'ai réussi à l'embrasser, mais je ne suis pas prête à être retenue dans des bras et il le sait très bien.

Le front sur son épaule, je ferme les yeux pour mieux écouter sa respiration profonde, haletante, alors qu'il pose doucement sa tête sur la mienne.

On reste un moment dans cette position mais je ne sais pas quoi en penser. J'ignore s'il est normal de se sentir tellement lourde après avoir embrassé quelqu'un.

J'ai l'impression de tout faire de travers, en même temps, c'est comme si Samson et moi étions les seuls au monde à savoir nous embrasser.

– Beyah, murmure-t-il contre mon oreille.

Ça me donne la chair de poule.

– Quoi ?

S'ensuit une pause un peu trop longue.

– Je pars en août, lâche-t-il alors.

Je ne sais pas quoi répondre. Il n'a prononcé que quatre mots, mais il a tiré un long trait entre nous.

– Moi aussi.

C'est venu tout seul, et je lève la tête, le regard attiré par son pendentif. Je passe les doigts sur la médaille en bois et il m'observe, l'air de vouloir encore m'embrasser. Je ne demande que ça, des milliers de baisers pour la nuit.

Cette fois, je n'ai rien éprouvé de négatif. C'était agréable et rafraîchissant à la fois, comme s'il m'embrassait de l'intérieur, de même qu'il me regarde parfois. Comme s'il saisissait les profondeurs de mon être avant d'en voir l'extérieur.

D'un doigt, il me soulève le menton et repose ses lèvres sur les miennes, cette fois en gardant les yeux ouverts pour mieux s'imprégner de moi. Il recule un peu, pas beaucoup. Et toutes ses paroles semblent s'infiltrer en moi :

– Si on le fait, ce sera quelque chose de superficiel.

Je hoche la tête mais finis par la secouer, incapable de déterminer si je suis d'accord ou pas.

– Qu'est-ce que tu entends par superficiel ?

Son regard se durcit et il se passe la langue sur les lèvres, l'air de chercher comment m'expliquer ça sans me froisser :

– Je veux dire... si on développe quelque chose. Ce sera un quelque chose d'été. Je ne veux pas que ça aille plus loin, pour m'en aller dès le mois d'août, en pleine relation...

– Moi non plus. On se trouvera dans deux parties trop éloignées du pays.

Il passe les doigts sur mon bras, remonte vers mon épaule, puis sur ma joue.

– Parfois, on peut se noyer dans un verre d'eau, souffle-t-il. Dans une partie d'eau superficielle.

Apparemment, ça lui a échappé ; pourtant, je reste là, à enlever les couches qui le protègent une par une.

Trop de couches.

– Je ne veux pas te mentir, reprend-il d'une voix cassée. Mais je ne peux pas non plus tout te dire.

Je ne sais pas ce qu'il entend par là, il ne cherche pas à en faire des tonnes en général. Autrement dit, ce doit être bien pire que ce qu'il laisse entendre. Alors je lui demande :

– Quelle est la pire chose que tu aies jamais faite ?

Il se contente de secouer la tête.

– C'est si grave que ça ?

– Terrible.

– Pire que ce que j'ai fait avec Dakota ?

Les lèvres serrées, il pose sur moi un regard intense :

– Il existe deux sortes d'erreurs, Beyah. Celles qu'on commet par faiblesse et celles qu'on commet par excès de force. Dans un cas, on est fort et on veut survivre, dans l'autre, on n'en a pas les moyens.

Je m'accroche à chaque mot car je voudrais en faire ma vérité. Et puis je demande :

– Tu pourrais répondre à une question ?

Il ne dit ni oui ni non. Il attend la suite.

– Ce n'était pas une agression ?

– Non, pas du tout.

J'en suis soulagée et ne le cache pas. Des deux mains, il étale mes cheveux sur mes épaules puis pose la bouche sur mon front et l'embrasse.

– Je te le dirai la veille de ta rentrée en fac.

– Pourquoi pas maintenant ?

– Parce que j'ai envie de passer l'été avec toi et que tu n'en auras sans doute plus envie si je te le dis.

Je ne vois pas trop ce qui pourrait me couper l'envie de lui parler, mais je sais que si j'insiste trop, ça va finir par me stresser.

Alors j'attendrai.

Au rythme où vont nos conversations, je devrais l'apprendre avant le mois d'août. Mais pour le moment je m'incline, car il ne me racontera rien ce soir. Et si je me sens capable d'une chose, maintenant, c'est de faire preuve de la même patience que celle qu'il a montrée hier. Il m'embrasse encore une fois, rapidement, pour me dire bonsoir.

Je m'écarte de lui sans un mot, incapable d'émettre une seule des lourdes paroles qui m'encombrent l'esprit. J'ai du mal à franchir sa porte, à l'idée de ce qu'il pourrait bien se passer le deux août.

P.J. m'attend devant la porte et il me suit loyalement dans l'escalier puis vers la maison. Une fois arrivé en haut des pilotis, il va s'allonger dans sa niche.

Heureusement, personne n'est dans les parages quand j'arrive dans l'entrée. Je ferme derrière moi, grimpe les marches sans bruit. Avant d'entrer dans ma chambre, je regarde la porte de Sara.

J'ai envie de lui dire qu'on s'est embrassés; c'est un peu bizarre, alors que je n'ai jamais parlé à Natalie de ce qui a pu se passer entre Dakota et moi. J'avais trop honte.

Je frappe doucement; il ne s'agit pas de réveiller quiconque dans la maison. Sara ne réagit pas. Elle est peut-être encore à la plage.

J'entrouvre la porte pour vérifier, mais à peine ai-je passé la tête que je referme aussitôt.

Marcos était sur elle, habillé mais quand même... Je ne m'attendais pas à ça.

J'entre dans ma chambre tout en me rappelant ce que Sara a dit à la plage à propos du signal.

Alors je fais demi-tour. Avec Marcos ils cessent de s'embrasser pour me regarder. Je m'approche du lit et lui tend mon poing.

Elle me répond du même geste en riant.

– Ah génial ! s'écrie-t-elle.

CHAPITRE 17

Ces derniers jours ont été les moins stressants de ma vie. Comme si la présence de Samson libérait de mon cerveau des hormones qui manquaient depuis dix-neuf ans ! Je me sens mieux. Moins constamment au bord de la rupture.

Je suis sûre que ça ne vient pas seulement de Samson. C'est un mélange de tout ce que je n'avais pas encore connu. Un logement décent qui ne pourrit pas de l'intérieur, rongé par les termites. Trois repas par jour. Une amie fidèle qui habite au bout du couloir. L'océan. Les levers du soleil.

Ça fait presque trop de belles choses à la fois. Je m'en gave, car je vais devoir apprendre à m'en passer dès la fin de l'été. Mais, comme dit Sara, en été on pense à l'instant présent, c'est tout. Je m'inquiéterai du reste le trois août.

Samson a décidé qu'il valait mieux grimper sur mon balcon à l'aide d'une échelle que d'y sauter. Je suis installée à ma place habituelle, en train de manger du raisin que je viens de prendre dans le réfrigérateur, lorsque je l'entends arriver. Mon moment préféré : il apparaît et me sourit. Néanmoins, on a vécu des moments encore plus agréables cette nuit que durant nos levers du jour passés ensemble ; il a proposé que nous retournions nous baigner dans l'océan et nous nous sommes embrassés sans être interrompus par une douleur fulgurante. C'est le moins qu'on puisse dire.

Et quand je parle d'embrasser, c'est un doux euphémisme.

On est arrivés au stade des préliminaires. Enfin, autant qu'on peut en faire dans l'océan sans glisser les mains sous les maillots de bain. Mais c'est le seul contact physique qu'on ait connu depuis quelques jours, en dehors des matins. Je ne suis jamais trop à l'aise avec les manifestations d'affection en public, or, on est toujours en présence de Sara et Marcos.

Samson apparaît au sommet de l'échelle et on se sourit.

– Salut !

– Bonjour !

La bouche pleine de raisin, je le regarde enjamber la balustrade. Il se penche pour me donner un rapide baiser et s'assied à côté de moi.

Je sors un grain du sachet, l'approche de ses lèvres qu'il entrouvre à peine en souriant, ce qui m'oblige à lui fourrer le doigt entre les dents. Il le mordille avant de le lâcher pour déguster le raisin.

– Merci.

Je ferais bien ça toute la journée.

Il passe un bras sur le dossier de la chaise et je viens me réfugier contre lui, tout en prenant garde de ne pas m'appuyer trop fort pour qu'il n'ait pas la tentation de me prendre sur lui. Sans dire un mot, on regarde le soleil se lever et je pense au tour qu'a pris ma vie depuis que je suis là.

Moi qui croyais savoir qui j'étais, je n'avais pas idée que les gens puissent à ce point être différents selon le lieu où ils sont. En ce moment, alors que tout semble parfait, je me sens en paix avec moi-même. Je ne m'endors pas tous les soirs dans la tristesse. Je ne déteste même plus mon père comme avant. Et je ne doute plus de l'amour, car j'arrive à voir la vie sous un autre angle.

Si bien que je me demande quelle version de moi fréquentera l'université. Serai-je heureuse là-bas ? Samson me manquera-t-il ? Continuerai-je à m'épanouir ou reviendrai-je à mon ancien moi ?

Je me sens comme une fleur passant de l'ombre au soleil. Je m'épanouis pour la première fois depuis que je suis sortie des profondeurs de la terre.

– Qu'est-ce qu'on fait, aujourd'hui ? demande Samson.

– Perso, je n'ai rien de prévu jusqu'au trois août.

– Bon. Tu veux qu'on loue une voiturette de golf pour faire le tour de la plage cet après-midi ? Je connais un coin totalement isolé du monde.

– Super !

D'autant qu'il a prononcé le mot *isolé*, comme une invitation à passer enfin un peu de temps en tête à tête.

Le soleil arrive haut dans le ciel, normalement l'heure où Samson part pour me laisser me recoucher, sauf qu'au lieu de se lever, il me prend sur ses genoux :

– On devrait toujours s'installer comme ça pour regarder le soleil se lever.

– Je te bloquerais la vue.

Comme il se met à caresser mon visage, je sens le contact de ses doigts me brûler comme autant de petites flammes.

– Tu es plus jolie que la vue, Beyah.

Glissant la main sur ma nuque, il m'attire contre sa bouche.

Cependant, je m'écarte un peu pour l'en empêcher. Je n'aime pas qu'il m'entoure de ses bras quand on s'embrasse, ça me donne l'impression d'être retenue de force.

En revanche, j'adore les baisers de Samson, j'adore passer du temps avec lui. Mais je n'aime pas l'idée de partager quelque chose d'aussi intime avec quelqu'un qui refuse de rester plus de deux ou trois semaines avec moi.

Ses mains se posent sur mes hanches comme je le lui ai montré il y a quelques jours. Il embrasse mon menton, ma tempe.

– Il faut que j'y aille, dit-il. J'ai plein de choses à faire aujourd'hui.

Il fait tous les jours quelque chose de différent, entre aider quelqu'un à réparer son toit ou à consolider une dune, des choses qui ne lui servent à rien; je ne crois pas qu'il y gagne de l'argent.

Je m'écarte de lui et le regarde regagner son échelle.

Il ne m'accorde pas un dernier coup d'œil avant de disparaître. La tête contre le dossier, je reprends un grain de raisin.

Je pense qu'il voudrait plus que ce que je lui offre physiquement, mais je ne pourrai pas tant qu'il restera au niveau superficiel, comme il dit. Peut-être que pour lui les baisers et les câlins n'ont aucune profondeur, mais moi, ils m'entraînent au fin fond de la fosse des Mariannes. Je préférerais le considérer comme un coup d'un soir que de le laisser me faire un câlin.

C'est sans doute la preuve que je ferais mieux de consulter. Mais bon.

Jusqu'ici, la thérapie de l'océan a très bien fonctionné sur moi, et c'est gratuit.

*

* *

Isolé, c'était un euphémisme. Il nous a emmenés si loin de la plage qu'on ne voit plus de maisons dans les parages, plus personne. Juste les dunes derrière nous et l'océan devant. Si je devais choisir un endroit où construire ma demeure, ce serait là.

– Pourquoi y a-t-il si peu d'habitations par ici? Les risques d'inondation sont importants?

– En fait, il y en avait beaucoup, jusqu'au passage de l'ouragan Ike qui a tout détruit.

Samson avale un peu d'eau. Il a apporté des sandwichs, des boissons et une couverture. Il estime ce jour comme notre premier rendez-vous officiel, dans la mesure où ça ne comptait pas vraiment quand on était accompagnés de Sara et Marcos. Il est même venu me chercher dans la voiturette de golf.

– Tu crois que ça redeviendra comme avant?

– Peut-être pas comme avant. Toute la péninsule s'est embourgeoisée depuis la reconstruction. Elle est devenue beaucoup plus prospère que je n'aurais cru, mais ce n'est pas fini, ça prendra encore quelques années.

Je donne un morceau de pain à P.J. qu'on a amené à l'arrière de la voiturette.

– Tu crois que ce chien appartenait à un habitant qui aurait perdu sa maison ?

– Je crois que tu es la seule personne à qui il ait jamais appartenu.

Ça m'amuse qu'il dise ça, moi qui ai toujours voulu avoir un chien, alors que je n'avais pas de quoi le nourrir. Parfois j'en recueillais un ou deux, mais ils finissaient toujours par me quitter pour des familles qui leur donnaient correctement à manger.

– Qu'est-ce que tu vas en faire au mois d'août ? s'enquiert Samson en lui caressant la tête.

– Je ne sais pas. Je préfère ne pas y penser.

Pourtant, on se regarde en y réfléchissant tous les deux.

Que vais-je faire du chien ?

Qu'allons-nous devenir, tous les deux ?

À quoi ressembleront nos adieux ?

Samson s'étend sur le sable et, comme je suis assise en tailleur, il pose la tête sur mes genoux et me dévisage d'un air songeur. Je passe une main dans ses cheveux en essayant de ne penser qu'à l'instant présent.

– Qu'est-ce que les gens pensent de toi ? demande-t-il encore.

– Drôle de question, dis-je en riant.

Il me regarde comme s'il se moquait de poser des questions bizarres.

– Je ne suis pas du genre docile, alors on me prend parfois pour une garce. Sauf qu'on me confondait avec ma mère, impossible de passer inaperçue. Alors soit je me laissais faire et devenais ce que les autres croyaient voir en moi, soit je luttais de toutes mes forces. À ton avis, qu'est-ce que les gens pensent de toi ?

– Je crois surtout qu'on ne pense jamais à moi.

– Si, dis-je en secouant la tête. Et tu sais à quoi je pense.

– À quoi ?

– J'ai envie de retourner dans l'océan avec toi.

– Je te rappelle qu'on n'a pas de vinaigre sous la main.

– Alors arrange-toi pour que ça vaille la peine si je me fais encore piquer.

Il se relève d'un bond et m'aide à en faire autant. Ensuite, j'ôte mon short et lui son tee-shirt. Puis il me tend la main et on court à travers les vagues. Lorsque j'ai de l'eau jusqu'à la poitrine, on s'arrête pour se faire face, on avance encore un peu, on se rejoint et on s'embrasse.

Chaque fois, c'est comme si on se confiait un peu plus l'un à l'autre. J'aimerais en savoir davantage sur les relations amoureuses et toutes ces choses que je ne croyais pas dignes de moi, ou peut-être trop... J'aimerais parvenir à faire durer cette sensation, savoir si un garçon comme Samson pourrait tomber amoureux d'une fille comme moi.

Une vague s'écrase sur nous et nous sépare l'un de l'autre. J'ai les cheveux trempés, je les enlève de mes yeux en riant tandis qu'il se dépêche de me rejoindre. Il enroule mes jambes autour de sa taille mais garde les mains sur mes hanches. Une étincelle de joie scintille dans ses yeux.

C'est la première fois que je vois ça.

Voilà presque quinze jours que je suis là et c'est la première fois qu'il semble totalement à l'aise. Ça me fait du bien de découvrir qu'il peut ressentir ça avec moi, en même temps, je suis triste qu'il ne l'éprouve pas constamment.

– Qu'est-ce qui te rend heureux dans la vie, Samson ?

– Les riches ne sont jamais contents, répond-il aussitôt.

Dommage qu'il n'ait pas eu à y réfléchir.

– Alors le proverbe est vrai ? L'argent ne fait pas le bonheur ?

– Quand on est pauvre, on a des buts à atteindre. Genre une maison, des vacances ou juste un repas au restaurant le vendredi soir. Mais plus on a d'argent, plus il est difficile de s'enthousiasmer pour quelque chose. On a déjà la maison de ses rêves, on peut parcourir le monde quand on veut, on peut engager un cuisinier pour s'offrir les repas qu'on aime. Les gens qui n'ont pas d'argent croient pouvoir être comblés avec ça, mais c'est faux. On peut combler sa vie de belles choses, seulement les belles choses ne comblent pas les trous dans l'âme.

– Et qu'est-ce qui les remplit ?

Il me parcourt un instant des yeux.

– Des morceaux de l'âme d'un autre.

Il me soulève légèrement, si bien que je me retrouve un peu hors de l'eau, juste ce qu'il faut pour que nos lèvres puissent se rejoindre ; je voudrais dévorer les siennes.

Je le sens se raidir, bien qu'on soit toujours dans l'eau, alors qu'on ne fait que s'embrasser, mais d'un baiser qui dure plusieurs minutes. À la fois trop et pas assez.

– Beyah, je pourrais rester ici à jamais, mais il vaudrait mieux qu'on rentre avant la tombée de la nuit.

J'acquiesce mais l'embrasse encore car je me moque qu'il fasse sombre ou non. Je caresse son torse, ses épaules et son dos, et puis ses cheveux, alors qu'il commence à m'embrasser la poitrine. Je sens son souffle courir sur ma peau, entre mes seins. Il plaque une paume sur ma nuque et ses doigts cherchent le nœud de mon maillot de bain.

Il me regarde dans les yeux, demandant silencieusement la permission. Comme je hoche la tête, il tire lentement sur le ruban.

Les bretelles de mon deux-pièces se défont et Samson se penche pour embrasser mes seins. Puis il descend sans cesser de me lécher, jusqu'à en prendre un dans sa bouche.

J'en ai le souffle coupé, en même temps, sa langue sur ma peau fait courir des frissons dans tout mon corps ; je ferme les yeux et pose la joue sur son crâne en souhaitant que cela ne s'arrête jamais.

Pourtant, c'est ce qui finit par se produire, à cause d'un moteur qu'on entend au loin.

Aussitôt, il s'écarte de moi. Sur la plage, un véhicule arrive dans notre direction.

Samson remonte mes bretelles, les renoue autour de mon cou. Je gémis, la moue boudeuse, et on sort de l'eau, bien que le véhicule ait effectué un demi-tour pour repartir dans la direction opposée.

On range silencieusement nos affaires dans la voiturette. Le soleil va se coucher, projetant une lumière orange et mauve dans le ciel. Le vent est revenu et Samson y fait face, paupières closes, rayonnant d'un calme qui m'envahit peu à peu.

Son humeur est contagieuse ; heureusement qu'il n'en change pas souvent. Jamais je ne me suis sentie aussi stable que depuis que je passe mon temps avec lui.

– Tu as déjà fermé les yeux juste pour écouter l'océan ? demande-t-il avant de se retourner vers moi.

– Non.

– Essaie.

Il a les yeux clos lui-même, alors j'en fais autant. Sa main trouve la mienne et on reste comme ça, en silence, face à la mer. J'écoute ce qu'il entend, les mouettes.

Les vagues.

La paix.

L'espérance.

Je ne sais pas combien de temps cela dure car je me suis plongée dans une sorte de méditation. Je ne crois pas être jamais restée ainsi debout, sans rien regarder, pour m'abandonner à mes pensées, les unes après les autres.

Finalement, c'est comme si le monde entier s'immobilisait.

Je suis arrachée à ma méditation par un baiser de Samson sur ma tête. Dans un soupir, je soulève les paupières.

Et c'est la fin. Dîner, bisous, anti-stress. Quelle soirée !

– Où est ton chien ? demande-t-il quand on remonte dans la voiturette.

Je regarde autour de nous, mais pas de Pepper Jack à l'horizon. Je l'appelle, mais il ne vient pas. Mon cœur se serre un peu.

Samson l'appelle à son tour.

Je commence à vraiment m'inquiéter car nous sommes loin de nos maisons et, si on ne le retrouve pas, il ne saura pas rentrer seul.

– Il est peut-être derrière les dunes, suggère Samson.

Il me prend par la main et on se dirige en hâte vers les collines de sable. Arrivée au sommet de l'une d'elles, je pousse un cri de soulagement en apercevant P.J. derrière.

– Ouf, Dieu merci !

Je dévale la pente dans sa direction et Samson finit par me rejoindre.

– Qu'est-ce qu'il fabrique ? demande-t-il en le voyant creuser furieusement le sol.

– Il a peut-être trouvé des crabes.

Arrivée devant le trou, je me fige. Ce n'est pas un crabe...

– Samson ? Qu'est-ce que c'est ?

Il s'agenouille devant ce qui ressemble aux os d'une main.

J'écarte P.J. mais il tente de m'échapper, tandis que Samson chasse le sable, révélant de plus en plus ce qui ressemble à un bras humain.

Tandis que j'étouffe un murmure d'effroi, P.J. s'échappe à nouveau pour foncer vers Samson, mais celui-ci le repousse.

– Assis ! ordonne-t-il.

P.J. lui obéit en gémissant.

Je m'agenouille près de Samson et l'observe dégager encore des os.

– Tu ne devrais peut-être pas y toucher, dis-je alors.

Sans répondre, il s'accroupit pour inspecter les lieux de plus près.

– Je vais chercher mon téléphone pour appeler la police, ajouté-je alors en me levant.

Mais Samson me saisit le poignet et m'implore du regard.

– Attends !

– Quoi ? Il faut le signaler.

– Arrête, Beyah.

Jamais je ne lui ai vu une expression aussi inflexible.

– C'est le type dont je te parlais, poursuit-il. Rake. Je reconnais son tee-shirt. La police va le jeter dans une fosse commune.

– N'empêche qu'on doit le signaler. C'est un cadavre. Une personne disparue.

– Non, pas une personne disparue. Comme je te l'ai dit, je crois que sa disparition n'a jamais été signalée.

À son attitude, je me rends bien compte que je ne le convaincrai pas.

– Il préférerait s'en aller dans l'océan. C'est le seul endroit où il voudrait finir.

On reste un long moment à réfléchir, en silence.

Je ne sais pas pourquoi je ne suis pas d'accord avec lui. En revanche, je suis certaine de n'avoir aucune envie de rester ici plus longtemps.

Samson se relève et disparaît parmi les dunes. Je n'ai pas l'intention de rester seule avec des restes humains, alors je le suis.

Il se dirige droit vers la mer et s'arrête à quelques pas de l'eau ; il croise les mains sur sa nuque. Je préfère le laisser un peu seul.

Il contemple l'eau pendant une éternité et je vais et viens derrière lui, incapable de décider si je dois agir ou le laisser faire. Cela dit, c'est lui qui connaissait ce type, pas moi.

Au bout d'un moment, je finis par briser le silence :

– Samson ?

Sans se retourner, il déclare d'un ton résolu :

– Je voudrais que tu ramènes la voiturette à la maison.

– Sans toi ?

– Oui. On se retrouvera plus tard.

– Je ne te laisse pas seul ici. C'est trop loin pour que tu rentres à pied de nuit.

Cette fois, il se retourne et c'est une personne complètement différente que j'ai devant moi, les traits tendus, comme si quelque chose venait de se briser en lui.

Il vient vers moi, prend mon visage dans ses mains. Il a les yeux rouges, comme s'il était sur le point de s'effondrer.

– Vas-y, s'il te plaît. Il faut que je m'occupe de ça tout seul.

Il a la voix cassée, marquée d'une douleur que je ne connais pas.

Celle que je m'attendais à ressentir à la mort de ma mère, alors que j'ai juste eu la sensation d'être vide et engourdie.

Je ne sais pas pourquoi il éprouve ce besoin mais je me rends compte que c'est trop important pour que je m'y oppose. Alors je hoche la tête et murmure :

– D'accord.

Pour la première fois de ma vie, j'éprouve le désir intense de serrer quelqu'un dans mes bras, pourtant je n'en fais rien. Je ne veux pas que notre première étreinte se produise dans de telles circonstances.

Je me contente de grimper dans la voiturette.

– Prends P.J. avec toi, dit-il.

J'attends qu'il aille le chercher sur la dune, puis il le fait monter à la place du passager et se penche ensuite vers moi :

– Ça ira, Beyah. On se voit dans la soirée.

Puis il reprend la direction de la dune.

Je rentre à la maison en le laissant vivre une situation dont je sais qu'il ne me parlera jamais.

CHAPITRE 18

Je m'inquiète pour Samson, évidemment, mais plus je l'attends, plus je me demande si de la colère ne se mêle pas à mon anxiété.

Il n'aurait pas dû me demander de le laisser dans cette situation, mais l'expression de ses yeux semblait dire qu'il était beaucoup plus important pour lui de jeter les restes de Rake dans l'océan que pour moi d'alerter les autorités.

Même si je ne lui en veux pas, je suis préoccupée. J'ai l'estomac noué. Voilà près de quatre heures que je suis rentrée. J'ai essayé de passer le temps en prenant une douche, puis en dînant, en bavardant avec mon père et Alana. Mais mon esprit reste avec Samson, au pied de la dune.

Maintenant, je suis assise près du feu, les yeux fixés sur la maison. J'attends.

– Où est Samson ? demande Sara.

Bonne question.

– Il s'occupe de quelqu'un. Il va bientôt rentrer.

J'avale une gorgée d'eau comme pour laver ma bouche de ces mensonges. En un sens, je voudrais dire la vérité à Sara, mais il ne faut pas. Je ne me vois pas lui dire : *Hé, Sara, il y a des restes humains sur la plage et Samson récupère les os pour les jeter dans l'océan.*

Comment supporterait-elle une annonce pareille ?

– Alors, il était comment, ce baiser ? demande-t-elle.

Je la dévisage, avec son regard plein d'espoir.

J'imagine qu'elle préférerait échanger des ragots avec sa demi-sœur le soir, autour de la coiffure de l'une et de l'autre. Dommage qu'elle n'y ait pas eu droit. À la place, elle est tombée sur moi. Beyah la pas marrante.

– Un peu déprimant, en fait.

– Quoi ? Pourquoi ?

– Je ne dis pas que c'était nul. Il sait très bien embrasser. Seulement... il est toujours tellement sérieux. Et moi aussi. C'est difficile d'échanger un baiser sympa et sexy quand on manque tellement d'humour. Voilà... parfois j'aimerais te ressembler.

– Si tu me ressemblais, s'esclaffe-t-elle, Samson ne te regarderait pas comme ça.

Elle a sans doute raison. Certaines personnes sont faites pour s'entendre. Ça ne marcherait pas entre Marcos et moi, ni entre elle et Samson.

Je voudrais juste que l'automne et l'hiver se passent aussi agréablement que cet été.

Sara agite soudain les mains alors qu'une nouvelle chanson que je ne connais pas commence.

– J'adore ! s'exclame-t-elle en se levant pour danser.

Marcos en fait autant. Ce n'est pas un slow, si bien qu'ils se retrouvent à sautiller sur place et à tourner sur eux-mêmes comme si de rien n'était.

Sara finit par retomber sur sa chaise, essoufflée. Elle attrape une bouteille d'alcool plantée dans le sable.

– Tiens, dit-elle en me la tendant. Ça rend tout plus sympa.

Je la porte à ma bouche en faisant semblant d'avaler une gorgée. Je préfère m'ennuyer que de devenir comme ma mère, je n'ai donc aucune envie d'en boire ; mais je fais semblant par égard pour elle. J'ai déjà été assez déprimante comme ça. Pas la peine de lui donner des remords pour avoir avalé quelques gorgées. Je lui rends la bouteille, et au même moment, je repère un mouvement sur la plage.

Enfin. Ça fait quatre heures.

Samson va devoir passer devant nous pour gagner sa maison. Il est couvert de sable, il a l'air épuisé. Il prend un air coupable lorsque nos regards se croisent et il détourne rapidement les yeux. Néanmoins, il se penche, m'indique sa maison du menton avant de disparaître dans l'obscurité.

– Tu es convoquée, observe Sara.

Je reste assise, histoire de ne pas avoir l'air de vouloir me précipiter.

– Je ne suis pas un chien.

– Vous vous êtes disputés ?

– Non.

– Alors vas-y. J'aime bien quand Marcos me convoque. C'est toujours bon signe.

Elle se tourne vers lui :

– Tu entends, Marcos ? Convoque-moi.

Il hoche une fois la tête et Sara saute de sa chaise pour se précipiter vers lui et se jeter sur ses genoux. La chaise tombe en arrière, les envoyant tous les deux dans le sable. Marcos tient toujours sa bière à la main. Il n'en a même pas laissé couler une goutte.

Je les laisse seuls et prends la direction de la maison de Samson. En m'approchant, j'entends le bruit de la douche extérieure. Je marche sur le sol bétonné entre les pilotis. Je ne suis jamais venue ici, mais c'est agréable. Il y a un bar et deux tables. Je ne sais pas pourquoi on n'y a pas passé un instant au lieu de la plage tous les soirs. Samson possède le genre de maison où il doit être agréable de donner des soirées, sauf qu'il n'a pas l'air d'avoir envie de recevoir...

Je m'approche mais ne vois pas son caleçon, autrement dit, il est toujours habillé. Aucune porte ne ferme la cabine, qui est faite de parois en bois que je dois contourner pour le voir.

Il me tourne le dos, la tête entre les épaules, les paumes plaquées sur la paroi, et le jet coule dans sa nuque.

– Désolé, lâche-t-il en se retournant.

D'une main, il dégage son front de ses cheveux mouillés.

– Désolé de quoi ?

– De t'avoir mise dans cette situation. De t'avoir demandé de te taire alors que je ne t'ai pas expliqué pourquoi.

– Tu ne m'as pas demandé de me taire, juste de ne pas appeler la police.

Il offre de nouveau son visage à la douche.

– Tu en as parlé à quelqu'un ? demande-t-il.

– Non.

– Et tu vas le faire ?

– Sauf si tu ne veux pas.

– Je préférerais que ça reste entre nous.

J'acquiesce silencieusement. Je n'ai pas de mal à garder un secret. Je suis plutôt une pro en la matière.

Et je préfère que Samson reste muet comme une carpe, même si certaines choses m'échappent. Je crois que je saurai faire preuve de patience avec lui car il m'a promis de finir par tout me raconter sur lui. Sinon, je n'aurais pas l'impression qu'il en vaille l'effort.

– Je crois que tu as d'autres choses à me dire sur Rake. Tu pourras me l'expliquer en même temps que tu me répondras sur tout le reste le deux août ?

– Promis, je te dirai ça.

– Je vais faire une liste de toutes les questions que je voudrais te poser.

Il me décoche une petite grimace amusée :

– Et j'y répondrai le deux août.

– Promis ? dis-je en m'avançant vers lui.

– Juré.

Je soulève une de ses mains aux ongles pleins de terre.

– Tu as tout récupéré ?

– Oui.

– Tu es sûr que c'était Rake ?

– Absolument.

Il semble épuisé, et sans doute triste. Je pense vraiment que Rake occupait une place plus importante dans sa vie qu'il ne veut bien le reconnaître.

Mes vêtements commencent à se mouiller sous la douche, alors j'enlève mon tee-shirt, le balance par-dessus la paroi de la cabine, mais garde mon short et le haut de mon deux-pièces. J'aide Samson à nettoyer ses ongles. Il me laisse patiemment les gratter avant que je lui savonne les mains.

Quand j'ai fini, il m'attire et je me retrouve sous l'eau avec lui. Il m'embrasse et je le suis alors qu'il s'adosse à la paroi pour m'écarter du jet.

C'est un baiser paresseux. Il garde les mains sur mes hanches et me laisse diriger le mouvement.

Je me plaque contre lui, mes seins sur son torse nu, ma main sur sa nuque. *Je n'aurais pas dû dire à Sara que c'était un baiser déprimant. Ce mot ne convient pas du tout.*

Mieux vaut dire *durable.*

Tous nos baisers sont importants, comme s'ils allaient rester à jamais dans ma vie. Ce ne sont pas de petites preuves d'affection qui arrivent au passage. Ils cachent quelque chose de plus important qu'une simple attirance. En ce moment, cette chose serait plutôt de la tristesse et j'ai envie de l'en libérer, ne serait-ce que pour quelques minutes.

Je descends ma main sur son ventre jusqu'à ce qu'elle atteigne l'élastique de son caleçon. Je glisse les doigts dessous et l'entends soupirer. On cesse de s'embrasser alors que je le touche pour la première fois. Il me fixe d'un regard qui semble me dire de ne pas faire ça, tout en me suppliant de ne pas arrêter.

Je l'enveloppe fermement dans ma paume et il renverse la tête en arrière.

– Beyah !

Je l'embrasse dans le cou tout en me mettant à remuer lentement la main. Cela me fait beaucoup plus d'effet qu'avec Dakota. Rien d'étonnant. J'éprouve mille fois plus de choses pour lui que pour qui que soit d'autre.

De la main gauche, j'abaisse son caleçon juste ce qu'il faut et on reste quelques minutes dans cette position. Moi en train de le caresser, lui en train de respirer de plus en plus lourdement, de serrer mes hanches avec plus de force à chaque mouvement. Je ne cesse d'observer son visage, incapable de détourner les yeux. Parfois, il en fait autant, parfois il baisse les paupières comme s'il ne pouvait en supporter davantage.

Alors que tous les muscles de son corps commencent à se crisper, il saisit mes cheveux pour attirer doucement ma tête afin que nos lèvres se rejoignent encore. En deux pas, c'est moi qu'il plaque contre la paroi pour m'embrasser avec une vigueur plus intense qu'avant.

J'ai toujours la paume agrippée autour de lui. Soudain, c'est comme s'il ne pouvait plus respirer et m'embrasser en même temps, car il marque une pause, appuie sa tempe contre la mienne et souffle contre mon oreille :

– Merde.

Tout mon corps se hérisse de chair de poule, je le sens frémir sous ma paume. Je continue de le caresser jusqu'à sentir une tiédeur poisseuse couler dans ma main ; il soupire et enfouit son visage dans mon cou.

Il lui faut un moment pour reprendre son souffle alors qu'il récupère le pommeau de la douche qu'il passe entre nous avant de le laisser tomber pour m'embrasser de nouveau.

Il respire comme s'il venait de courir un marathon. Et ce doit être mon cas également.

Quand il finit par se détacher de moi pour me regarder, je lui trouve une expression beaucoup plus légère.

Exactement ce que je voulais. Qu'il se sente soulagé après ce qui a pu lui arriver ce soir. Je l'embrasse tendrement sur le coin de la bouche, prête à lui souhaiter bonne nuit. Mais il passe ses doigts dans mes cheveux mouillés en murmurant :

– Quand est-ce que tu me laisseras te prendre dans mes bras ?

Il demande ça d'un air implorant, comme s'il en avait plus besoin que jamais. Je devrais sans doute le laisser faire, si je n'avais pas peur de fondre en larmes. Apparemment, il a dû s'en apercevoir car il se contente de déposer un baiser sur mon front.

– Bonne nuit.

– Bonne nuit, Beyah.

Il arrête l'eau et je récupère mon tee-shirt, le remets et m'éloigne de sa maison.

CHAPITRE 19

Les cinq maisons de Samson sont louées pour le week-end de la fête nationale, si bien qu'il habite chez Marcos.

Voilà une semaine qu'il a trouvé Rake. On n'en a plus parlé. Il nous reste moins d'un mois avant le deux août, jour où je recevrai toutes mes réponses. Mais je n'ai pas hâte car, pour moi, c'est aussi la veille du jour où on se dira au revoir.

J'essaie de me concentrer sur ce soir.

Les plages sont tellement bondées qu'on n'essaie même pas de s'y rendre. On est sur le balcon de Marcos, non loin de la mer, et il y a tant de musique, tant de bruit, plus de gens bourrés qu'on n'en verrait jamais dans un bar du Texas, qu'on n'a aucune envie de se joindre à eux.

On a dîné avec la famille de Marcos. Il a deux petites sœurs, et le repas était assez animé. Samson semblait plutôt à l'aise, au point que je me suis demandé comment il se comporte avec sa propre famille.

Prennent-ils des repas ensemble, comme mon père et Alana aiment les organiser ? M'accepteraient-ils si on faisait connaissance ? Quelque chose me dit que non.

Alors que, ce soir, je me sens acceptée. Et bien nourrie. Mon vœu de gagner du poids cet été s'est réalisé. Je ne sais même pas si j'entrerai dans le jean que je me suis acheté en arrivant. Jusqu'ici, je n'ai porté qu'un short et un maillot de bain. Parfois un tee-shirt, mais juste quand on se retrouve à l'intérieur.

Le soleil vient de se coucher mais les feux d'artifice illuminent déjà le ciel de toute la région. Là, en pleine nuit, il y en a partout.

– Ceux de Galveston vont commencer dans quelques minutes, indique Sara. J'aimerais qu'on puisse les voir d'ici.

– Sur le toit de Marjorie, ça devrait aller, suggère Samson.

– Tu crois qu'elle nous laisserait y monter ?

– Tout dépend si elle ne dort pas déjà, marmonne Samson.

– Personne ne peut dormir avec un bruit pareil, objecte Marcos en se levant.

On se dirige ensemble chez elle, avec P.J. qui attendait sous la maison de Marcos.

Elle est assise sur sa véranda quand on arrive dans sa rue, à observer l'animation de la plage.

– J'aurais cru que vous viendriez plus tôt, lance-t-elle en désignant la porte. Entrez !

– Merci, Marjorie, dit Samson.

Une fois à l'intérieur, il attend que Sara et Marcos grimpent les premiers, puis me laisse passer. Devant l'ouverture qui mène au toit, Sara se met à quatre pattes pour passer. Marcos essaie de l'aider mais elle secoue la tête :

– C'est trop haut. Je ne peux pas bouger.

Ça fait rire Samson :

– Essaie de te faufiler au centre. Tu ne verras que le ciel, plus le sol.

Ce qu'elle fait et on la suit tous. Je m'assieds entre elle et Samson.

– Comment fais-tu pour marcher debout là-dessus ? lui demande-t-elle.

– Je ne regarde pas en bas.

Elle se couvre un instant le visage, comme pour apaiser son vertige.

– Je ne savais pas que j'avais peur de l'altitude.

Marcos l'entoure d'un bras.

– Viens ici, Bébé.

Elle se rapproche de lui et, en le voyant la tenir ainsi, je me rends compte que Samson et moi ne nous tenons même pas. Il contemple les feux tirés de je ne sais où vers la plage.

– Marjorie est seule ?

– Non, sourit-il. Elle a un fils, avocat à Houston. Il vient la voir deux ou trois fois par mois.

Ça me rassure.

Voyant mon soulagement, Samson se penche pour me donner un petit baiser.

– Tu es adorable, murmure-t-il.

Il me prend la main et entrelace nos doigts ; on suit les feux d'artifice en silence.

Plus le temps passe, plus il y en a. On les voit tout autour de nous, sur la baie, provenant de Galveston. On dirait même que certains sont tirés de l'océan.

Marcos se tourne vers Sara :

– Ce serait le bon moment pour faire une demande en mariage, avec tous ces feux en toile de fond. Dommage qu'on se soit rencontrés juste avant les vacances.

– Tu n'as qu'à me ramener ici l'année prochaine. Je ferai semblant d'avoir oublié cette conversation.

Là, c'est moi qui éclate de rire.

Quelques minutes plus tard, elle dit à Marcos qu'elle voudrait redescendre car elle a le vertige. Ils s'en vont, mais je reste, avec Samson.

Plus que n'importe quoi d'autre, c'est lui que je regarde. Il semble adorer ce qui nous entoure.

– Je n'ai jamais vu Darya aussi belle, murmure-t-il.

Quoi ? Ce n'était pas la fille qui était censée lui avoir brisé le cœur ?

– Tu vois comme ces feux se reflètent sur elle ? ajoute-t-il en désignant l'océan.

Là, je ne comprends plus rien.

– Tu appelles la mer Darya ?

– Oui, répond-il comme si ça allait de soi. Darya, ça veut dire *la mer*. C'est Rake qui l'appelait comme ça.

– Tu m'as dit que c'était l'ex-petite amie qui t'avait brisé le cœur.

Il se met à rire :

– Je t'ai dit que Darya m'avait brisé le cœur. Pas que c'était une fille.

J'essaie de repenser à cette conversation. Tout ce temps-là il parlait de la mer ?

– Comment un océan peut briser le cœur ?

– Je t'expliquerai ça le…

– Deux août, dis-je en levant les yeux au ciel.

Je sors mon téléphone de ma poche.

– Je prends note. Tu me dois beaucoup d'explications.

– Fais voir ? s'esclaffe-t-il.

Je lui tends mon appareil après avoir ajouté la dernière. Il se met à lire la liste :

– *Pourquoi n'aimes-tu pas parler des maisons de ton père ? Qui était ce type qui a interrompu ton dîner ? Quelle est la pire chose que tu aies jamais commise ? Pourquoi n'aimes-tu pas parler de ta famille ? Qu'est-ce qui s'est passé avec Rake ? Avec combien de filles as-tu fait l'amour ?*

Il marque une pause, me contemple un instant, puis revient à la liste :

– *Quel est ton nom complet ?*

Il finit par me rendre mon téléphone :

– Dix. Pourtant je ne m'en rappelle que neuf. Mes souvenirs d'une certaine fille restent flous.

Dix. Ça fait beaucoup à côté de moi mais pas grand-chose à côté de ce que j'imaginais de son passé. Il aurait pu dire cinquante que ça ne m'aurait sans doute pas étonnée.

– Dix, ce n'est pas énorme.

– Plutôt, si, à côté de ton un, me taquine-t-il.

– Je croyais juste qu'il y en avait plus. D'après ce que Sara disait de toi, on aurait pu croire que tu couchais chaque semaine avec une fille différente.

– Je couchais rarement avec elles. Je n'ai aucune idée du nombre de fois où c'est vraiment arrivé. Alors ne me pose pas cette question le deux août, parce que je serai incapable d'y répondre.

Un gigantesque bouquet de feux d'artifice explose devant nous, détournant l'attention de Samson, mais je ne le quitte pas des yeux.

– Parfois, je me demande si j'ai envie d'obtenir une réponse à toutes mes questions. Je crois que le mystère qui t'entoure pourrait être ce que je préfère en toi, et en même temps ce que je déteste le plus.

Il répond sans me regarder :

– Tu veux savoir ce que je préfère en toi ?

– Quoi ?

– Tu es la seule personne que j'ai rencontrée qui m'aimerait encore plus si j'étais pauvre.

C'est la pure vérité.

– Ton argent est ce que j'aime le moins en toi.

Il dépose un baiser sur mon épaule. Puis jette un coup d'œil en direction de la mer.

– Je suis content que tu sois venue cet été, Beyah.

– Moi aussi.

CHAPITRE 20

Je n'aime pas la pilule. Voilà près d'une semaine que je la prends et j'ai l'impression que ça perturbe mes émotions. Je commence à ressentir davantage les choses. Il y a des moments où ma mère me manque terriblement, d'autres où je me dis que je suis en train de tomber amoureuse de Samson, d'autres encore où je suis ravie d'avoir une conversation avec mon père.

Je ne sais pas trop qui je deviens mais je ne suis pas sûre d'aimer ça. Je doute que ça ait vraiment quelque chose à voir avec la pilule, sauf que ça fait du bien de trouver un coupable.

Samson s'est absenté presque toute la journée ; on est allés à la plage avec Sara et Marcos. Maintenant, l'heure du dîner a largement sonné et on a faim, alors on commence à ranger nos affaires tandis que trois types installent un filet de volley, entre notre maison et celle de Samson. Alors qu'on va ranger nos chaises, avec Sara, je les regarde jouer.

J'ai un petit pincement au cœur, comme si ce sport me manquait. Je n'aurais jamais cru que ça pouvait m'arriver.

– Je vais leur demander si je peux jouer, dis-je alors. Tu veux venir ?

– Non, répond Sara. Je voudrais prendre une douche. J'ai du sable dans les fesses. Mais amuse-toi bien. Mets-leur la misère !

Comme j'arrive, ils s'apprêtent à faire une partie en un contre un. L'un d'eux s'assied au bord de la ligne invisible tandis que les deux autres se mettent en position.

Je les interromps carrément :

– Salut !

Ils se retournent tous les trois. À mesure que je me rapproche, je me sens plus intimidée par la taille de ces joueurs.

– Besoin de quelqu'un d'autre ?

Ils s'interrogent mutuellement du regard et le plus grand lance, dans un sourire moqueur :

– Tu es sûre ?

– Oui, dis-je, agacée par son ironie, comme ça je vais pouvoir faire équipe avec le plus mauvais d'entre vous. Ça rétablira l'équilibre.

Ils se marrent et deux d'entre eux désignent celui qui est assis :

– Le voilà, le pire.

– C'est vrai, avoue celui-ci. Je suis nul.

– Super. On y va ?

D'abord ils se présentent : mon coéquipier s'appelle Joe. Le plus grand, c'est Topher, et l'autre, Walker. Celui-ci m'envoie directement le ballon que je balance sans peine par-dessus le filet. Walker le retourne à Topher qui essaie de le frapper droit sur moi mais je suis déjà devant le filet et le bloque.

Mon premier point.

– Impressionnant, marmonne Topher.

J'en gagne trois autres avant que Joe puisse seulement effleurer le ballon.

Voilà un moment que je ne me suis pas entraînée, si bien que je suis essoufflée plus vite que je ne l'aurais cru. Je me dis que c'est la pilule, et aussi le sable. Je n'avais encore jamais joué sur une plage.

Ils marquent deux autres points avant que Joe et moi ne décidions d'enfin attaquer. Je m'apprête à servir lorsque j'aperçois Samson sur son balcon.

Il nous regarde; je lui adresse un signe, auquel il ne répond pas. *Serait-il jaloux?*

D'un seul coup, il tourne le dos et rentre.

C'est quoi, ça ?

En fait, ça m'énerve. Il sait pourtant que je joue au volley. J'ai quand même le droit de faire une innocente partie sans avoir l'air de flirter avec l'un des trois mecs. Mon irritation booste mon service et je frappe le ballon plus fort que prévu. Coup de chance, il atterrit exactement sur la ligne.

C'était bien ce que je craignais. Plus je passerai de temps avec Samson, plus je découvrirai en lui des choses que je risque de ne pas apprécier, à commencer par la jalousie. On termine un bref échange avant que je ne jette de nouveau un coup d'œil sur son balcon. Il n'est toujours pas revenu.

Je projette ma colère et mon énergie dans le jeu, je plonge en avant et me retrouve à plusieurs reprises sur les genoux. En fait, je tombe encore trois fois avant que Joe ne touche le ballon. Je serai couleur aubergine avant la fin du match, tellement je me donne.

On marque un point sur nos adversaires pour se retrouver à égalité: quatre à quatre. Joe vient me frapper la main:

– C'est bien la première fois que je ne perds pas un jeu!

J'éclate de rire mais ma gaîté disparaît vite lorsque j'aperçois Samson en train de descendre son escalier. S'il vient ici piquer une crise, je vais exploser.

C'est ça. Il arrive.

Et il porte... une chaise.

– Attention! crie Joe.

J'ai juste le temps d'apercevoir le ballon qui déboule dans ma direction, presque hors de portée. J'essaie de l'attraper au vol et me retrouve la bouche pleine de sable en atteignant le sol.

– Debout, Beyah! crie Samson.

Je me relève d'un bond, le regarde arriver, déposer sa chaise à un mètre cinquante du filet, s'asseoir et remonter ses lunettes de soleil sur sa tête. Puis il met ses mains en porte-voix :

– Vas-y, Beyah !

Qu'est-ce qu'il fabrique ?

Cette fois, le ballon va droit vers Joe qui me le renvoie, parfaitement axé vers le filet. Ils ne se doutent pas que j'étais la meilleure avant-gauche de mon équipe.

Je l'expédie tout droit entre Topher et Walker. Quand il atterrit sur le sable et nous rapporte un point, Samson bondit sur sa chaise :

– Oui ! crie-t-il. Continue comme ça, Beyah !

J'en reste bouche bée. Ainsi, il se rappelle ce que je lui ai dit : personne n'a jamais assisté à mes matchs.

Il est là pour m'encourager.

– C'est qui, ce mec ? s'enquiert Joe.

Samson grimpe sur la chaise en scandant :

– Beyah ! Beyah !

Ce doit être la chose la plus cucul la praline que j'aie jamais vue. Un type, seul au milieu d'une foule invisible, en train de brailler de toutes ses forces pour acclamer une fille qui n'a jamais connu ça.

La chose la plus touchante qu'on ait jamais accomplie pour moi. Topher envoie le ballon et, à mon grand effarement, je parviens à le renvoyer malgré les larmes qui brouillent ma vue.

Fichues émotions. J'en accuse également la pilule.

Pendant un bon moment, il continue de s'égosiller. Je crois qu'il agace mes trois partenaires mais je ne pense pas avoir autant souri de ma vie. Jamais je n'ai à ce point apprécié un match de volley. Grâce à Samson, je me rends compte combien ça me manquait. Il va vraiment falloir que je reprenne l'entraînement.

Je ne suis pas aussi nulle que Joe, heureusement. Il fait de son mieux, mais je suis la seule à pouvoir rapporter des points. À un moment, il est tellement hors d'haleine qu'il doit carrément s'arrêter pour récupérer. Et c'est moi qui fais tout le travail pendant trente secondes.

Miraculeusement, je mène d'un point lorsqu'on arrive presque en fin de partie. Si j'en remporte un autre, je gagne.

Je remarque le silence de Samson alors que je m'apprête à servir. Il me fixe intensément, me décoche un léger sourire et lève le pouce. J'inspire un grand coup, lance le ballon en priant pour qu'il tombe dans le sable de l'autre côté du filet.

C'est un peu court. Topher et Walker se précipitent mais je sais qu'aucun d'eux ne pourra l'atteindre. *GAGNÉ !* Quand le ballon retombe, Samson bondit sur sa chaise.

– Tu as réussi !

Je demeure immobile, sous le choc.

J'ai réussi. Je devrais dire qu'*on a réussi*, mais Joe ne m'a pas beaucoup aidée. Je lui fais un check puis les deux autres viennent me serrer la main.

– Tu es vraiment douée, commente Topher. On fait une autre partie ?

Je jette un coup d'œil vers Samson puis secoue la tête et dis en essayant de ne pas perdre mon souffle :

– Pas ce soir. Mais je serai là demain si ça vous tente.

Je leur adresse un signe de la main avant de courir rejoindre Samson. Il m'accueille avec le plus large des sourires ; je passe les bras autour de son cou et il me fait tournoyer, mais il ne me relâche pas lorsque mes pieds regagnent le sol.

– Tu es une sacrée championne ! lance-t-il en essuyant le sable de mon visage. Un peu crade mais ça va.

Il pose la joue contre ma tête et me serre contre lui.

On se rend alors compte en même temps de ce qui est en train de se passer. Je sens son corps prendre une pause, comme s'il ne savait pas trop s'il devrait me relâcher ou m'étreindre davantage.

J'enfouis le visage dans son tee-shirt.

Mes bras descendent de son cou à sa taille et je ferme les yeux, prisonnière de notre proximité.

Je sens ses bras se serrer autour de moi et laisse échapper un soupir quand il promène une main dans mon dos. Il se redresse un peu afin que nos deux corps s'épousent encore plus. Et on reste ainsi tandis que le monde tourne autour de nous. Lui qui me tient, moi qui l'accepte.

Moi qui le *désire.*

Je ne me rendais pas compte à quel point ce serait bon. Tous les instants que je passe avec lui me semblent puissants et je les ressens au plus profond de moi-même. Comme s'il réveillait en moi des sens endormis depuis dix-neuf ans. J'apprécie tant de choses que je ne me croyais pas capable de goûter.

J'aime me laisser embrasser par quelqu'un qui me respecte. J'adore qu'il soit si fier de moi, au point de me faire danser autour de lui. Au point de brailler comme un idiot durant une partie de volleyball au bord d'une plage, juste pour me faire plaisir.

Je fonds en larmes. Doucement, mais je les sens couler sur mes joues.

Je trouve qu'on n'est pas assez près l'un de l'autre alors qu'il est impossible de se rapprocher davantage. J'ai envie de me fondre en lui, de devenir une partie de lui, de vérifier si je donne autant de vie à son corps qu'il en donne au mien.

Il semble comprendre que je ne veux pas le lâcher. Il me soulève assez pour que je puisse enrouler mes jambes autour de sa taille et me ramène ainsi chez lui, loin de la plage, loin de mes partenaires de volley.

Arrivé à l'étage des pilotis, il me repose sur mes pieds. Je recule un peu pour l'observer mais, avec le soleil qui va se coucher, je ne le vois pas aussi bien que je le voudrais. Il n'y a pas beaucoup de lumière par ici, je distingue à peine ses yeux. Des deux pouces, il essuie mes larmes puis m'embrasse.

On goûte alors ce baiser mêlé de larmes et de sable.

Je m'écarte un peu de lui :

– Il faut que je me lave, j'ai du sable partout.

– Va dans la cabine de douche.

En fait, je l'y entraîne. Je sens tout mon corps endolori, j'ai encore le souffle court. Samson ôte son tee-shirt pour se glisser sous le jet. Il fait couler l'eau et s'écarte pour me laisser passer. J'ouvre la bouche afin d'en chasser les derniers grains de sable, et puis je bois, avant de me rincer tout le corps. Adossé à la paroi, Samson ne me quitte pas des yeux.

J'aime bien quand il me regarde; même s'il fait sombre, particulièrement ici, il m'observe comme s'il absorbait chaque centimètre de mon corps.

Quand j'ai terminé, je remets le pommeau en place et Samson disparaît de mon angle de vision, et puis je le sens derrière moi. Il m'entoure d'un bras, la paume plaquée contre mon ventre. J'appuie la tête sur son épaule, tourne le visage vers lui. Il pose sa bouche sur la mienne.

On reste dans cette position pour s'embrasser, jusqu'à ce que ses mains se faufilent sous le haut de mon maillot. Il saisit un sein et ça me coupe le souffle, tandis que l'autre main descend sur mon ventre. Quand elle atteint mon bikini, il glisse le pouce dessous, s'éloigne de ma bouche et me fixe. Et il obtient sa réponse. Je ne veux pas qu'il arrête.

Les lèvres entrouvertes, j'attends, frémissante, qu'il commence. Je me cambre, gémissante, ce qui le pousse à accentuer la pression de ses doigts.

J'ai imaginé ce que je pourrais ressentir depuis le soir de notre premier baiser. En fait, j'étais loin de tout savoir.

Il ne faut pas longtemps à mon corps pour réagir. En quelques minutes à peine, il se met à trembler et je dois m'agripper aux cuisses de Samson. Il tombe contre le mur, m'entraînant avec lui, sans ralentir le rythme de sa main. Heureusement, quand ça devient presque insupportable, il couvre ma bouche de la sienne pour étouffer mes cris.

Après, il continue à m'embrasser, puis me retourne jusqu'à ce que je me retrouve contre son torse.

Hors d'haleine, je m'effondre contre lui, les bras flasques, les jambes molles. Je pousse un grand soupir.

– Je voudrais me faire tatouer, déclare Samson.

Je ris contre son torse :

– C'est à ça que tu penses en ce moment ?

– C'était mon deuxième désir. Je n'ai pas exprimé le premier à haute voix.

– Quel était ton premier désir ?

– Ça m'a l'air évident.

– Pas du tout ! J'ai peur que tu ne sois obligé de l'exprimer à haute voix.

Il penche la tête pour me souffler à l'oreille :

– J'attends notre première fois avec impatience.

Après quoi, il ferme l'eau et sort de la douche comme s'il n'avait rien dit.

– Tu en veux un ? demande-t-il.

Un peu interloquée, je laisse passer quelques secondes avant de lui répondre :

– Un quoi ?

– Un tatouage ?

Je n'y ai encore jamais réfléchi.

– Oui, je crois.

Il repasse la tête dans la cabine en souriant :

– Tu vois, on décide comme ça de se faire tatouer. On s'amuse bien, non, Beyah ?

CHAPITRE 21

– J'ai une idée ! lance Marcos la bouche pleine. Mon ami Jackson.

Ce soir, c'est la nuit du dîner de baptême. Un autre petit déjeuner. On n'a rien organisé de spécial, alors on ne sait pas à quoi Marcos fait référence. Il ne rencontre que des regards d'incompréhension, il pointe donc l'index vers Samson :

– Jackson a les cheveux blond foncé, les yeux bleus. Vos traits sont différents, mais c'est un atelier de tatouage, je ne crois pas qu'ils vont regarder ta carte d'identité de trop près.

Ah bon. Samson ne retrouve pas son portefeuille, or voilà trois jours qu'il a proposé de nous faire tatouer.

Chose impossible sans montrer ses papiers, mais bien qu'il ait fouillé sa maison de fond en comble, il n'a rien trouvé. Il croit que les derniers locataires sont tombés dessus et s'en sont emparés. D'habitude, il le range toujours dans son sac à dos, mais pas cette fois, alors que tout le reste y était.

D'ailleurs, je me demande comment il peut transporter ce truc aussi facilement. Ça doit peser dans les vingt kilos.

Samson hausse les épaules :

– Ça vaut le coup d'essayer.

– Un atelier de tatouage ? demande mon père. Qui va se faire tatouer ?

Aussitôt, Sara nous désigne du doigt :

– Ces deux-là. Pas moi.

– Dieu merci ! murmure Alana.

Je ne suis rien d'autre que la fille de son mari, mais tout de même, sa réaction me blesse. Elle se moque que je me lance dans un tel projet pourvu que sa fille n'en fasse pas de même.

– Qu'est-ce que tu vas faire ? me demande mon père.

Je lui montre l'intérieur de mon poignet :

– Quelque chose ici. Je ne sais pas encore quoi.

– Et quand ?

– Ce soir, intervient Marcos en montrant son téléphone. Jackson vient de dire qu'on pouvait passer pour emprunter son permis de conduire.

– Sympa, dit Samson.

– Tu sais ce que tu vas choisir ?

– Pas encore, répond-il en avalant une cuillère d'œufs.

– Vous vous rendez compte, marmonne mon père, que, dans quelques heures, vous allez tous les deux vous faire tracer sur le corps une chose qui va y rester toute votre vie, et que vous ne savez quoi mettre ni l'un ni l'autre ?

– Il faut déjà qu'on prenne un ferry pour y aller, précise Samson. Ça nous laisse tout le temps d'y réfléchir.

Repoussant sa chaise, il se lève, prend une tranche de bacon entre les doigts avant d'emporter son assiette dans la cuisine.

– On devrait peut-être y aller. La file d'attente pour le ferry risque d'être assez longue étant donné que c'est la fin du week-end.

– Beyah, insiste mon père. Tu devrais t'accorder encore quelques semaines de réflexion.

Un conseil parental qui me fait plutôt plaisir.

– Crois-moi, papa, j'affronterai beaucoup plus de dangers dans la vie qu'un simple tatouage.

Son expression s'altère. Moi qui croyais faire une plaisanterie, je constate qu'il est sincèrement inquiet quant à mes capacités de décision.

*
* *

Le studio de tatouage est désert et tant mieux pour nous. Quand le type a pris le faux permis de conduire de Samson, il a examiné la photo puis son visage, a secoué la tête sans rien dire, avant de disparaître derrière une porte afin d'en faire des copies.

Tout à l'heure, lorsque Marcos est arrivé avec les papiers de Jackson, je n'ai pu m'empêcher d'éclater de rire. Il fait facilement vingt kilos et dix centimètres de moins que Samson. Mais Marcos nous a conseillé de dire, au cas où le tatoueur ne le croirait pas, qu'il s'est mis à la musculation.

Ils n'ont émis aucune objection. À la place de Samson, je serais vexé.

– Ils doivent manquer de travail, lui dis-je à voix basse.

Il me montre un album de photos rempli d'exemples de tatouage, puis il en prend un autre et on se met à les feuilleter.

– Je voudrais quelque chose de délicat, dis-je en examinant des cœurs et des fleurs.

Mais rien ne me convient.

– Moi, c'est le contraire, ajoute Samson.

Quel est le contraire de délicat? Je passe à la fin du bouquin et tombe sur des modèles qui pourraient lui convenir mais rien de tout ça ne l'attire. Arrivée à la dernière page, je ferme le livre en essayant de me concentrer.

Pour moi, délicat signifie gracieux, fragile. Autrement dit, que serait l'opposé? Fort? Durable? Peut-être même menaçant?

D'un seul coup, je sais ce qu'il lui faut. J'ouvre mon téléphone, cherche des images d'ouragans et finis par en trouver une qui me plaît.

– Ça y est, je sais ce qu'il te faut.

Il ne lève même pas la tête du *book* avant de répondre:

– D'accord.

En même temps, il poursuit sa recherche tout en dégageant sa manche gauche.

– Je le veux ici, dit-il en désignant l'intérieur de son avant-bras. Va montrer le modèle au type pour qu'il se prépare.

– Tu ne veux pas le voir d'abord ?

– Tu crois que ça va me plaire ?

– Oui.

– Alors c'est bon.

Il semble tellement désinvolte, comme si c'était à moi seule de prendre la décision, que je l'embrasse.

*
*   *

Ils sont deux tatoueurs à travailler, ce soir, et bien qu'on soit juste deux clients, je n'ai toujours pas trouvé ce que je voulais. Samson est installé dans le fauteuil, le pistolet de tatouage pressé contre son bras ; il a détourné la tête pour ne rien voir avant que ce soit terminé.

Il cherche dans son téléphone s'il trouve une idée qui pourrait me plaire.

– Ça te dirait, un lever de soleil ?

Ce n'est pas une mauvaise idée, alors j'en regarde quelques-uns mais finis par refuser :

– Ça demanderait beaucoup d'encre et prendrait trop de place. Je préfère commencer par quelque chose de discret.

J'ai feuilleté tous les *books* qu'on m'a présentés et je commence à croire que mon père avait raison. Je ferais peut-être mieux d'y réfléchir encore un peu.

– J'ai une idée, dit Samson. On devrait chercher les symboles qui nous caractérisent le plus.

– D'accord.

– Qu'est-ce que tu aimerais exprimer ?

– Quelque chose qui se rapporte à la chance. J'aimerais bien en avoir un peu plus dans la vie.

Il se met à parcourir son téléphone, tandis que je vérifie comment progresse son tatouage. Bien que j'aie choisi un ouragan, il n'est pas tracé en noir comme on aurait pu s'y attendre. J'ai pris un modèle qui évoque davantage son aspect vu par un écran radar, avec du rouge, du jaune, du bleu et du vert. Ce n'est pas forcément un tatouage aquarelle mais les couleurs entremêlées au milieu de rebords noirs peuvent donner cette impression.

C'est encore mieux que je ne l'aurais espéré.

– J'ai trouvé ! s'exclame Samson.

Il me tend son téléphone mais je ne le prends pas :

– Je te fais confiance.

– Tu ne devrais pas.

L'expression de son visage quand il dit ça me met plutôt mal à l'aise. Il a raison. Je ne devrais pas faire confiance à quelqu'un que je connais à peine. Je voulais juste faire comme lui : le laisser choisir mon tatouage à l'aveugle. Sauf que, de nous deux, je sens qu'il vaut mieux s'en remettre à moi. Alors je finis par attraper son téléphone :

– Qu'est-ce que c'est ?

– Un moulin à vent.

Je contemple la photo. C'est joli, coloré. Et puis il ne sait même pas que j'ai choisi un ouragan pour lui, si bien qu'on aurait tous les deux un tatouage qui évoque un système de rotation.

– Il paraît que les moulins à vent détournent la malchance.

– Parfait !

*

* *

Sara et Marcos attendent dans la voiture depuis qu'on a rempli les papiers pour les tatouages, ce qui fait facilement deux heures et demie, pourtant, ils ne sont pas entrés pour se plaindre. Je suis sûre qu'ils ont trouvé de quoi s'occuper.

Mon tatouage est terminé. Je le trouve parfait, tracé à l'encre noire et rempli de couleurs, sauf qu'elles ont dégouliné jusque sur mon poignet. Je l'ai montré à Samson qui a pris une photo avant qu'on me fasse un bandage. À présent, c'est l'artiste de Samson qui essuie son œuvre avant d'annoncer :

– Terminé !

Sans la regarder, Samson se lève de son siège et se dirige vers les toilettes en me faisant signe de le suivre.

Il veut le découvrir sans personne autour de lui, et je le comprends. S'il le détestait, non seulement je pourrais m'en vouloir, mais cela gênerait aussi le tatoueur.

J'entre derrière lui, ferme la porte, et on se retrouve tous les deux dans la petite cabine.

– Tu as le trac ?

– Pas jusque-là, avoue-t-il. Mais maintenant que c'est fait, oui.

– Alors regarde ! dis-je en piétinant. Je n'en peux plus !

Il baisse enfin la tête vers son bras. Le tatouage prend à peu près l'espace d'un poing fermé, juste sous le creux du coude, mais moi, je ne regarde que son visage en guettant sa réaction.

Il ne réagit pas.

Il regarde.

– C'est l'ouragan Ike, dis-je alors en passant un doigt dessus. J'ai montré la photo d'un radar prise juste au-dessus de la péninsule de Bolivar et j'ai demandé qu'on en fasse un tatouage.

Pour toute réponse, il soupire. Je ne sais même pas si c'est un soupir de satisfaction.

À présent, je suis anxieuse. J'étais tellement certaine qu'il aimerait que je n'ai pas réfléchi aux conséquences si ça ne lui plaisait pas.

Il lève lentement les yeux. Aucun indice dans son expression ne me laisse deviner ce qu'il peut ressentir.

Il saisit alors mon visage et m'embrasse si brusquement que je bascule contre la porte. *On dirait qu'il aime ça.* Il saisit mes cuisses et me plaque contre la porte, les jambes nouées autour de lui.

Son baiser me donne une impression de jamais vu, jamais ressenti. Je crois qu'il ne pouvait pas avoir une meilleure réponse.

Il se presse contre moi, m'arrachant un gémissement. Il s'écarte immédiatement de moi, comme si je venais de lever un drapeau rouge. Il pose son front sur le mien avant de souffler :

– Je te prendrais là, tout de suite, si tu ne méritais pas mieux.

Je le laisserais faire.

CHAPITRE 22

– Non.

La réponse de mon père est catégorique.

– S'il te plaît ?

– *Non.*

– J'ai dix-neuf ans.

– Elle prend la pilule, objecte Alana.

Je repose ma fourchette et me prends le front dans les mains. Je ne sais pas pourquoi je lui ai demandé si je pouvais passer la nuit avec Samson. J'aurais dû partir en douce pour rentrer avant son réveil. Seulement, j'essaie de ne pas enfreindre le règlement.

Sara a terminé son assiette avant le début de cette conversation, mais on dirait qu'elle la suit avec délectation.

– Est-ce que ta mère te laisse passer la nuit avec des mecs ? reprend-il.

– Ma mère, dis-je dans un rire nerveux, se fichait pas mal de savoir où je dormais. Mais c'est important pour moi que ça te préoccupe. J'aimerais que tu me fasses un peu confiance.

Il se passe une main sur le visage comme s'il ne savait plus que faire et interroge Alana du regard :

– Tu laisserais Sara passer la nuit avec Marcos ?

– Ça leur arrive tout le temps, réplique-t-elle.

Là, Sara se redresse sur sa chaise :

– Pas du tout !

– Tu crois que je ne sais rien ?

Cette réponse semble torturer un peu plus mon père.

– Écoute, papa, dis-je d'un ton aussi patient que possible. Je ne demandais pas vraiment ta permission. Je voulais plus ou moins t'avertir, par respect envers toi. Tu ferais mieux de juste dire oui.

– Je me réjouis tellement d'avoir pu frapper ce sale gosse quand j'en ai eu l'opportunité, marmonne-t-il. Bon, fais ce que tu veux. Mais ne prends pas de mauvaises habitudes non plus. Et sois rentrée avant mon réveil pour me laisser croire qu'il ne s'est rien passé.

– Merci, dis-je en me levant de table.

Aussitôt, Sara me suit dans l'escalier. Arrivée dans ma chambre, elle se laisse tomber sur le lit.

– Je n'arrive pas à croire que ma mère sache que Marcos couche parfois ici. J'étais sûre qu'on était plutôt discrets.

– Vous êtes peut-être discrets mais pas silencieux du tout.

Ça la fait rire :

– Je ne vais pas dire à Marcos qu'elle est au courant. Il aime trop ce genre de soirées.

J'envoie un texto à Samson pour lui annoncer que j'arrive, puis j'ouvre la porte du placard.

– Qu'est-ce que je vais pouvoir mettre ?

– On s'en fiche. L'idée c'est de finir sans vêtements avant la fin de la nuit, non ?

Je sens la nervosité me gagner peu à peu. J'ai souvent eu des relations sexuelles, mais jamais dans un lit. Jamais complètement nue. Et jamais avec un homme qui comptait pour moi.

Samson me répond d'un émoticône de feu d'artifice. Je lève les yeux au ciel avant de ranger mon téléphone dans ma poche.

– Vous n'avez encore jamais fait l'amour, tous les deux ? s'enquiert Sara.

Finalement, je ne vais pas changer de vêtements. Je me contente de jeter un tee-shirt et des sous-vêtements dans mon sac à dos.

– Pas encore.

– Pourquoi ?

– On n'a pas trop eu l'occasion. On est toujours avec toi et Marcos. Et quand on se retrouve seuls, on... enfin, on a fait d'autres choses. Mais pas ça.

– Avec Marcos, ça nous arrive tout le temps. Même quand vous vous faisiez tatouer, la semaine dernière.

– Quoi ? Sur la banquette arrière ?

– Oui. Deux fois.

Beurk. Dire qu'on a occupé cette place au retour.

– Tu me donnes les détails demain ou j'aurai juste droit à un autre pauvre *high-five* ?

Sara a été patiente avec moi, vu le peu de détails que je lui donne, alors que je suis si directe dans d'autres compartiments de ma vie.

– Tu sauras tout, dis-je avant de quitter ma chambre.

– Je veux tous les détails ! Prends des notes s'il le faut !

Encore heureux que mon père et Alana ne soient plus dans la cuisine. Je glisse hors de la maison sans avoir besoin d'expliquer que je vais m'envoyer en l'air avec mon voisin, cette nuit. Décidément, je n'ai pas l'habitude de discuter de ce genre de chose en famille.

Samson m'attend au pied de l'escalier.

– Tu ne pouvais plus attendre ? dis-je pour le taquiner.

Il m'embrasse et prend mon sac à dos.

– J'ai hâte.

On se dirige vers sa maison, P.J. sur les talons, mais Samson n'a pas de niche pour lui.

– Rentre chez nous, P.J., lui dis-je alors en montrant l'escalier.

Il s'assied et je me répète, jusqu'au moment où il remonte les marches.

Samson passe sa main dans la mienne et la tient jusqu'à ce qu'on arrive chez lui. Il ferme la porte d'entrée à clef, entre le code de l'alarme puis envoie promener ses chaussures.

Je regarde autour de nous en me demandant où ça va se passer. Comment ça va se passer. Ça fait drôle de savoir ce qui va nous arriver. En matière d'amour, je préfère l'improvisation. Dakota se comportait comme si on suivait un horaire fixe.

– Tu as soif ? demande Samson.

– Non, merci.

Il jette mon sac à dos près du sien puis fait tourner mon poignet pour regarder encore mon tatouage. Voilà une semaine qu'on les a fait faire et tout va bien ; j'ai presque envie d'en avoir un autre, mais seulement avec Samson. Il va falloir attendre un nouveau moment important dans notre vie.

– C'est très joli, observe-t-il en passant un doigt dessus.

– Tu ne m'as jamais dit si tu aimais le tien.

– Si, le soir où on l'a fait, mais pas avec des paroles.

Là-dessus, il m'entraîne dans l'escalier et me fait entrer dans sa chambre.

Les portes du balcon sont ouvertes et une petite brise remue les rideaux. Le lit est parfaitement fait ; je n'en reviens toujours pas qu'il entretienne si bien sa maison.

– C'est joli, dis-je.

Je sors sur le balcon, d'où on aperçoit ma propre chambre, où j'ai oublié d'éteindre la lumière, j'ai donc une vue imprenable sur mon lit.

– Tu vois tout ce qui se passe dans ma chambre.

– Tu devrais laisser plus souvent ta lampe, dit-il malicieusement.

Je lui donne un petit coup de coude et retourne m'asseoir au bord de son lit.

J'enlève mes chaussures puis m'allonge ; il me regarde, faisant le tour du lit pour m'observer sous tous les angles.

– J'ai l'impression d'être une proie, dis-je alors.

– Attends, je ne veux pas non plus jouer les requins.

Il se laisse tomber près de moi et pose la tête sur sa main.

– Voilà. Maintenant je deviens juste du plancton.

– C'est mieux.

L'air pensif, il repousse une mèche derrière mon oreille.

– Tu es inquiète ?

– Non, je me sens bien avec toi.

Cette phrase semble le décontenancer, comme s'il se sentait mal que je me sente bien avec lui. Mais il se reprend aussitôt.

– J'ai vu à quoi tu pensais, dis-je alors.

– À quoi je pensais ?

– Ce truc négatif qui vient de te passer par la tête.

Je passe un doigt entre ses sourcils :

– Juste là.

Il absorbe calmement mes paroles.

– Pour quelqu'un qui ne sait pas grand-chose sur moi, tu en sais beaucoup.

– Tout ce que tu as gardé secret ne compte pas vraiment.

– Comment le sais-tu si tu ignores quels secrets je te cache ?

– Pas besoin de connaître ton passé pour savoir que tu es quelqu'un de bien. Je peux le dire à tes actions, à la façon dont tu me traites. Pourquoi faudrait-il prendre en compte la famille dont tu viens, ta fortune ou l'importance que tu accordais à tes relations passées avant mon arrivée ?

Cette pensée négative revient, alors je passe un doigt sur le pli de son front :

– Arrête, dis-je dans un murmure. Tu es trop dur avec toi-même.

Il retombe sur le dos et pose les mains sur sa poitrine, les yeux au plafond ; peu à peu, je me rapproche de lui, la joue appuyée sur une main. De l'autre, j'effleure son pendentif, puis je remonte vers ses lèvres.

Il tourne la tête vers moi :

– On ne devrait peut-être pas faire ça ?

C'est plus une question qu'une affirmation, si bien que je rétorque aussitôt :

– J'en ai envie.

– Ce n'est pas juste par rapport à toi.

– Pourquoi ? Parce que je ne sais pas tout sur toi ?

– J'ai bien peur que tu ne dises plus oui quand tu sauras toute la vérité sur moi.

– Tu dramatises.

– Pas du tout. Ma vie a été dramatique et ça pourrait ne pas te plaire.

– Moi pareil. On fait chacun un drame de tout car on a vécu un drame dans notre passé et avec nos parents. Et là, on pourrait s'offrir une relation sexuelle digne des plus beaux drames si tu arrêtais de culpabiliser comme ça.

Il sourit et j'en profite pour me redresser et ôter mon tee-shirt. Son expression se détend alors qu'il me hisse sur lui puis passe un doigt sur les rebords de dentelle de mon soutien-gorge, comme s'il n'était pas pressé.

– J'ai toujours fait l'amour dans le pick-up de Dakota. Ce sera la première fois pour moi dans un lit.

Il descend son doigt sur mon ventre, le pose sur les boutons de mon short.

– Pour moi, ce sera la première fois avec une fille qui m'inspire des sentiments.

J'essaie de rester aussi stoïque que lui quand il me fait cette déclaration, mais ses paroles m'émeuvent tellement que je plisse les yeux.

Il remonte la main vers ma bouche :

– Pourquoi ça te rend triste ?

Je me retiens de secouer la tête en guise de réponse, car s'il y a une chose que j'ai apprise cet été, c'est que les secrets ne sont pas toujours aussi importants que j'ai pu le croire. Alors je lance, en toute honnêteté :

– Quand tu dis des choses pareilles, ça me fait redouter le jour où on devra se dire au revoir. Je ne m'attendais pas à terminer l'été le cœur brisé.

Visiblement surpris, il penche la tête de côté :

– T'inquiète. Le cœur n'a pas d'os, il ne se brise pas vraiment.

Là-dessus, il me pousse à m'allonger, retire son tee-shirt, ce qui suffit à m'apaiser durant quelques secondes, jusqu'à ce que mes pensées reviennent à leur état initial.

Il se penche pour m'embrasser, mais je l'interromps :

– S'il n'y a rien qui puisse se briser dans un cœur, pourquoi ai-je l'impression que le mien va se casser en deux quand je devrai partir, le mois prochain ? Ça ne te fait pas la même chose ?

– Si, souffle-t-il. Peut-être qu'on a finalement tous les deux un os de cœur.

Dès qu'il dit ça, je l'attire vers mes lèvres d'une main sur sa nuque. J'aimerais capturer autant de paroles que possible, les enfermer en moi. Sa phrase s'éparpille en mille morceaux qui flottent autour de nous et se faufilent en moi tandis qu'on s'embrasse.

Il a sans doute raison. Peut-être qu'on a tous les deux un os de cœur. Mais que faire si le seul moyen de le savoir c'est d'en souffrir quand il se brise ?

Je préfère ne plus penser aux adieux qui nous attendent. Cependant, comment goûter la perfection de ce moment quand on sait qu'il s'arrêtera si vite ?

Samson s'agenouille devant moi, déboutonne mon short sans me quitter des yeux et commence à me l'ôter. Je soulève les hanches puis les jambes pour l'aider, et il le jette sur le côté avant d'admirer le spectacle que je lui offre. J'aime bien me voir dans son regard. Je me sens plus belle que je ne le suis sans doute.

Il remonte les couvertures sur nous et s'allonge pour se déshabiller à son tour. Ça ne me dérange pas du tout, si bien que je n'hésite pas à retirer mes sous-vêtements. Il se comporte avec une telle aisance, comme si on avait déjà fait ça une douzaine de fois, tandis que je me sens dans la peau de quelqu'un qui ne serait jamais passé par là.

Une fois complètement nus sous les couvertures, on se fait face, l'un et l'autre allongés sur le côté. Samson pose une main sur ma joue :

– Tu as encore l'air triste.

– Je suis triste.

Il suit des yeux sa main qui descend sur mon cou et arrive sur mon épaule.

– Moi aussi.

– Alors pourquoi faudrait-il nous dire au revoir ? Je peux aller à la fac et toi à l'École de l'air, et on peut rester en contact. On pourrait se rendre visite...

– Mais non, Beyah. Je ne vais pas à l'École de l'air. Il n'en a jamais été question.

Ses paroles autant que son expression me mettent le cœur au bord du désespoir. J'ai envie de lui demander ce qu'il entend par là mais j'ai trop peur d'affronter cette vérité. Dès lors, impossible de formuler la question.

Dans un grand soupir, Samson se penche vers moi, étreint mon bras avant de poser les lèvres sur mon épaule. Je ferme les yeux lorsque je sens son souffle sur ma peau. J'ai tellement envie de lui, maintenant. Envie de son honnêteté, mais aussi de son silence, de son contact, de son baiser. Quelque chose me dit que je ne pourrai pas tout avoir. Ce sera soit ce moment, soit la vérité.

Il enfouit son visage dans mon cou.

– S'il te plaît, ne me demande pas ce que je veux dire par là, car je te dirais la vérité. Je ne peux plus te mentir. Mais je voudrais passer cette nuit avec toi plus que je n'ai jamais rien désiré dans la vie.

Ses paroles me submergent avec une telle force que j'en frémis. Je caresse ses cheveux et nos regards s'accrochent pour ne plus se quitter.

– Tu me diras la vérité quand on se réveillera, demain ?

Il acquiesce, sans dire oui à haute voix, mais je le crois.

Je le crois, car il semble redouter de me perdre. Et cela pourrait se produire. Mais je suis là ce soir et c'est tout ce qui compte.

Je l'embrasse pour qu'il sache que la vérité peut attendre demain. Pour le moment, je voudrais juste ressentir ce dont j'ai toujours été privée : du respect pour mon corps, des caresses qui ont plus de valeur qu'une somme d'argent.

Samson se retourne pour prendre un préservatif sur la table de nuit, et il l'enfile sous la couverture puis revient vers moi. Il m'embrasse patiemment, guettant le bon moment pour me pénétrer.

Il me regarde, comme s'il surveillait l'expression de mon visage. Je pousse un gémissement, retiens mon souffle jusqu'à ce qu'il ait fini d'entrer en moi. Sa respiration devient haletante puis, alors qu'il commence à se retirer aussi lentement qu'il m'a pénétrée, il pose sa bouche sur la mienne.

Je gémis lorsqu'il se renfonce en moi, étonnée qu'il me fasse ressentir de telles choses. Tout ce qu'il fait me plaît et cela fait une différence énorme.

Il pose sa tête contre la mienne :

– Tout va bien ?

– Mieux que bien.

Je le sens rire dans mon cou.

– Je n'aurais jamais cru que ça pourrait être aussi bon, Beyah.

Il parle d'une voix un peu tendue, comme s'il la retenait de peur que je ne m'en aille.

J'approche ma bouche de son oreille :

– Tu n'as pas besoin de faire attention avec moi.

J'enroule mes jambes autour de lui et l'embrasse dans le cou, jusqu'à ce que sa peau se hérisse de chair de poule.

Mes paroles le font gémir, et soudain il semble subitement revenir à la vie. Sa bouche trouve la mienne, il m'embrasse avidement et me caresse comme si ses mains mouraient de faim.

Chaque minute est meilleure que la précédente. Nos corps bougent au même rythme, nos baisers ont le même tempo, nos gémissements sont en totale harmonie. Toutes choses qui ne m'étaient encore jamais arrivées pendant l'amour.

Car ça devient de l'amour.

Quoi que puisse nous apporter demain avec ses révélations, je sais déjà que ça ne changera rien à ce que je ressens pour lui, même s'il est convaincu du contraire. Je ne suis pas sûre qu'il se rende compte à quel point c'est important pour moi. Consciente du fait que je vais finir par savoir la vérité sur lui, je ne me sens plus menacée.

Avec lui, je me demande s'il y a une différence entre un menteur et une personne qui ment pour vous protéger de la vérité.

Samson ne m'a pas l'air d'un menteur mais d'un être protecteur et loyal.

En ce moment, il l'est plus que jamais, alors qu'il ne prononce plus le moindre mot.

CHAPITRE 23

– Je suis désolé.

Les paroles de Samson me donnent l'impression qu'une pierre se déplace en moi. Je n'ai pas encore ouvert les yeux, pourtant sa voix m'a paru plus navrée que tout ce que j'ai jamais pu entendre.

Était-ce un rêve ?

Un cauchemar ?

Je tâte son oreiller, ouvre les yeux, mais ne trouve rien. Quand je me retourne vers la porte de la chambre, je le vois, les mains dans le dos. Un agent de police le saisit par le bras pour le faire sortir.

Je m'assieds aussitôt :

– Samson ?

À peine ai-je prononcé son nom qu'une femme en uniforme apparaît de l'autre côté du lit, la main sur la hanche, à hauteur de son pistolet. Je remonte les couvertures sur ma poitrine. Elle voit la frayeur dans mes yeux, alors elle lève un bras :

– Vous pouvez vous habiller, mais allez-y doucement.

Le cœur battant à tout rompre, j'essaie de comprendre ce qui se passe. L'agent se penche pour récupérer mon tee-shirt, qu'elle m'envoie. Les mains tremblantes, j'essaie de l'enfiler sous les draps.

– Qu'est-ce qui se passe ?

– Je voudrais que vous descendiez avec moi.

Oh mon Dieu, qu'est-ce qu'il y a ?

– On n'a rien fait de mal.

Je sors du lit, cherche mon short du regard. Je ne me rappelle plus où il est passé, sauf que je n'ai plus le temps, je dois empêcher ces gens d'emmener Samson.

Je me précipite vers la porte mais l'agent crie :

– Arrêtez !

Je me retourne vers elle.

– Il faut vous habiller. Il y a du monde en bas.

Du monde ?

Et s'il y avait eu un cambriolage ?

Ou peut-être qu'il s'est produit quelque chose dans le voisinage. Je m'inquiète pour rien. Tout va bien pour Samson.

À moins que quelqu'un n'ait découvert ce qu'il a fait des restes de Rake. *C'est de ça qu'il s'agit ?*

L'agent sort de la chambre pendant que j'enfile mon short. Elle attend puis me suit lorsque je descends l'escalier. En émergeant dans le salon, je découvre deux autres policiers.

Le soleil n'est même pas encore levé, autrement dit, on est en pleine nuit. Avec Samson, on s'est endormis après minuit.

Je vérifie la pendule murale. Deux heures trente du matin.

– Asseyez-vous, dit la femme.

– Vous m'arrêtez ?

– Non. On a quelques questions à vous poser.

Là, j'ai vraiment peur. Je ne sais pas où ils ont emmené Samson.

– Je voudrais voir mon père. On habite dans la maison voisine. Quelqu'un pourrait lui dire ce qui se passe ?

Elle fait signe à un agent qui sort de la maison, tandis que je demande :

– Où est Samson ?

– C'est le nom qu'il vous a donné ? demande-t-elle en sortant un carnet pour prendre note.

– Oui. Shawn Samson. C'est sa maison et vous l'avez sorti de son lit en pleine nuit.

La porte s'ouvre sur un autre agent qui entre, suivi d'un homme avec un enfant dans les bras, et d'une femme, sans doute l'épouse du type, car elle s'accroche à lui.

Pourquoi y a-t-il tant de gens ici ?

J'ai l'impression de connaître cette femme, sans parvenir à la resituer. On dirait qu'elle pleure. L'homme me jette un regard suspicieux tout en lui tendant l'enfant.

– Depuis combien de temps vivez-vous ici ? me demande le policier.

– Je ne vis pas ici, mais dans la maison d'à côté.

– Quels rapports entretenez-vous avec le jeune homme ?

Ça me donne le vertige, j'ai peur, je voudrais que mon père arrive. Je n'aime pas ces questions. Il faut que je sache où se trouve Samson. Ai-je besoin d'un avocat ? Et Samson ?

– Comment êtes-vous entrée ?

La question provient de l'homme qui portait l'enfant.

– Entrée ?

– Dans *notre* maison.

Sa maison ?

Je me tourne vers sa femme, vers son enfant, vers le portrait accroché au mur. C'est bien elle qui se trouve dessus. Ainsi que le petit garçon dans ses bras.

Alors j'interroge l'homme :

– C'est votre maison ?

– Oui.

– Vous en êtes le propriétaire ?

– Oui.

– Samson est votre fils ?

Il secoue la tête :

– Nous ne le connaissons pas.

J'examine de nouveau le portrait. Celui qui représentait sa mère, d'après Samson. *Est-ce qu'il m'a menti, là aussi ?*

Je suis complètement éperdue lorsque mon père franchit la porte en courant.

– Beyah ?

Il se précipite vers moi, mais il s'arrête quand un agent lui plaque une main sur l'épaule et s'interpose entre nous.

– Pourriez-vous attendre, s'il vous plaît ?

– Qu'est-ce qui se passe ? demande mon père. Pourquoi les arrêtez-vous ?

– On n'arrête pas votre fille. Elle n'a sans doute rien à voir dans cette histoire.

– Quelle histoire ?

La femme inspire doucement et poursuit à contrecœur :

– La maison appartient à cette famille, dit-elle en désignant l'homme, sa femme et son fils. Votre ami n'avait pas le droit de venir ici. Il est accusé d'intrusion par effraction dans une propriété privée.

– L'enfoiré, maugrée mon père entre ses dents.

Les larmes me montent aux yeux tandis que je murmure :

– Ce n'est pas possible.

C'est la maison du père de Samson. Il a même réglé l'alarme hier. On n'entre pas par effraction quand on connaît le code de l'alarme.

– Il doit y avoir une erreur quelque part.

– Aucune erreur, rétorque l'agent.

Elle range son carnet dans sa poche.

– Pourriez-vous nous suivre au commissariat ? Il faut qu'on remplisse un rapport et on a encore plein de questions à vous poser.

Je me lève. Ils ont sans doute des questions mais je n'ai pas de réponses.

Mon père s'interpose :

– Elle ignorait que ce n'était pas sa maison. C'est moi qui l'ai autorisée à passer la nuit ici.

– Ce n'est qu'une formalité. Vous n'avez qu'à nous rejoindre sur place, et si tout concorde, elle pourra repartir avec vous.

– Ne t'en fais pas, Beyah. Je te suis.

Ne t'en fais pas ?

Je suis complètement terrifiée.

Avant de quitter la maison, je prends nos deux sacs à dos devant la porte, les tends à mon père :

– Tu pourrais mettre ça dans ma chambre ?
Sans préciser que l'un des deux appartient à Samson.
Il les prend et me jette un regard ferme :
– Ne réponds à aucune question avant mon arrivée.

CHAPITRE 24

La pièce est minuscule. J'ai l'impression qu'il n'y a pas assez d'air pour nous quatre.

Mon père est assis à côté de moi devant la petite table, si bien que je m'écarte au maximum vers la droite pour préserver mon espace vital et garde la tête dans les mains.

Je suis inquiète. Mon père paraît furieux.

– Savez-vous depuis combien de temps il occupait cette maison ?

J'ai appris que la femme était l'agent Ferrel. J'ignore le nom de son collègue. Il ne parle pas beaucoup et se contente de prendre des notes sans nous regarder.

– Non.

– Beyah est arrivée ici en juin. Mais Samson est dans cette maison depuis les vacances de printemps. En tout cas, c'est à ce moment que j'ai fait sa connaissance.

– Vous ne connaissez pas les propriétaires ? demande l'agent Ferrel à mon père.

– Non. J'ai vu des gens là-bas, mais je pensais qu'il s'agissait de locataires. Nous vivons à Houston la plupart du temps, alors je ne connais pas beaucoup nos voisins.

– Savez-vous comment Samson a désactivé l'alarme ?

Cette question s'adresse à moi.

– Il connaît le code. Je l'ai vu l'entrer hier soir.

– Savez-vous comment il a obtenu le code ?

– Non.

– Connaissez-vous les autres maisons où il s'installait ?

– Non.

– Savez-vous où il va quand les propriétaires reviennent chez eux ?

– Non.

Je ne connais pas trop de façons de dire non mais, à l'évidence, je ne saurai répondre à la plupart de leurs questions.

Je ne sais pas d'où vient Samson. Je ne sais pas le nom de son père. Je ne sais pas la date de son anniversaire, où il est né, si sa mère est encore vivante ou non. Plus ils me posent de questions, plus je suis gênée.

Comment puis-je ne rien savoir sur lui avec pourtant l'impression de si bien le connaître ?

Peut-être que je ne le connais pas du tout.

À cette pensée, je repose la tête sur mes bras. Je suis fatiguée, je voudrais des réponses mais je sais que je n'en aurai aucune avant de parler à Samson. Car je voudrais savoir avant tout s'il possède vraiment un os de cœur. Si oui, est-il brisé, maintenant ?

Parce que le mien, oui.

– Elle ne sait vraiment rien d'autre, déclare mon père. Il est tard. Pourriez-vous nous appeler si vous avez d'autres questions ?

– Certainement. Je voudrais juste vérifier une dernière chose avant de vous laisser partir. Nous revenons tout de suite.

Ils quittent la pièce et je finis par relever la tête, puis je m'adosse à ma chaise.

– Ça va ? demande mon père.

Je hoche la tête. Si je dis que ça ne va pas, il voudra en discuter. Je préfère ne plus parler.

La porte est ouverte ; je vois ainsi ce qui se passe dans le couloir. Un homme visiblement défoncé est incarcéré dans une cellule au bout du couloir. Depuis le début, on l'entend émettre des sons inintelligibles pour je ne sais quelle raison. Et, chaque fois, ça me fait tressaillir.

Je devrais être habituée à ce genre d'attitude à laquelle j'ai si souvent été confrontée chez moi. Ma mère ne cessait de grommeler, surtout l'année dernière, comme si elle parlait à des gens absents. J'avais presque oublié ce que c'était que de vivre avec un drogué.

L'homme au bout du couloir est une espèce de toxico du genre de ceux qui doivent remplir les prisons ; comme ma mère, incapables de contrôler leurs addictions, qu'ils le veuillent ou non.

Les prisons ne devraient pas être occupées par des gens comme Samson.

Ma mère a été arrêtée deux fois. Je ne sais pas pour quelle raison. Mais je me rappelle qu'une voisine est venue me chercher une fois en pleine nuit pour m'emmener dormir chez elle. Je me suis toujours demandé comment elle avait su que ma mère avait été arrêtée, car je doute que ce soit elle qui l'ait prévenue afin qu'on s'occupe de moi. Jamais elle ne s'est fait de souci pour sa fille.

Je me demande de quoi elle aurait eu l'air si elle ne s'était pas droguée. Me ressemblait-elle d'une façon ou d'une autre ?

Je lève les yeux vers mon père :

– Comment était maman quand vous vous êtes rencontrés ?

Il semble abasourdi par cette question.

– Je ne me rappelle pas trop, désolé.

Pourquoi ai-je pu espérer qu'il s'en souviendrait ? C'était un coup d'un soir, alors qu'elle avait à peu près mon âge. Je parie que ça s'est passé dans un bar, sans l'ombre d'un instant romantique.

Je me demande comment mon père a pu évoluer comme quelqu'un d'à peu près normal tandis qu'elle sombrait dans la pire version possible d'elle-même. Est-ce seulement parce qu'elle se droguait ? Un déséquilibre entre l'inné et l'acquis ?

– Tu crois que les humains sont la seule espèce capable d'addictions ?

– Comment ça ? s'étonne-t-il.

– À la drogue, à l'alcool. Tu crois que les animaux ont des vices ?

Il me dévisage d'un regard incrédule :

– Je crois avoir lu quelque part que les rats de laboratoire peuvent être accros à la morphine.

– Ce n'est pas ce que je veux dire. Je voudrais savoir s'il y a des choses addictives dans leur environnement naturel. Ou si les humains constituent la seule espèce capable de se saboter et d'en faire subir les conséquences à son entourage ?

Mon père se gratte le front :

– Ta mère est accro, Beyah ? C'est ce que tu veux me dire ?

Je n'arrive pas à croire que j'aie pu laisser passer tout ce temps sans lui avoir encore dit qu'elle était morte, et qu'il ne l'ait toujours pas compris.

– Elle n'est plus accro.

Il se rembrunit.

– Je ne savais pas qu'elle l'était. Et toi, ça va ?

– Attends, on est dans un poste de police au beau milieu de la nuit. Non, ça ne va pas.

– D'accord, je comprends. Mais tes questions... elles ne... tiennent pas debout.

Je pouffe de rire, comme ça lui arrive parfois, à lui. Nouvelle chose que je déteste en moi.

Je me lève, étire mes jambes puis vais voir à la porte ce qui se passe dehors, dans l'espoir d'apercevoir Samson quelque part. En vain.

C'est comme s'il existait un fossé entre le moment où je me suis assise dans la voiture de police et celui où je vais pouvoir de nouveau parler à Samson ; un énorme fossé émotionnel où je ne ressens rien d'autre, ne souhaite rien d'autre que cette conversation potentielle.

Je refuse d'analyser ce qui est en train de se produire, raison pour laquelle, sans doute, mes pensées partent dans tous les sens, pendant que j'attends. Si je me lançais dans la moindre réflexion maintenant, je conclurais certainement que Samson est un total étranger. Cependant, cette nuit, c'était bien loin d'être le cas.

Pour la deuxième fois cet été, je reste abasourdie de constater à quel point la vie peut changer d'un jour à l'autre.

L'agent Ferrel revient, serrant une tasse de café dans ses mains. Je m'écarte de l'entrée pour m'adosser à la porte. Mon père se lève.

– Vos informations sont enregistrées. Vous pouvez partir tous les deux.

Je demande aussitôt :

– Et Samson ?

– Il ne sera pas libéré maintenant, et peut-être pas avant un bon moment, à moins que quelqu'un ne paie sa caution.

Combien dure un bon moment ? Je pose une main sur mon cœur :

– Est-ce que je peux le voir ?

– On n'a pas fini de l'interroger et il doit comparaître devant le juge dans quelques heures. Il pourra recevoir des visites demain à partir de neuf heures.

– Nous ne viendrons pas, rétorque mon père.

Mais je proteste :

– Bien sûr que si !

– Beyah, tu ne connais même pas son vrai nom !

– Il s'appelle Shawn Samson.

C'est là que je jette un coup d'œil vers l'agent :

– N'est-ce pas ?

– En fait, son nom complet est Shawn Samson *Bennett.*

Mon père lui adresse un geste sans me quitter des yeux :

– Tu vois ?

Les mains sur les hanches, il se tourne vers l'agent Ferrel :

– Dois-je m'inquiéter ? De quoi l'accuse-t-on, au juste ? Combien de temps va-t-il rester en prison ?

– Deux chefs d'accusation d'intrusion par effraction. Une accusation d'infraction à la libération conditionnelle. Une accusation d'incendie.

Ce dernier mot me fait bondir :

– *Incendie ?*

– Un feu a partiellement détruit une résidence, l'année dernière. Il se trouvait dans la maison sans autorisation quand les flammes ont surgi. Il apparaît sur les vidéos de sécurité. On a délivré un mandat d'arrêt. Après quoi il a cessé de rencontrer son agent de libération conditionnelle. Ce qui nous ramène à ses mandats en cours, sans compter les nouvelles accusations.

– D'abord, quelle est cette histoire de libération conditionnelle ? demande mon père.

– Vol de voiture. Qui lui a valu six mois de prison.

– C'est donc une habitude chez lui ?

– Papa, je suis sûre que tout cela est dû à des services sociaux incompétents.

Il arrête de faire les cent pas pour me jeter un regard incrédule, l'air de ne pas comprendre que je puisse émettre une idée aussi ridicule. Je me tourne vers l'agent :

– Et ses parents ?

– Tous les deux décédés. Il prétend que son père a disparu après l'ouragan Ike et qu'il est seul depuis.

Son père a disparu ?

Rake était son père ?

Ce qui expliquerait son attitude après avoir trouvé ses restes sur la plage. Je voudrais revenir à ce moment où il a paru tellement peiné, afin de le prendre dans mes bras comme j'aurais dû le faire.

Mentalement j'effectue un petit calcul : si Samson n'a pas menti sur son âge, il n'avait que treize ans lorsque l'ouragan Ike a frappé.

Il est donc seul depuis l'âge de *treize ans* ? Pas étonnant qu'il ait été si mal en point.

– Arrête de le plaindre, Beyah. Ça se voit sur ta figure.

– C'était un gamin quand son père est mort. Qui sait comment il a vécu ensuite ? Je suis sûre qu'il a fait ce qu'il pouvait.

– Cette excuse est encore valable pour un homme de vingt ans ? Il aurait pu trouver un emploi, comme nous tous.

– Qu'est-ce qu'il était censé faire quand il s'est retrouvé seul après sa première libération de prison ? Il n'a sans doute jamais eu de pièce d'identité, sans aucun parent pour l'aider à s'en procurer. Il n'avait pas de famille, pas d'argent. Certaines personnes passent entre les mailles du filet, papa. Ça arrive.

Ça m'est arrivé et tu ne l'as jamais su.

Mon père doit penser que Samson a choisi de se comporter ainsi, tandis que j'y vois plutôt un mode de vie auquel il ne pouvait échapper. Je sais ce que c'est de prendre de mauvaises décisions quand on n'a pas le choix.

– Est-ce qu'on peut obtenir une ordonnance restrictive contre lui ? Je ne veux pas le voir dans les parages ou à la poursuite de ma fille.

Je n'arrive pas à y croire. Avant même de parler avec Samson, avant de connaître sa version, il se sent menacé ?

– Il est innocent, papa !

Il me dévisage, l'air de dire que je déraille.

– Vous avez tout à fait le droit de protéger votre fille en demandant une ordonnance restrictive, répond l'agent Ferrel.

– Me protéger contre quoi ? C'est quelqu'un de bien.

À croire qu'ils n'entendent rien de ce que je dis.

– Il voulait se faire passer pour quelqu'un de bien, Beyah. Tu ne le connais même pas.

Mon père récupère ses clefs sur la table.

Quoi qu'ait pu faire Samson par le passé, ce n'était pas son choix ; j'en suis certaine. Je n'ai jamais eu peur de lui. C'est même avec lui que je me suis sentie le plus à l'aise depuis mon arrivée au Texas.

Il semblerait que mon père voie les choses autrement.

– Il faut que j'aille aux toilettes, dis-je en me levant.

L'agent me désigne le couloir. Je me précipite dans la salle de bains, où je peux enfin respirer devant le miroir.

Avant Samson, je ne voyais dans mon reflet qu'une fille qui n'intéressait personne. Mais, depuis, j'y vois une fille qui compte aux yeux de quelqu'un d'autre.

Je me demande ce que Samson voit dans un miroir.

Sait-il à quel point il compte pour moi ?

J'aurais dû le lui dire, hier soir, quand c'était encore possible.

CHAPITRE 25

Il est à peine sept heures du matin quand mon père et moi nous garons dans l'allée. J'ouvre la portière, et Pepper Jack est là, qui remue la queue. Je n'ai qu'une envie, maintenant, c'est de le caresser.

J'en ai assez de répondre à des questions et P.J. sera le premier être vivant à ne pas m'en poser depuis quelques heures.

Mon père gravit l'escalier tandis que je préfère rester au niveau des pilotis. Je m'assieds à la table de pique-nique et gratte la tête du chien tout en regardant la mer. Je m'offre ces quelques minutes de tranquillité jusqu'au moment où j'entends des pas derrière moi.

Sara.

– Oh là là, Beyah !

Elle se précipite, s'assied en face de moi et me prend la main pour la serrer avec un sourire forcé.

– Ça va ?

– Non, et ça n'ira pas tant que je n'aurai pas parlé à Samson.

– J'étais trop inquiète. Ton père est parti à toute vitesse, et puis il a envoyé un texto à ma mère pour dire que Samson s'était fait arrêter. Qu'est-ce qui s'est passé ?

– Ce n'est pas sa maison.

– Il est entré par effraction ?

–Quelque chose comme ça.

Elle se passe une main sur le visage.

–Désolée. Dire que c'est moi qui te l'ai présenté... Attends, Beyah, je te jure que tous les hommes ne sont pas comme ça.

Elle a raison et ça me soulage de penser que Samson n'est pas comme les autres. Il pourrait ressembler à Dakota ou à Gary Shelby. Je tomberais beaucoup plus facilement amoureuse d'un garçon au passé trouble mais qui me traite aussi bien que Samson que d'un autre qui me traite comme de la merde même s'il est apprécié du monde entier.

–Je ne lui en veux pas, Sara.

Elle se marre, mais d'un rire nerveux. Un peu comme au début quand on ne se connaissait pas, quand elle se demandait toujours si je plaisantais ou non.

–Je sais, Samson pourrait faire peur, parfois. Mais tu ne le connais pas aussi bien que moi. Il n'était pas fier de son passé. Et il avait l'intention de bientôt tout me dire, sauf qu'il ne voulait pas que la vérité risque de gâcher le reste de notre été.

Elle appuie ses bras croisés sur la table :

–Beyah. Je sais que tu es énervée et que tu tiens à lui. Mais il t'a menti, à toi et à nous tous. Avec Marcos, on le connaît depuis le mois de mars. Il n'a fait que nous mentir.

–À quel sujet ?

–Déjà en disant qu'il était propriétaire de sa maison.

–Quoi d'autre ?

Elle serre les lèvres et réfléchit un peu.

–Je ne sais pas. Je ne vois rien pour le moment...

–Exactement. Il a menti sur la maison, il vous a laissé croire qu'il était riche. Mais il s'est toujours efforcé de ne pas parler de lui, précisément pour ne pas vous mentir.

Elle claque des doigts :

–Le mec au restau ! Celui qui l'appelait Shawn. Il a menti en disant qu'ils étaient dans le même internat à New York.

–Il a menti parce qu'on l'a forcé à parler.

– Je le respecterais beaucoup plus s'il nous avait dit la vérité à ce moment-là.

– Arrête ! On le jugerait exactement de la même façon.

Avec Sara, tout est toujours noir ou blanc ; mais le monde réel ne fonctionne pas comme ça. Les gens qui n'ont jamais dû vendre un peu de leur âme contre un repas ou un abri ne peuvent pas comprendre le nombre de mauvaises décisions qu'on doit parfois prendre.

– Sara, je n'ai plus envie de parler de ça.

Elle soupire, comme si elle n'avait pas achevé sa démonstration.

Il va falloir plus qu'un passé douteux pour me faire oublier un garçon qui n'a pas sourcillé devant mon propre passé douteux.

Sara est visiblement d'accord avec mon père en ce qui concerne Samson. Je suis sûre que c'est le cas de tout le monde.

– J'aimerais mieux rester seule, maintenant.

– D'accord, soupire-t-elle. Mais si tu veux parler à quelqu'un, je suis là.

Elle me laisse avec mes pensées pour se diriger vers l'escalier, et je me remets à caresser P.J.

– J'ai l'impression qu'il n'y a que toi et moi pour soutenir Samson.

Il dresse les oreilles à l'instant où mon téléphone se met à vibrer. Je sursaute, le sors de ma poche, et mon cœur se serre lorsque je lis que le numéro du correspondant est caché. Je réponds aussitôt :

– Samson ?

– Vous recevez un appel d'un détenu de la prison du comté de Galveston. Tapez sur un pour accepter ou sur deux pour…

Au bord de la panique, je tape sur un et colle l'appareil à mon oreille.

– Samson ?

– Beyah ?

Sa voix semble si lointaine, mais au moins je l'entends. Je pousse un soupir de soulagement :

– Ça va ?

Il n'a pas le timbre cassé, comme moi. Il semble calme, à croire qu'il s'attendait à ça.

– Je ne peux pas parler longtemps. Je...

– Tu as combien de temps ?

– Deux minutes. Mais on m'a dit que je pouvais recevoir des visites demain à neuf heures.

– Je sais. J'y serai. Mais qu'est-ce que je peux faire aujourd'hui ? Je peux appeler quelqu'un pour toi ?

S'ensuit une pause. Je ne suis pas sûre qu'il ait entendu la question. Finalement, je perçois un soupir, puis :

– Non. Il n'y a personne.

Mince, c'est l'horreur. Il ne lui reste vraiment que P.J. et moi.

– Je ne crois pas que mon père va payer ta caution. Il est hors de lui.

– Cela ne le concerne pas. Ne lui demande rien, s'il te plaît.

– Je vais voir si je trouve quelque chose.

– Je vais rester un moment ici, Beyah. J'ai vraiment merdé.

– Raison pour laquelle je dois t'aider à trouver un avocat.

– Je ne pourrai pas le payer. Au cas où tu n'aurais pas encore compris, je ne suis pas vraiment riche.

– Eh bien, dis-je en riant, tu sais que ton argent est ce que j'aime le moins en toi.

Il ne répond pas tout de suite, alors qu'il doit avoir tant de choses à dire.

– Tu n'es pas tout seul, Samson. Je vais passer le reste de la journée à chercher du travail. Je mettrai l'argent de côté pour t'aider à payer l'avocat.

– Tu n'es pas responsable de mes erreurs. Tu ne peux rien faire. Sans compter que l'audience n'aura lieu que dans plusieurs semaines. Tu seras déjà partie en Pennsylvanie.

– Je n'irai pas.

Il est malade s'il croit que je vais le lâcher comme ça. Que je vais partir me balader à travers le pays pendant qu'il sera en prison. Comme s'il ne m'était pas poussé un os de cœur pendant l'été.

– Et le fils de Marjorie ? C'est un avocat, non ?

Il ne répond pas à ma question.

– Samson ?

Je regarde l'écran du téléphone. La communication a été coupée.

– *Merde.*

Il ne va sans doute pas me rappeler. Je vais devoir attendre de le voir demain pour lui parler. Quand j'ai déjà tellement de questions à rajouter à ma liste.

Mais j'ai aussi du travail ; alors je traverse la rue pour filer droit chez Marjorie. Je frappe à sa porte jusqu'à ce qu'elle m'ouvre.

J'avais oublié qu'il était encore si tôt. Elle est en robe de chambre et m'examine de pied en cap.

– Tu as l'air bien énervée. Qu'est-ce qui se passe ?

– Samson. Il est en prison.

Une lueur d'inquiétude traverse son regard. Elle s'écarte pour me laisser entrer.

– Pour quelle raison ?

– La maison où il vivait ne lui appartient pas. Il s'est fait arrêter ce matin car les propriétaires sont arrivés pendant la nuit.

– Samson ? Tu es sûre ?

– Oui, j'étais là. Il va avoir besoin d'un avocat, Marjorie.

– Je n'en doute pas.

– Votre fils. Quel genre d'avocat est-il ?

– En droit... *non.* Je ne peux pas demander ça à Kevin.

– Pourquoi ? Je vais prendre un travail. Je pourrai le payer.

– Ce n'est pas une question d'argent. Je connais à peine Samson et, si je me rappelle bien, toi aussi. S'il a occupé une maison qui ne lui appartenait pas, il mérite certainement la peine qu'on va lui infliger.

L'un de ses chats saute près d'elle sur le comptoir de la cuisine. Elle le prend dans ses bras.

– Combien Samson vous a-t-il demandé pour tout le travail qu'il a fait ici ?

Il lui faut une minute pour saisir le sens de ma question, et elle semble alors fléchir un peu.

– Rien. Il ne voulait pas que je le paie.

– Exactement. Ce n'est pas un sale type et vous le savez, Marjorie.

Je lui tends mon téléphone :

– S'il vous plaît. Appelez votre fils. Vous devez bien ça à Samson.

– Je ne sais pas me servir de ces machins, dit-elle en agitant la main.

Elle se dirige vers un appareil fixe et compose le numéro de son fils.

*
* *

Kevin accepte de prendre contact avec Samson, mais juste à titre de remerciement pour ce qu'il a fait dans la maison de sa mère. Il ne dit pas qu'il le prendra à titre gratuit, ni même qu'il se chargera de son cas, mais c'est déjà un pas en avant.

Comme je m'en vais, elle emplit mes mains de noix de pécan.

– Je choisirai des amandes, la semaine prochaine, ajoute-t-elle.

– Merci, Marjorie.

De retour à la maison, je les dépose sur la table et prends les deux sacs à dos que mon père a apportés ce matin. Je monte l'escalier quand il surgit dans l'entrée.

– Beyah ?

Je ne m'arrête pas :

– Je vais passer la journée dans ma chambre. Ne me dérangez pas, je me couche.

– Beyah, attends !

Arrivée à l'étage, j'entends Alana lancer :

– Elle a demandé qu'on la laisse tranquille, Brian. Sérieux !

Elle a raison, j'y tiens. Je ne veux pas me taper encore un sermon de mon père sur cet abominable Samson. Je suis trop triste. Et trop fatiguée.

J'ai dû dormir tout au plus deux heures cette nuit, et malgré l'adrénaline qui coule dans mes veines depuis mon réveil, j'ai les paupières de plus en plus lourdes.

Je dépose les deux sacs à dos près du lit puis m'allonge, les yeux sur les portes qui donnent sur le balcon. Il fait si beau dehors, si chaud, si bon.

Je me relève pour fermer les rideaux avant de retourner me glisser entre les draps. Si seulement la journée pouvait s'arrêter là... mais non, ce n'est même pas encore l'heure du déjeuner.

Je contemple le plafond pendant plus d'une heure, sans cesser de penser à ce qui va arriver. Combien de temps va-t-il rester en prison ? Est-ce qu'il sera vraiment condamné ? S'il existe vraiment tant d'accusations contre lui, combien risque-t-il ? Six mois ? Dix ans ?

Je ne vais pas pouvoir m'endormir sans aide. Mon esprit galope trop vite. J'ouvre la porte, écoute pour m'assurer que la cuisine est déserte, et je descends dans le garde-manger. Je sais qu'ils y rangent leurs médicaments. Je fouille parmi les flacons mais ne trouve rien qui pourrait m'aider à m'endormir.

Peut-être qu'ils les gardent plutôt dans leur salle de bains. Mon père et Alana devraient être déjà partis pour le travail, je peux donc aller fouiller dans leur pharmacie. Mais elle ne contient que du dentifrice et des brosses à dents neuves, une espèce de pommade et des cotons-tiges.

Je claque la porte du placard et sursaute en apercevant Alana derrière moi dans le miroir.

– Pardon, je croyais que vous étiez au travail.

– J'ai pris ma journée. Qu'est-ce que tu cherches ?

Je me tourne vers elle sans plus cacher mon désespoir :

– En fait, j'ai besoin de somnifères ou d'un truc de ce genre. Pour dormir. Je n'ai pas encore fermé l'œil et ça s'agite dans ma tête.

J'agite les mains devant mon visage en tentant désespérément de chasser les larmes que j'ai pu miraculeusement retenir jusque-là.

– Je peux te préparer du thé.

Du thé ?

Elle veut me faire du thé ?

Elle est dentiste, et doit pouvoir se procurer des somnifères comme elle veut.

–Je n'ai pas envie de thé, Alana, mais de quelque chose qui fonctionne. Je voudrais dormir, là.

Je me cache le visage dans les mains avant d'ajouter :

–Ça fait trop mal. Je ne veux même pas rêver de lui, mais juste dormir sans plus penser à rien.

Ça commence à attaquer mon cœur.

Tout ce que Samson a pu me dire au téléphone me consume à tel point que je dois m'appuyer sur l'évier pour tenir debout. Sa voix retentit encore dans ma tête.

–Je vais rester un moment ici, Beyah.

Combien de temps va s'écouler avant que je ne retrouve le bonheur ?

Je ne veux pas redevenir celle que j'étais avant de le connaître. Je n'étais alors habitée que par l'amertume et la colère, sans aucun sentiment, sans joie, sans consolation.

–Et s'il reste absent si longtemps qu'à son retour il ne veut plus entendre parler de moi ?

Je ne voulais pas dire ça tout fort. Ou peut-être que si.

Mes larmes reviennent et Alana réagit aussitôt, sans rien dire qui puisse me mettre mal à l'aise. Elle m'enveloppe juste de ses bras et appuie ma tête contre son épaule.

Un réconfort comme je n'en ai jamais connu, mais dont j'ai désespérément besoin en ce moment, celui d'une mère. Je sanglote quelques minutes ; je ne savais pas que j'avais tant besoin de ce geste.

–Je voudrais que tu sois ma mère, dis-je entre mes larmes.

–Ma chérie, soupire-t-elle.

Elle recule et me regarde dans les yeux :

–Je vais te donner un somnifère, mais ce sera le seul que tu recevras jamais de moi.

–Promis. Je ne t'en redemanderai plus jamais.

CHAPITRE 26

J'ai beaucoup trop dormi, ça me donne l'impression d'avoir le cerveau comprimé à droite de ma tête.

Je m'assieds sur le lit et regarde dehors. Il fait presque nuit. Mon téléphone indique dix-neuf heures passées et j'ai l'estomac qui crie famine. Ce doit être ça qui m'a réveillée.

J'ai laissé la sonnerie de mon téléphone, je n'ai manqué aucun appel.

Encore quatorze heures à attendre avant d'aller le voir.

Je me penche vers le sac à dos de Samson, puis je l'ouvre et en répands le contenu sur mon lit.

Tout ce qu'il possède dans la vie se trouve donc là.

Deux maillots de bain, deux tee-shirts de Marcos. Il portait le troisième quand il a été arrêté. Autrement dit, il n'a que trois vêtements de rechange ? Maintenant que j'y pense, je ne l'ai jamais rien vu porter d'autre. Il devait les laver régulièrement dans l'espoir que personne ne s'en aperçoive.

Il y a aussi des articles de toilette dans une pochette : dentifrice, déodorant, brosse à dents, coupe-ongles. Mais pas de portefeuille.

Est-ce qu'il l'a vraiment perdu quand on s'est fait tatouer, ou est-ce qu'il n'en a jamais eu ? S'il est resté seul depuis la mort de son père, comment a-t-il pu passer son permis de conduire ?

Tant de questions me trottent dans la tête. Jamais la visite de demain ne sera assez longue pour qu'il puisse répondre à toutes.

Au fond du sac se trouve une enveloppe en plastique, remplie de ce qui ressemble à des feuilles de papier pliées, toutes un peu jaunies, visiblement anciennes.

J'en sors une et la déplie.

Petit garçon
Rongé par la frénésie comme moi
Le regard épuisé
Il brûle de colère contre la mer
Plus fatigué qu'il ne devrait
Si fatigué d'être libre
Rake Bennett
13.11.2007

Samson m'avait dit que Rake écrivait de la poésie. J'essaie de comprendre ce que raconte cette strophe.

Parle-t-elle de Samson ? Tous ces feuillets sont-ils remplis par son père ? D'après la date, Samson devait avoir une douzaine d'années. Un an avant le passage de l'ouragan.

Si fatigué d'être libre.

Qu'est-ce que ça signifie ? Est-ce que son père en avait assez de vivre sur l'océan avec lui ?

Je sors les autres feuillets, car je tiens à les lire l'un après l'autre. Ils sont tous datés d'avant l'ouragan Ike, tous écrits par son père.

Elle est vivante.
Ta mère est née le jour de ta naissance.
Tant que tu vivras,
Elle vivra aussi.
Rake Bennett
30.08.2006

Partie
J'ai rencontré ta mère debout sur la plage,
Les pieds enfoncés dans le sable.
Je regrette de n'être pas tombé à genoux pour
en récolter quelques grains entre mes mains.
Je me demande si elle a marché sur ce que
nous touchons.
Ou si chaque grain de sable qu'elle a foulé
N'est pas déjà englouti par la mer ?
Rake Bennett
16.07.2007

Cher Shawn
Tout enfant aspire à un nouveau port d'attache.
J'ai décidé que ta première demeure serait un bateau
Mais, à présent, je me demande si tu ne finiras pas
Par le fuir ? Dès lors,
Cette grave erreur provient de moi.
Car lorsqu'un homme dit *Je rentre chez moi,*
Il devrait se diriger vers la mer.
Rake Bennett
03.01.2008

Il y a au moins vingt lettres et poèmes dans le sac. Rares sont ceux qui s'adressent directement à son fils, mais étant donné le ton général, j'ai bien l'impression qu'il m'a raconté la vérité. Rake vivait sur l'eau, toutefois Samson a omis de me préciser qu'il était alors avec lui.

CHAPITRE 27

– Beyah Grim ?

Je saute presque de ma chaise. Mon père se lève lui aussi, mais je ne veux pas qu'il vienne avec moi voir Samson.

– Pas la peine de te déranger.

– Je t'interdis d'entrer là toute seule.

Je le perçois comme un ordre, sans négociation possible.

– Papa, s'il te plaît !

Je ne sais pas comment Samson pourra se montrer sincère avec moi si mon père se trouve en face de lui.

Il finit par hocher la tête :

– Bon, je vais t'attendre dans la voiture.

– Merci.

Je suis le gardien dans une grande salle ouverte, avec plusieurs tables, presque toutes occupées par des gens qui rendent visite à d'autres détenus.

Déprimant.

Je repère assez vite Samson, assis au fond de la salle. Il est vêtu d'une tenue bleu foncé ; c'est bizarre de le voir porter autre chose que son short.

Il finit par m'apercevoir et se lève aussitôt. Je ne sais pas pourquoi je m'attendais à le voir menotté mais je suis soulagée qu'il n'en soit rien.

Je me précipite dans ses bras.

–Désolé, dit-il.

–Je sais.

Il me garde un instant près de lui mais je ne veux pas lui attirer des ennuis, alors on se sépare et je m'assieds en face de lui. La table est petite, ce qui ne nous éloigne pas trop, pourtant j'ai l'impression que tout un monde nous sépare.

Il prend ma main et la retient entre les siennes.

–Je te dois tant d'explications. Par où veux-tu que je commence?

–Comme tu veux.

Le temps qu'il réfléchisse, je pose mon autre main sur les siennes.

–Tout ce que je t'ai dit sur ma mère était vrai. Elle s'appelait Isabel. J'avais cinq ans à sa mort, mais même si je ne me souviens presque pas de ma vie d'avant, je sais que tout a changé après sa disparition. Au fait, Rake est mon père... une fois veuf, il me semblait complètement perdu quand il ne naviguait pas. Comme s'il ne pouvait imaginer vivre loin de sa femme. Il m'a retiré de l'école et on a vécu sur son bateau pendant plusieurs années, jusqu'à ce que Darya me l'enlève.

–C'est donc ce que tu voulais dire en mentionnant que Darya t'avait brisé le cœur?

Il hoche la tête.

–Où étais-tu au moment de l'ouragan?

Sa mâchoire se crispe, comme s'il ne tenait pas à revivre ce moment. Pourtant il me répond, le regard fixé sur nos mains:

–Mon père m'avait déposé dans une église, là où beaucoup de gens vont se réfugier pendant ce genre d'événement, mais il a refusé d'y rester. Il voulait s'occuper de son bateau, qui représentait toute notre vie. Il m'a dit qu'il rentrerait avant le soir et je ne l'ai plus jamais revu. C'était dur pour un gamin solitaire de treize ans de passer inaperçu ou seulement de survivre; il fallait que je parte. Je savais que si je disais à quelqu'un que mon père avait disparu, je me retrouverais dans un foyer, alors j'ai passé les années suivantes à me rendre invisible. Je me suis retrouvé à tondre des pelouses avec un ami à Galveston. C'est le type que tu as vu au restaurant. Gamins, on a commis pas mal de bêtises et on a fini par se faire prendre.

– C'était quoi, l'accusation d'incendie ?

– Techniquement, je n'y étais pour rien. Le propriétaire avait une installation électrique merdique, mais si je ne m'étais pas introduit dans cette maison ce soir-là, si je n'avais pas actionné l'interrupteur, elle n'aurait pas pris feu. Techniquement, c'était donc ma faute. Quand j'ai appris qu'il existait un autre mandat d'arrêt contre moi, j'ai voulu revenir ici pour tâcher de retrouver mon père avant de me livrer. C'est l'unique raison de mon retour. Et je l'ai retrouvé, mais je t'ai aussi rencontrée et je n'ai plus voulu repartir.

Il caresse ma main gauche en poursuivant :

– Je savais que j'allais passer un moment en prison, alors j'ai essayé de prolonger le temps passé avec toi, avant ton départ.

Et puis il soupire :

– Qu'est-ce que tu voudrais savoir d'autre ?

– Où est-ce que tu as trouvé le code d'alarme de cette maison ?

– Le propriétaire utilise son numéro d'adresse en guise de code. Facile à deviner.

Et difficile de le juger alors qu'au fond de moi j'admire tant ses capacités de survie.

Il pousse un autre soupir, comme s'il redoutait la suite. Son attitude change lorsqu'il me regarde dans les yeux ; j'ai l'impression de porter tout le poids du monde.

– Hier, au téléphone, tu as dit que tu ne repartais pas pour la Pennsylvanie.

– Je ne peux pas t'abandonner, Samson.

Secouant la tête, il détache ses mains des miennes et les passe sur son visage d'un air accablé, puis il enserre mes poignets :

– Tu vas aller à l'université, Beyah. Ce n'est pas à toi de réparer mes erreurs.

– Mais tu n'as rien fait de grave ! Tu étais un gamin qui s'est pratiquement élevé seul. Comment pouvais-tu reprendre pied après ta première libération ? Je suis sûre que si tu leur disais pourquoi le feu a pris et pourquoi tu as enfreint ta conditionnelle, ils comprendraient.

– Le tribunal se fiche de savoir pourquoi j'ai enfreint la loi ; tout ce qui compte c'est que je l'ai fait.

– Eh bien, ils devraient s'en préoccuper.

– Peu importe, Beyah, de toute façon, on ne va pas révolutionner le système à nous deux. J'en ai pour plusieurs années ici et on n'y peut rien, ni toi, ni moi. Donc, tu n'as aucune raison de rester au Texas.

– Si, j'ai une raison : toi ! Comment veux-tu que je te rende visite depuis la Pennsylvanie ?

– Je ne te demande pas de me rendre visite. Je veux que tu ailles à la fac.

– Je peux y aller ici.

Il part d'un rire amer, exaspéré :

– Pourquoi es-tu aussi entêtée ? Tout l'été on a su ce qui nous attendait : on devait partir chacun de son côté quand tu reprendrais les cours.

Ses paroles me font mal et c'est tout juste si j'arrive à murmurer :

– Je croyais que les choses avaient changé. Tu as dit qu'on possédait un os de cœur.

Je le sens frémir, comme si je venais de le blesser. Juste ce que je ne voudrais pas, mais il vaut mieux que ça. Je ne le considère pas comme une relation jetable.

Alors j'insiste :

– Je ne veux pas me trouver aussi loin de toi. Je ne pourrai pas me contenter de lettres et de coups de téléphone.

– Moi non plus. Mais je veux que tu vives ta vie, sans subir le poids de la mienne.

Il voit bien mon air consterné mais ne me laisse pas le temps de lui répondre.

– Beyah. On a vécu sur des îles toute notre vie. C'est pour ça qu'on s'est rapprochés, parce qu'on percevait la solitude de l'autre. Mais maintenant que tu as une chance de quitter la tienne, je refuse de te retenir durant toutes ces années.

Les larmes me montent encore aux yeux; j'en vois une tomber sur la table.

–Tu ne peux pas m'abandonner comme ça. Je n'arriverai à rien sans toi.

–Tu as déjà réussi tant de choses sans moi!

Il soulève mon menton pour m'obliger à le regarder:

–Je n'y suis pour rien. Je n'ai rien à voir avec la personne que tu es devenue. Alors ne me rends pas maintenant responsable si tu laisses tout tomber.

Plus il insiste, plus ça m'irrite:

–Ne sois pas injuste. Tu veux que je m'en aille sans garder aucun contact avec toi? Tu m'as laissée tomber amoureuse de toi quand tu savais comment ça devait finir?

–On savait tous les deux que ça se terminerait en août, Beyah. On savait que tout ça resterait superficiel.

–Toi qui as dit qu'on pouvait se noyer dans un verre d'eau, c'est ce qui m'arrive, Samson. Je me noie. Et tu me tiens la tête sous l'eau.

J'essuie mes yeux d'un geste rageur.

Il reprend mes mains, mais cette fois, les choses ont changé.

–Je te demande pardon, lâche-t-il d'une voix brisée.

Il ne va pas plus loin, mais je sens que c'est sa façon de dire adieu.

Il se lève, comme si la conversation s'achevait là; pourtant, il me regarde fixement, l'air d'attendre que je me lève aussi. Je croise les bras.

–Je ne vais pas t'embrasser pour te dire au revoir. Tu ne mérites aucun câlin.

–C'est vrai, Beyah, je n'ai jamais mérité ça.

Il se tourne pour partir et je suis saisie par la crainte terrifiante de ne jamais le revoir.

Il n'est pas du genre à dire des choses pareilles s'il ne les pense pas. Il ne me laissera pas revenir.

Je me précipite alors qu'il s'éloigne:

–Samson, attends!

Il se retourne à temps pour m'attraper quand je saute dans ses bras. J'enfouis mon visage dans son cou. Il me serre fort contre lui et je fonds en larmes.

Je suis parcourue par tellement d'émotions à cet instant, il me manque déjà tellement. En même temps, j'étouffe de colère.

Il embrasse ma tempe.

– Va en Pennsylvanie, Beyah. Amuse-toi. *S'il te plaît.*

Il se détache de moi et s'approche d'un gardien près de la porte. On le fait sortir de la salle, sans qu'il se retourne pour voir dans quel état il me laisse.

Je regagne la voiture de mon père en sanglotant. Je claque la portière, furieuse, le cœur brisé, incapable de digérer ce qui vient de se passer. Je ne m'attendais pas à ça. En fait, j'espérais exactement le contraire. Je croyais qu'on allait gérer l'avenir, former un vrai couple ; mais non, il me laisse totalement seule, comme n'importe qui d'autre dans ma vie.

– Qu'est-ce qui s'est passé ?

Incapable de rien expliquer, je secoue la tête :

– Vas-y, démarre.

Mon père agrippe le volant si fort que ses articulations blanchissent. Il démarre et commence à reculer.

– J'aurais dû le tabasser davantage, le soir où je vous ai séparés sous la douche.

Je n'essaie même pas de lui expliquer qu'il ne m'a pas protégée de Samson, ce soir-là. Au contraire. Mais à quoi bon ? Je me contente d'une phrase bateau :

– Il n'est pas méchant, papa.

Aussitôt, il stoppe la voiture et tourne vers moi un visage à l'expression inflexible :

– Je ne sais pas où je me suis trompé en tant que père, mais je n'ai pas élevé une fille pour qu'elle défende un type qui n'a pas cessé de lui mentir. Tu crois qu'il tient à toi ? Il ne tient qu'à lui-même.

Sérieux ?

Il a le culot de dire qu'il m'a *élevée* ?

La main sur la poignée de la portière, je lui jette un regard noir :

– Tu n'as jamais élevé de fille. Si quelqu'un ment dans cette histoire, c'est toi.

Là-dessus, je sors de la voiture. Pas question de rester avec lui jusqu'à Port Bolivar.

– Monte, Beyah !

– Non, j'appelle Sara, elle viendra me chercher.

Je m'assieds sur le trottoir et fouille ma poche pour en sortir mon téléphone. Mon père me rejoint en donnant des coups de pied dans les petits cailloux.

– Monte, je te ramène.

J'essuie mes larmes d'un revers de main et appelle Sara.

– Je ne monte pas dans ta voiture, tu peux partir.

Il ne part pas. Sara accepte de venir me chercher, mais mon père reste patiemment là jusqu'à son arrivée.

CHAPITRE 28

Cette semaine entière sans aucune nouvelle de Samson a été atroce. Rien. J'ai tenté deux fois de lui rendre visite, mais il refuse de me voir pour le moment.

Je n'ai aucun autre moyen de communiquer avec lui. Je ne peux que me raccrocher aux souvenirs des moments qu'on a passés ensemble et j'ai peur que certains ne commencent à m'échapper si je ne peux au moins entendre sa voix.

Faut-il vraiment que je tourne la page ? Que je l'oublie ? Que je parte à la fac comme s'il ne m'avait pas obligée à changer, à m'améliorer ?

J'ai cessé d'évoquer Samson dans cette maison. Je ne veux même pas entendre son nom, car ça n'aboutit qu'à des disputes. Je n'ai presque pas quitté ma chambre de toute la semaine. Je passe mes journées devant la télévision, quand je ne rends pas visite à Marjorie. C'est la seule personne à qui je parle de lui, la seule qui reste de mon côté.

Toute la semaine, j'ai porté en alternance les deux tee-shirts de Samson, mais ils ne sentent plus son odeur, si bien que je me blottis maintenant contre son sac à dos en regardant une émission britannique de cuisine.

Je ne sais que faire de tout ce qui lui appartient. Il n'a sûrement pas envie de garder ses affaires de toilette ;

je ne vois rien d'important, hormis les poèmes de son père. Mais pas question de les confier à Marjorie pour qu'elle les lui donne, car j'ai l'impression que c'est le dernier lien qui me reste avec lui.

Ils seront peut-être mon unique excuse pour lui rendre visite.

Bientôt, je vais devoir déménager, je le sais, mais tant que j'habite ici, tant qu'il reste en prison, je suis incapable de me concentrer sur autre chose.

Je reprends le sac à dos dans mes bras, pour l'utiliser comme une sorte de coussin ; c'est là qu'une pointe dure pique ma tempe. Je rouvre le sac pour vérifier si je n'ai pas oublié quelque chose, mais non. Je passe les mains partout à l'intérieur et finis par trouver une fermeture Éclair que je n'avais pas encore vue.

Aussitôt, je m'assieds pour l'ouvrir, et j'en sors un petit carnet cartonné, rempli de noms et d'adresses, mais aussi de listes de courses.

Je feuillette quelques pages sans rien y comprendre. Jusqu'à ce que je tombe sur le nom et l'adresse de Marjorie.

Marjorie Naples
Date de séjour : 04-02-15 à 08-02-15.
Consommé pour 15 $ de nourriture.
Réparé plafond. Remplacé deux planches côté nord abîmées par le vent

Il y a encore d'autres noms et adresses mais il faut que je comprenne le sens de ces dates. J'appelle Marjorie au téléphone.

– Allô ?

– Bonjour, ici Beyah. J'ai juste une question : est-ce que le quatre et le huit février 2015 représentent quelque chose pour vous ?

Elle semble réfléchir un instant.

– Je crois que ce sont les jours que j'ai passés à l'hôpital après ma crise cardiaque. Pourquoi ?

– J'ai trouvé quelque chose dans le sac de Samson. Je vais vous l'apporter pour que vous puissiez le donner à Kevin.

Je lui dis au revoir et raccroche, puis je commence à parcourir tout ce qu'il a pu écrire d'autre. L'adresse qui revient le plus souvent est celle du voisin David Silver. Avec des dates entre mars et la semaine dernière. Sous son nom apparaît une liste de réparations :

Redressé plusieurs barreaux sur le balcon de la chambre. Remplacé un fusible dans le boîtier électrique. Réparé fuite dans le tuyau de la douche extérieure.

La liste continue. Chaque jour de ces sept derniers mois est cité. Tous les aliments qu'il a pris dans un réfrigérateur sans permission. Chaque réparation effectuée dans la maison de quelqu'un. Il a tout noté.

Mais pourquoi ? Avait-il l'impression qu'en réparant ces demeures gratuitement il remboursait les séjours qu'il y passait sans autorisation ?

Je me précipite en bas et trouve mon père et Alana sur le canapé du salon. Sara et Marcos sont l'un à côté de l'autre sur la causeuse. Ils regardent *La Roue de la fortune*, mais mon père met l'émission en pause quand il voit que je suis descendue pour la première fois de la journée.

Je lui tends le carnet :

– Il appartient à Samson. On y trouve tous les endroits où il a vécu et comment il en a remboursé les propriétaires.

Mon père se met à le feuilleter puis se lève tandis que j'ajoute d'un ton plein d'espoir :

– Ça pourrait servir à sa défense, si on parvient à prouver qu'il cherchait à bien faire.

Dans un soupir, il examine quelques pages puis le referme et me le rend :

– C'est une liste détaillée de tout ce qu'il a fait de mal. Ça risque de lui nuire au lieu de l'aider.

– Qu'est-ce que tu en sais ?

– Beyah, il n'est accusé que de deux violations de domicile. Si tu donnes ça à la police et leur dis dans combien d'autres maisons il est entré par effraction, ils vont l'ajouter aux accusations au lieu de les alléger. Laisse tomber. Tu es trop jeune pour laisser un type que tu connais à peine gâcher ta vie. C'est à lui de payer pour ses erreurs.

Alana se lève à son tour et prend son bras :

– Ton père a raison, Beyah. Il faut que tu passes à autre chose, maintenant.

De leur place, Sara et Marcos me regardent d'un air consterné.

Ils me trouvent tous lamentable.

Ils se fichent tous de ce qui arrive à Samson, sans croire un instant ce qui a pu se passer entre nous. Pour une fois dans ma vie, une personne m'a montré un véritable intérêt, alors qu'eux m'estiment incapable de savoir ce que vaut le véritable amour.

Je sais ce que vaut l'amour, car j'ai passé ma vie à savoir ce qu'il ne valait pas.

– Ma mère est morte.

On dirait que l'air dans la pièce se raréfie soudain.

Alana porte une main à sa bouche.

Mon père secoue la tête, incrédule.

– Quoi ? Quand ?

– Le soir où je t'ai appelé pour demander si je pouvais venir. Elle a fait une overdose parce qu'elle était accro depuis toujours. Je n'ai jamais eu personne avec moi. Ni toi, ni ma mère. *Personne.* Toute ma putain de vie j'ai été seule. Samson est le premier qui m'a accueillie dans la sienne.

Mon père s'approche de moi, le visage déformé par une grimace aussi gênée que compatissante.

– Pourquoi ne m'as-tu jamais dit ça ?

Puis il se passe une main sur le visage en murmurant :

– *Seigneur*, Beyah !

Il essaie de me prendre dans ses bras mais je m'écarte.

Comme je me dirige vers l'escalier, il s'écrie :

– Attends ! Il faut qu'on en parle.

Maintenant que ma colère a fait surface, j'ai l'impression de m'y noyer. Je dois me dégager de tout ça tant que ça reste possible. Alors je me retourne vers mon père :

– Parler de quoi ? De tout ce que je ne t'ai pas dit ? Tu veux savoir sur quoi je t'ai menti en arrivant à l'aéroport ? La compagnie aérienne n'a pas perdu mes bagages. Je n'ai jamais rien possédé, parce que tout le fric que tu as pu envoyer à Janean, elle le gardait pour elle, jusqu'au moindre centime. J'ai dû baiser un mec pour de l'argent quand j'avais quinze ans, pour avoir de quoi manger. Alors va te faire foutre, Brian. Tu n'es pas mon père. Tu ne l'as jamais été, tu ne le seras jamais !

Sans leur laisser le temps de réagir, je me rue dans l'escalier et claque la porte de ma chambre.

Trente secondes plus tard, c'est Brian qui vient l'ouvrir.

– S'il te plaît, va-t'en, lui dis-je d'une voix complètement dénuée d'émotion.

– Il faut qu'on parle.

– Je veux rester seule.

– Beyah, implore-t-il en entrant.

Je me précipite derrière la porte pour ne pas me laisser influencer par son regard.

– Tu as passé dix-neuf ans sans te préoccuper de moi. Je n'ai pas envie que tu t'y mettes ce soir. Laisse-moi tranquille.

Tant de choses passent alors dans ses yeux. Tristesse. Regret. Empathie. Mais je ne me laisse affecter par aucune de ces émotions. Je le considère, le visage fermé, jusqu'à ce qu'il finisse par sortir en hochant la tête.

Je referme la porte.

Je me laisse tomber sur le lit et pose le carnet de Samson sur ma poitrine.

À leurs yeux, il pourrait s'agir de la liste de tous les habitants de la péninsule qu'il a arnaqués, mais pour moi, c'est une preuve supplémentaire de ses bonnes intentions. Il voulait rendre service malgré son manque de moyens.

Je feuillette de nouveau les comptes rendus, lis page après page, en suivant chaque mot du doigt pour mieux tracer son écriture bâclée. Il en a rempli la moitié du carnet. Parfois elle devient illisible, comme s'il avait pris des notes en toute hâte de peur de se faire pincer.

À la fin, je tombe sur une page différente des autres. D'abord parce que mon nom apparaît en haut.

Je pose le carnet à plat sur ma poitrine et ferme les yeux. Le message est court, mais c'était bien mon nom.

J'essaie de respirer plus lentement, jusqu'à ce que mon pouls redevienne normal. Puis je reprends le carnet et lis :

Beyah,
Un jour, mon père m'a dit que l'amour c'était comme l'océan.
Il peut être calme, déchaîné, menaçant, apaisant.
L'océan, tant et tant de choses qui restent toujours l'océan.
Tu es mon océan.
Je pense pouvoir être aussi le tien.
Si tu lis ça, c'est que je me suis évaporé.
Mais tu ne dois pas t'évaporer à ton tour.
Va-t'en inonder ce fichu monde, Beyah.

C'est la dernière chose qu'il a écrite dans le carnet. Comme s'il avait craint de se faire arrêter avant de pouvoir me dire adieu.

Je relis plusieurs fois le message. C'est bien du Samson. Peu importe ce que les autres pensent. C'est l'homme auquel je vais m'accrocher jusqu'à sa libération.

Raison pour laquelle je refuse de m'en aller. Il a besoin de mon aide. Il n'a que moi. Impossible de le lâcher maintenant. Ce serait trop égoïste de quitter cette ville avant de savoir ce qu'il va devenir. Il croit me faire une faveur, mais il ne se rend pas compte de ce que sa décision provoque en moi. S'il le savait, il me supplierait de rester.

On frappe doucement à ma porte.

– Beyah, je peux entrer ?

Sara passe une tête, mais je ne suis pas d'humeur à discuter. Je ne suis même pas certaine de pouvoir le dire à haute voix. Le message plaqué sur mon cœur, je me tourne vers le mur.

Sara se faufile dans le lit à côté de moi et m'enveloppe dans ses bras.

Elle ne dit rien, jouant simplement les grandes sœurs, et reste jusqu'à ce que je m'endorme.

CHAPITRE 29

Désormais, rien ne m'apaise, sauf le lever du soleil.

Je suis dehors à l'attendre depuis cinq heures du matin. Je ne pouvais pas dormir. Comment y parvenir après la semaine que je viens de passer ?

Chaque fois que je ferme les yeux, je vois Samson s'éloigner de moi sans un regard en arrière. J'essaie de me rappeler toutes les fois où il m'a dévisagée d'un air aussi intense qu'enthousiaste. Mais, à la fin, tout ce que je vois c'est lui qui s'en va.

J'ai bien peur de ne garder que ce souvenir de lui.

Aujourd'hui, j'ai un entretien d'embauche dans l'unique boutique de beignets de la péninsule. J'économiserai jusqu'au dernier centime pour l'aider. Je sais qu'il n'y tient pas, mais c'est le moins que je puisse faire quand je pense à tout ce qu'il a apporté dans ma vie cet été.

Ça restera certainement un point de désaccord entre mon père et moi tant que je resterai dans cette maison avec lui. Il trouve lamentable que je n'aille pas en Pennsylvanie, moi je trouve lamentable qu'il espère me voir partir loin de quelqu'un qui n'a strictement personne avec lui. Peu de gens connaissent la solitude comme Samson et moi.

D'ailleurs je ne comprends pas comment mon père peut espérer que je prenne un nouveau départ dans un autre État pour la seconde fois cet été. Je n'ai pas le courage de tout recommencer. Je suis complètement épuisée.

Je n'ai pas le courage de traverser le pays, encore moins de jouer au volley pour bénéficier de ma bourse.

Je ne suis même pas sûre d'avoir le courage de me lever tous les matins pour fabriquer des beignets, si j'obtiens le job, mais ça en vaut la peine puisque chaque centime reviendra à Samson.

À l'instant où le soleil perce à l'horizon, mon attention est attirée vers la porte de ma chambre. Mon père passe la tête et j'en frémis de tout mon corps.

S'il était trop tard hier pour discuter avec lui, c'est trop tôt ce matin.

Il semble soulagé de me voir assise sur le balcon. En ne me voyant plus dans mon lit, il a dû croire que je m'étais enfuie dans la nuit.

Ce n'est pas l'envie qui m'en a manqué, mais pour aller où? J'ai l'impression de ne plus avoir de chez-moi. La seule fois de ma vie où je me suis sentie chez moi, c'était avec Samson, mais tout ça n'existe plus.

Mon père s'assied près de moi. Sa présence ne me détend pas autant que celle de Samson. Je me sens raide et coincée.

Il regarde avec moi le soleil se lever, cependant, sa présence gâche tout. J'ai du mal à apprécier le spectacle quand je bouillonne de colère contre lui.

– Tu te rappelles la première fois qu'on est allés à la plage? me demande-t-il.

– Je n'y suis jamais allée avant cet été.

– Si, mais tu étais petite, tu ne t'en souviens sans doute pas; je t'ai emmenée à Santa Monica, quand tu avais quatre ou cinq ans.

Je finis par le regarder dans les yeux:

– Je suis allée en Californie?

– Oui. Tu ne te le rappelles pas?

– Non.

Il paraît navré un instant, mais finit par reprendre en se levant :

– Je reviens. Je dois encore avoir les photos. J'ai récupéré l'album dans notre maison de Houston quand tu m'as dit que tu venais.

Il a des photos de mon enfance ? Sur une plage ?

Je le croirai quand je le verrai.

Quelques minutes plus tard, il revient avec l'album, se rassied près de moi et l'ouvre.

En regardant ces images, j'ai l'impression de voir la vie de quelqu'un d'autre. Je ne savais pas qu'on me prenait en photo, or, je me vois courir dans le sable, me balader au bord de l'océan ; je lui montre un portrait de moi devant un gâteau d'anniversaire :

– C'était quand ?

Sauf qu'il y a un petit sapin de Noël derrière. Or, je suis née au printemps et je n'allais voir mon père qu'en été.

– Je ne me rappelle pas avoir passé un Noël avec toi.

– Techniquement, non, puisque tu ne venais qu'en été. J'en profitais alors pour organiser une fête qui célébrait tout à la fois.

Maintenant qu'il le dit, de vagues souvenirs me reviennent en tête. Je n'en pouvais plus de tous ces cadeaux d'un coup. Mais ça remonte à trop longtemps pour que je m'en souvienne. Pas plus que cette tradition, apparemment.

– Pourquoi tu as arrêté ?

– Franchement, je ne sais pas. Tu grandissais et, chaque année quand tu revenais me rendre visite, tu semblais moins t'intéresser à ces jouets. À moins que ce ne soit moi qui me sois fait des idées. Tu étais une enfant tellement tranquille ; on avait du mal à obtenir une réaction de ta part.

À cause de ma mère.

Je découvre une autre photo de moi, cette fois assise sur les genoux de mon père. On sourit tous les deux à l'objectif. Ses bras sont autour de moi et je me blottis contre lui.

Moi qui croyais, ces derniers temps, qu'il n'éprouvait pas d'affection pour moi. Je me rappelle surtout quand il ne m'en donnait aucune preuve.

Je passe un doigt sur la photo, attristée à l'idée que cette relation ait pu être ainsi gâchée.

– Quand est-ce que tu as cessé de me traiter comme ta fille ?

Il pousse un long soupir plein de remords.

– J'avais vingt et un ans quand tu es née. Je ne savais pas quoi faire de toi. C'était plus facile de faire semblant quand tu étais petite mais, à mesure que tu grandissais, je... je m'en voulais. Et ça a commencé à me travailler quand on était ensemble. J'avais l'impression que ces visites t'ennuyaient.

– Au contraire, c'était la seule chose que j'attendais avec impatience.

– Si j'avais su...

Je commence à regretter de ne pas le lui avoir dit.

Si j'ai appris une chose avec Samson, cet été, c'est qu'il ne sert à rien de tout garder pour soi. C'est même le meilleur moyen de rendre la vérité intolérable.

– Je ne me rendais pas compte du genre de mère qu'elle était, Beyah. Sara m'a rapporté certaines choses, hier soir, que tu lui as racontées...

Sa voix se met à trembler, comme s'il essayait de ravaler ses larmes.

– J'ai commis tellement d'erreurs. Je n'ai aucune excuse. Tu as parfaitement le droit de m'en vouloir. J'aurais dû faire l'effort d'apprendre à te connaître, de passer davantage de temps avec toi.

Il récupère l'album pour le poser à côté de lui et me regarde d'un air navré :

– J'ai l'impression que ce que tu fais, en laissant le sort de ce garçon déterminer ton avenir, c'est à cause de moi, parce que je n'ai jamais su te montrer l'exemple. Pourtant, tu as réussi à devenir cette personne étonnante, et je n'y suis pour rien. Tu ne le dois qu'à toi-même. Tu es une combattante, alors, bien sûr, tu veux rester afin de te battre pour Samson. C'est sans doute pour ça que tu vois tant de toi-même en lui. Pourtant, s'il n'était pas celui que tu crois, si tu avais fait un mauvais choix ?

– Et s'il était vraiment l'homme que je crois ?

Mon père se saisit de mes mains, l'air totalement sincère :

– Si Samson est la personne que tu crois, qu'attendrait-il de toi, à ton avis ? Crois-tu qu'il te laisserait renoncer à tous tes projets ?

Je me détourne pour contempler le soleil, la gorge sèche.

– Je t'aime, Beyah. Assez pour reconnaître que tu as été abandonnée par trop de gens dans ta vie. À commencer par moi-même. La seule personne qui se soit montrée totalement loyale envers toi, c'est toi. Tu ne te rends pas service en refusant de te faire passer en premier.

Je prends ma tête dans mes mains et ferme les yeux. Je sais que c'est ce que Samson souhaite : que je passe avant lui. Mais moi, je ne veux pas qu'il ait une telle idée.

Quand mon père caresse mon dos, ça me fait sursauter, pourtant, je m'appuie contre lui et le prends dans mes bras. Il m'étreint à son tour et passe une main dans mes cheveux.

– Je sais que ça fait mal, murmure-t-il. Si seulement je pouvais te soulager de ton chagrin...

Ça fait trop mal. C'est brutal, injuste. Moi qui avais enfin quelque chose de bon dans ma vie, voilà que je suis obligée d'y renoncer.

Pourtant, ils ont raison. Tout le monde a raison, sauf moi. Il faut que je passe en premier. C'est ce que j'ai toujours fait et, jusqu'ici, ça a bien fonctionné.

Je repense au message que m'a écrit Samson, à cette dernière ligne qui s'est imprimée dans mon cœur. *Va-t'en inonder ce fichu monde, Beyah.*

J'inspire une goulée d'air salé tout en sachant que ça ne m'arrivera plus beaucoup une fois que je serai partie pour la Pennsylvanie.

– Tu voudras bien t'occuper de Pepper Jack quand je serai partie ?

Mon père pousse un soupir de soulagement :

– Bien sûr !

Il dépose un baiser sur ma tête.

– Je t'aime, Beyah.

Je sens l'authenticité de ses paroles et, pour la première fois, je m'autorise à y croire.

C'est le moment où je relâche toutes ces choses de mon enfance qui m'ont tant pesé sur le cœur.

Ma colère contre mon père.

Et même celle contre ma mère.

La seule chose à laquelle je vais encore m'accrocher c'est ce qu'il y avait de bon.

Sans doute ne passerai-je pas la fin de l'été avec Samson, mais ça va se terminer avec ce que je ne connaissais pas en arrivant ici.

Une famille.

CHAPITRE 30

Ma compagne de chambre est une fille de Los Angeles. Elle s'appelle Cierra, *avec un C.*

On s'entend bien, mais j'essaie de me concentrer sur les cours et le volley, si bien que je n'ai pas trop discuté avec elle en dehors de cette pièce où on dort et où on fait nos devoirs. Je ne la vois pas beaucoup. Dire que j'ai vu davantage Sara, cet été, alors qu'elle habitait au bout du couloir...

Elle me manque, bien qu'on s'envoie des textos tous les jours. Comme avec mon père.

Personne ne parle de Samson depuis mon arrivée en Pennsylvanie. Je tiens à ce que tout le monde croie que je me suis détachée de lui, mais je n'en suis pas certaine moi-même. Je pense constamment à lui. Dès que j'entends ou vois quelque chose qui me plaît, j'ai envie de lui en parler. Sauf que je ne peux pas, car il s'est arrangé pour couper tous les ponts.

Je lui ai écrit une lettre qui m'est revenue. Ça m'a fait pleurer un après-midi entier, alors j'ai décidé de ne plus recommencer.

Son audience a eu lieu ce matin. En fonction des charges retenues contre lui, il risque plusieurs années de prison. Toute la journée, j'ai attendu un coup de fil de Kevin.

Je n'ai rien fait d'autre, aujourd'hui, que regarder mon téléphone, attendre. Finalement, j'en ai marre, et je compose le numéro de Kevin. Je sais qu'il a promis d'appeler après la condamnation de Samson, mais il est peut-être retenu quelque part. Je vérifie derrière moi que Cierra est toujours sous la douche et je me redresse sur mon lit lorsque Kevin répond :

– J'allais vous appeler.

– Comment ça s'est passé ?

Il pousse un soupir, et je sens tout le poids de la condamnation de Samson dans ce soupir.

– Une bonne et une mauvaise nouvelle. On a pu faire passer les accusations de cambriolage en simple intrusion. Mais ils n'ont pas cédé sur l'accusation d'incendie criminel, à cause de la vidéosurveillance.

Je croise les bras un peu plus fort :

– Combien de temps, Kevin ?

– Six ans. Mais il devrait sortir dans quatre.

Ma tête tombe sur ma poitrine.

– Mais pourquoi tant d'années ?

– Ça aurait pu être bien pire. Il encourait dix ans rien que pour l'incendie. S'il n'avait pas déjà enfreint sa conditionnelle, on se serait sans doute contenté de lui donner une tape sur les doigts. Seulement, ce n'était pas sa première infraction, Beyah.

– Mais vous avez expliqué au juge *pourquoi* il l'avait enfreinte ? Il n'avait pas d'argent. Comment peut-on s'attendre à ce que les gens paient des frais de libération conditionnelle quand ils sont sans un sou ?

– Je sais que vous ne souhaitiez pas entendre ça, pourtant le résultat aurait pu être pire.

Je suis bouleversée. Je ne m'attendais pas à ce qu'il soit condamné à une si longue peine.

– Les violeurs prennent moins longtemps que lui. Qu'est-ce qui ne va pas dans notre système judiciaire ?

– Rien ne va. Vous devriez peut-être devenir avocate afin d'améliorer les choses.

Sans doute. Je n'ai pas encore choisi ma matière principale et rien ne m'exaspère davantage que tous ces gens qui passent entre les mailles du filet.

– On l'envoie dans quelle prison ?

– Huntsville, au Texas.

– Vous avez une adresse mail pour lui ?

J'entends son hésitation.

– Il ne veut pas de visiteurs, ni de messages. Il n'a sur sa liste que mon nom et celui de ma mère.

Je m'en doutais. Il va s'entêter ainsi jusqu'au jour de sa sortie.

– Je vous rappellerai tous les mois jusqu'à ce qu'il soit relâché, dis-je alors. Mais s'il vous plaît, prévenez-moi au moindre changement ou s'il est libéré sur parole. Ou même s'il est transféré ailleurs.

– Je peux vous donner un conseil, Beyah ?

Je lève les yeux au ciel, prête à subir un nouveau sermon de la part de quelqu'un qui ne connaît absolument pas Samson.

– Si vous étiez ma fille, je vous dirais de passer à autre chose. Vous vous donnez trop de mal pour ce type. Personne ne le connaît assez pour savoir s'il vaut une telle dépense d'énergie.

– Et si Samson était votre fils ? Vous accepteriez que tout le monde le laisse tomber ?

– Pas faux. Je pense qu'on pourra se reparler le mois prochain.

Il coupe la communication et je repose mon téléphone sur la commode, complètement désemparée.

– Tu as un petit ami en prison ?

Je fais volte-face au son de la voix de Cierra. Sur le coup, j'ai envie de lui mentir, comme avec tout le monde. Cacher ma vérité à ceux qui m'entourent. Sauf que je n'y tiens plus forcément maintenant.

– Non, ce n'est pas mon petit ami, juste quelqu'un à qui je tiens, mais il ne veut pas que je garde contact avec lui.

Face au miroir, elle place un chemisier devant elle pour voir si ça lui irait.

– Bon, parce qu'on a une soirée aujourd'hui et je voudrais que tu viennes. Il y aura plein de mecs.

Elle rejette le chemisier, en teste un autre.

– Et des filles aussi, ajoute-t-elle, si tu préfères.

Je la dévisage un instant. J'aimerais être comme elle, excitée par les bons moments de la vie en fac sans se laisser écraser par les obstacles qu'elle a dû affronter pour arriver ici.

J'avais l'impression que je ne devais pas m'amuser tant que Samson serait derrière les barreaux, alors depuis la rentrée, je n'ai fait que travailler, jouer au volley et chercher comment faire sortir quelqu'un de prison.

Mais ce n'est pas ma déprime qui pourra l'aider. Et même s'il a coupé toute communication avec moi, je sais très bien pourquoi il l'a fait. Il sait que je ne penserais plus qu'à ça. Comment lui en vouloir ?

Même si ma colère s'apaise, comment pourrai-je l'oublier ?

Néanmoins, personne ne le fera changer d'avis. J'en suis certaine, car, à sa place, je ferais exactement la même chose.

Je le comprends très bien. Comment réagirait-il s'il apprenait que je passe tout mon temps entre solitude et déprime, comme au lycée ?

Il serait déçu que je perde ainsi mon temps.

J'ai le choix entre m'accrocher à un espoir qui ne se concrétisera peut-être jamais et apprendre une bonne fois pour toutes quelle personne je suis.

À quelle version de moi-même m'accrocher tant que je vis ici ?

Je presse mes doigts sous mes yeux. Je suis bouleversée par bien des choses, mais avant tout parce que j'ai l'impression de devoir vraiment me libérer de Samson en ce moment, pour qu'il ne pèse pas sur les prochaines années de ma vie. Je n'y tiens pas. Et lui non plus.

– Hé ! s'exclame Cierra en se retournant vers moi. Je ne voulais pas te faire de peine. Tu n'es pas obligée de venir.

Je lui souris :

– Si, j'en ai envie. Je veux aller à cette soirée avec toi. Je peux être marrante, tu sais.

Elle fait la moue comme si mes paroles l'attristaient.

– Bien sûr que tu es marrante, Beyah ! Tiens.

Elle me tend le chemisier qu'elle tenait à la main.

– Cette couleur t'ira mieux qu'à moi.

Je me lève pour le mettre devant moi et me regarde dans le miroir. Je ressens encore toute ma tristesse, mais je ne la vois pas sur mon visage. J'ai toujours su cacher ce que j'éprouvais.

– Tu veux que je te maquille ? propose-t-elle.

– Oh oui ! J'aimerais bien !

Elle retourne dans la salle de bains tandis que je jette un regard sur le portrait de mère Teresa que j'ai accroché au mur en arrivant.

Je me demande pour quelle version d'elle-même ma mère aurait pu opter en dehors de ses addictions. J'aurais aimé la connaître.

C'est celle-là que je vais regretter en elle, la personne qu'elle n'a jamais eu la chance de devenir. Je lui envoie un baiser du bout des doigts avant d'aller me changer.

Cierra a ouvert sa pochette de maquillage. Elle regarde mon reflet dans le miroir et me décoche un sourire ravi, genre Sara, que je lui rends d'un air aussi naturel que possible.

Si je veux faire semblant de m'en sortir cette année, c'est par là que je dois commencer. Tellement sourire que ça finira par devenir sincère.

CHAPITRE 31

AUTOMNE 2019

Aujourd'hui a l'air d'un jour parfait. On est en octobre et le soleil vient de se lever, mais il fait assez froid pour qu'au bout de deux heures passées sur le capot de ma voiture je n'aie pas encore lâché une goutte de sueur.

Malgré les promesses de cette journée, elle pourrait se révéler décevante. Je n'en ai aucune idée.

Comment Samson réagira-t-il en passant ce portail ?

Qui sera-t-il ?

Qu'est-il devenu ?

Ça me rappelle une phrase de Maya Angelou : *Quand quelqu'un vous montre qui il est, croyez-le dès la première fois.*

Je m'accroche tant à cet adage qu'il semble gravé dans mes os. J'y reviens chaque fois lorsque les doutes me reprennent sur l'été passé avec Samson. Était-ce le vrai Samson ? J'ai envie de croire qu'il espère me voir le guetter, autant que j'espère qu'il souhaite ma présence.

Quand bien même, je crois qu'assez de temps a passé pour que mon os de cœur soit guéri. Il reste encore une petite fracture qui me fait mal, en général tard dans la nuit, quand je n'arrive pas à dormir.

Voilà plus de quatre années que je n'ai pas revu Samson et je pense de moins en moins à lui. Je ne sais pas si c'est parce que j'essaie de me protéger de ce qui pourrait se produire aujourd'hui, ou bien parce qu'il n'aura été que l'amour d'un été, dans une vie remplie d'autres saisons.

C'est le pire dénouement que je puisse imaginer: que tous ces moments que nous avons passés ensemble et qui auront laissé une telle empreinte en moi n'aient eu aucune importance à ses yeux.

J'ai envisagé de m'éviter ce potentiel désappointement. Il pourrait me voir en train de l'attendre et ne plus trop se souvenir de moi. Ou pire, être désolé pour la fille qui se sera accrochée tout ce temps à lui.

Malgré tout, ma présence ici en vaut la peine, rien ne me semblerait plus triste que l'idée qu'il ne trouve personne à sa sortie. Je préférerais encore être là et qu'il ne veuille plus de moi que de ne pas y être quand il souhaiterait m'y voir.

Kevin a appelé la semaine dernière pour m'annoncer que sa demande de libération anticipée avait été acceptée. Je savais bien que c'était ce qu'il allait me dire, car Kevin ne m'appelle jamais. C'est toujours moi qui lui demande s'il y a du nouveau, et je le fais si souvent qu'il doit me trouver plus pénible qu'un vendeur par téléphone.

Je reste assise en tailleur sur le capot, à manger une pomme que je viens de sortir de mon sac. Voilà maintenant quatre heures que j'attends.

Dans la voiture voisine, il y a un homme qui attend, comme moi. Il sort pour s'étirer les jambes, puis s'adosse à la portière.

– Vous êtes venue pour qui ? demande-t-il.

Je ne sais quoi répondre, alors je hausse les épaules:

– Un vieil ami qui n'a peut-être même pas envie de me voir.

Il tape dans un caillou.

– Moi, je suis là pour mon frère. C'est la troisième fois que je viens le chercher. J'espère que ce sera la dernière.

– On croise les doigts.

Mais j'en doute. J'ai assez appris sur le système carcéral pour avoir perdu tout espoir sur sa capacité à réinsérer les délinquants.

Raison pour laquelle je suis maintenant en fac de droit. Je suis persuadée que Samson ne se trouverait pas dans cette situation s'il avait été bien aidé la première fois qu'il a été libéré. Même si je ne finis pas avec lui, j'ai au moins découvert une nouvelle passion.

– À quelle heure ouvrent-ils les portes, d'habitude ?

Le type regarde sa montre :

– En principe avant le déjeuner, mais là, ils sont en retard.

Je prends mon sac à côté de moi sur le capot.

– Vous avez faim ? J'ai des chips.

Il lève les mains et je les lui envoie.

– Merci, dit-il en commençant à manger. Bonne chance avec votre ami.

Je souris :

– Bonne chance à votre frère.

Je mords encore dans ma pomme puis m'adosse au pare-brise et passe les mains sur le tatouage de mon bras.

J'ai détesté ce moulin à vent après l'arrestation de Samson. Il était censé me porter bonheur, au lieu de quoi mon monde est devenu pire qu'avant mon arrivée au Texas. Il m'a fallu au moins un an pour commencer à l'apprécier.

À part l'arrestation de Samson, tous les autres aspects de ma vie se sont améliorés une fois que j'ai fait faire ce tatouage. Je me suis rapprochée de mon père et de sa nouvelle famille. Désormais, Sara est non seulement ma sœur mais aussi ma meilleure amie.

J'ai été acceptée en fac de droit ; je n'aurais jamais cru, lorsque j'ai saisi pour la première fois un ballon de volley, que ça me permettrait de devenir avocate, *moi*, la fille solitaire qui a dû faire autrefois des choses impensables pour manger.

Je crois que ce tatouage m'aura finalement porté bonheur. Pas de la façon que je croyais, mais maintenant que j'arrive à ce stade de ma vie, je me rends compte de toutes les bonnes choses qui me sont arrivées cet été-là. Et Samson en fait partie, malgré ce qu'il est aujourd'hui. Je suis à un point de ma vie où mon avenir ne dépend plus de mes relations.

Ai-je envie qu'il devienne celui que j'ai toujours cru qu'il était ? Absolument.

Vais-je m'effondrer si ce n'est pas le cas ? Pas du tout.

Je suis coulée dans l'acier. *Vas-y, le monde, attaque-moi. Je suis hermétique.*

– La porte s'ouvre, annonce le type dans la voiture voisine.

Je me redresse, jette le reste de ma pomme dans le sachet. Il y a trois autres voitures dans le parking. Deux personnes ouvrent leur portière et sortent.

Sur le seuil du bâtiment apparaît d'abord un vieil homme, qui regarde autour de lui, sourit quand il a identifié celui qu'il cherchait, et se dirige vers son véhicule.

Je porte une main à mon cœur en soupirant tandis que d'autres hommes émergent les uns après les autres. Pas de Samson parmi eux.

Je quitterais bien ma place pour me lever à mon tour, mais j'ai les jambes qui flanchent. Je suis à moins de six mètres de l'entrée, pourtant, il pourrait ne pas me voir s'il ne s'attend pas à ce qu'on vienne le chercher.

Parmi les arrivants, certains se dirigent vers les voitures où les guette la famille, tandis que d'autres suivent le trottoir pour prendre le bus.

Un homme d'une cinquantaine d'années s'arrête pour inspecter le parking, jusqu'à repérer mon voisin. Il hoche la tête et son frère ne quitte même pas sa place, pour démarrer aussitôt qu'il s'est installé à côté de lui.

Je suis toujours assise en tailleur sur le capot, lorsque j'aperçois enfin Samson.

Il apparaît en se protégeant les yeux du soleil, se dirige vers l'arrêt de bus.

Mon cœur bat à tout rompre, plus fort que je ne l'aurais jamais cru. Comme si tous les sentiments de mes dix-neuf ans se réveillaient en même temps.

Il n'a pas changé, peut-être est-il plus homme que garçon maintenant, avec des cheveux plus sombres; mais, à part ça, il correspond exactement à mes souvenirs. Il écarte quelques mèches de son visage et poursuit son chemin, sans jeter un seul coup d'œil vers le parking.

Je ne sais pas si je devrais l'appeler ou courir à sa rencontre. Il s'éloigne de moi. Les mains plaquées sur le capot, je m'apprête à glisser vers le sol quand il s'arrête.

Il reste un moment immobile, le dos tourné, et je retiens mon souffle. On dirait qu'il hésite à regarder dans ma direction, comme s'il craignait de ne voir personne.

Finalement, il amorce un demi-tour et nos yeux finissent par se rencontrer; il reste un bon moment à me fixer, l'expression toujours aussi indéchiffrable.

Il passe une main dans sa nuque puis se détourne, comme s'il ne pouvait me regarder plus longtemps. Je le vois juste souffler lentement.

Puis il me fait face de nouveau, l'air déconcerté.

– Tu es allée à l'université, Beyah ?

Il crie ça comme si c'était la chose la plus importante du monde.

Et moi, je sens couler une larme le long de ma joue. Je fais oui de la tête.

Là, c'est comme si son âme s'apaisait d'un coup. Je suis toujours assise sur le capot de ma voiture mais, même de ma place, je le vois froncer les sourcils. J'ai envie de le rejoindre, d'effacer cette ride entre ses yeux, de lui dire que tout va bien, maintenant.

Il a baissé la tête comme s'il ne savait plus que faire. Et puis il doit trouver la réponse, car le voilà qui marche à grands pas vers moi et finit même par courir. Je suspends mon souffle lorsqu'il arrive à hauteur de ma voiture, car il ne s'arrête pas là, se hissant sur le capot, puis sur moi, au point que je suis obligée de reculer vers le pare-brise. Et puis sa bouche se pose sur la mienne, dans un élan sauvage, comme pour s'excuser.

Je referme mes bras autour de son cou et tout revient comme si moins d'une seconde venait de s'écouler depuis la dernière fois. On s'embrasse jusqu'à ce qu'il semble ne plus en pouvoir. Il se redresse, saute à terre et me saisit par la taille pour me faire descendre à mon tour. Puis il m'écrase contre lui.

Les minutes qui suivent se noient dans les larmes (surtout les miennes), les baisers, les regards incrédules. J'avais tellement de questions à lui poser, mais aucune ne me revient plus à l'esprit.

Quand on s'arrête pour respirer un peu, il marmonne :

– Avant de faire ça, j'aurais dû te demander si tu avais rencontré quelqu'un.

Je souris en secouant longuement la tête.

– Je suis tout à fait célibataire.

Il m'embrasse encore, lentement, puis contemple mes lèvres, comme si c'était ce qui lui avait le plus manqué.

– Désolé.

– Je te pardonne.

C'est aussi simple que cela.

Soulagé, il m'attire contre lui et souffle dans mes cheveux :

– Je n'arrive pas à croire que tu sois vraiment là.

Et il me fait tournoyer avant de me déposer au sol. On se sourit, nos fronts pressés l'un contre l'autre.

– Qu'est-ce qu'on fait, maintenant ? demande-t-il.

– Aucune idée ! dis-je en riant. Toute ma vie à venir ne dépendait que de ce moment.

– La mienne aussi.

Il embrasse mes mains avant de les coller sur son torse :

– Il faut que je voie Darya.

Ça me rappelle un vers dans un des poèmes de son père. Je les ai lus si souvent que je les connais par cœur.

– Car, lorsqu'un homme dit *Je rentre chez moi,* il devrait se diriger vers la mer.

Je me détache de lui pour ouvrir la portière de la voiture, mais il me retient par la main :

– C'est mon père qui a écrit ça. Tu as mon sac à dos ?

À ce moment seulement, je me rends compte qu'il devait croire l'avoir perdu.

– Oui, je l'ai pris le soir où on t'a arrêté.

– Tu as gardé les poèmes de mon père ?

– Bien sûr !

Son regard s'attriste, comme s'il essayait de retenir ses larmes. Il se rapproche encore, glisse les doigts dans mes cheveux, prend mon visage entre ses mains, puis il m'embrasse avant de se redresser :

– Merci d'avoir cru en moi, Beyah.

– Tu as cru en moi d'abord, Samson. C'était le moins que je pouvais faire.

CHAPITRE 32

Quand on est arrivés sur la plage, il n'a pas pris le temps de goûter cet instant. Il est sorti de la voiture, a enlevé sa chemise pour aller se baigner direct. Et je me suis allongée sur le sable afin de le regarder. Il est seul dans l'eau en ce moment, et je suis seule sur le sable, car on est en octobre. Faut-il qu'il soit fou pour se baigner par un froid pareil.

En même temps, je le comprends. Il en a besoin. Des années de thérapie, qui s'achèvent en un bain.

Il finit par me rejoindre, se laisse tomber près de moi, trempé, le souffle court, mais il paraît content. Il n'a pas dit grand-chose durant le trajet, et je ne lui ai presque rien demandé. Il a si longtemps été privé de tout ce qu'il aimait que je veux lui laisser le temps de bien s'en imprégner avant de le bombarder de questions sur ces quatre dernières années.

Il jette un regard derrière nous :

– Personne n'habite dans la maison de Marjorie ?

– Non.

Il demande ça car, à l'évidence, personne ne s'en est plus occupé depuis qu'elle est désertée. Des bardeaux manquent sur le toit, des herbes folles poussent au pied des murs.

Marjorie est décédée en mars, et je pense que Kevin ne va pas tarder à mettre la maison en vente. Samson n'a pas pu assister à l'enterrement, et je le regrette car cette femme représentait beaucoup pour lui ; elle lui avait plusieurs fois rendu visite en prison.

Il s'allonge sur le sable, pose la tête sur mes genoux et me contemple d'un air serein alors que je caresse ses cheveux.

– Où est Pepper Jack ? demande-t-il soudain.

– Oh, il ne vit plus dans une niche mais à la maison, maintenant. Papa l'adore.

– Et ça se passe bien entre toi et ton père ?

– Très bien. Il est génial.

Samson embrasse encore ma main puis la saisit entre ses paumes pour la poser sur son torse.

Tout semble reparti entre nous, depuis que j'ai posé les yeux sur lui ce matin. On semble revenus à notre point de départ. Je ne sais pas ce qui nous attend demain mais tout me semble aller à la perfection pour le moment.

– Tu as changé, observe-t-il. Je te trouve mieux, plus heureuse.

– C'est vrai.

Je sens son cœur battre contre ma paume et j'ajoute :

– Merci de m'avoir empêchée de garder le contact avec toi. Au début, je t'en voulais à mort, mais tu avais raison. Ça valait mieux comme ça.

– Absolument. C'était nul quand même. Je ne te dirai pas combien de fois j'ai failli demander ton adresse à Kevin.

– Contente de savoir que tu pensais à moi !

– À chaque minute.

Il caresse ma joue et je m'appuie contre sa paume.

– Je peux te poser une question personnelle ? reprend-il.

Je hoche la tête.

– Tu es sortie avec d'autres mecs ?

Je papillonne des paupières. Je m'attendais à ce qu'il m'interroge là-dessus, mais peut-être pas si vite.

Il se soulève sur un bras pour mettre son visage à hauteur du mien et pose une main apaisante sur ma nuque.

– Je te demande ça juste parce que je voudrais t'entendre répondre oui.

– Tu voudrais que je sois sortie avec d'autres types ?

– Bon, je ne vais pas dire que je ne suis pas jaloux, mais j'espère que tu as passé de bons moments à la fac et que tu n'as pas considéré ta chambre comme une cellule de prison.

– J'ai fréquenté du monde, j'ai même eu un petit ami la première année.

– Quelqu'un de bien ?

– Tout à fait. Mais ce n'était pas toi.

Je me penche pour l'embrasser brièvement.

– Je me suis fait des amis. Je suis sortie. J'ai obtenu de bonnes notes. Et j'ai adoré mon équipe de volley. On jouait très bien.

Il sourit puis repose la tête sur mes genoux :

– Bon. Alors je ne regrette pas ma décision.

– Tant mieux.

– Comment va Sara ? Elle est toujours avec Marcos ?

– Oui, ils se sont mariés l'année dernière. Elle est enceinte de quatre mois.

– Ravi pour Marcos. J'espérais que ça marcherait bien entre eux. Et sa ligne de vêtements ? Ça fonctionne ?

Comme je lui désigne une maison sur la plage, il se hausse sur les coudes pour mieux la voir.

– C'est chez eux. Ils ont fini la construction voilà six mois.

– La jaune ?

– Oui.

– Bon sang !

– Oui, les affaires marchent. Il a beaucoup d'abonnés sur TikTok. Ça a donné un énorme coup de pouce à sa ligne.

– Mince. C'est quoi, TikTok ?

– Je te montrerai ça quand tu auras un téléphone.

– C'est le monde à l'envers, marmonne-t-il en s'asseyant pour frotter le sable de ses bras. On pourrait aller les voir ?

– Sara et Marcos ? Maintenant ?

– Pas à la seconde. Je voudrais d'abord qu'on se retrouve, tous les deux. Et puis j'aimerais voir ton père. Je lui dois pas mal d'excuses.

– Oui, ça ne sera pas facile.

– Je sais mais je suis tenace.

Il m'attire contre lui et m'embrasse sur le front.

– Comment est-ce que je dois t'appeler ? Shawn ou Samson ?

– Samson. Jamais je ne me suis senti aussi bien dans ma peau qu'avec toi cet été-là. C'est exactement à ça que je voudrais revenir. Pour toujours.

J'entoure mes genoux de mes bras, enfouis ma bouche au creux d'un coude pour cacher mon sourire.

– Où est-ce que tu vis, maintenant ? redemande-t-il.

Je lui désigne la maison de plage familiale :

– Chez mon père et Alana pour la semaine, mais j'ai un appartement à Houston. Je suis en fac de droit.

– Pas possible !

– Si, je t'assure ! dis-je en riant. On a repris le premier semestre en août.

Il semble à la fois incrédule et admiratif.

– Tu es trop bien pour moi, maintenant. Tu seras une sacrée avocate. Tu es sûre de pouvoir te contenter d'un mec qui vient de sortir de prison ?

Je préfère ne pas répondre à une question aussi bête.

– Et toi ? Où est-ce que tu vas vivre ?

– C'est Kevin qui va me dire ça. Il a quelque chose de temporaire pour moi. En fait, j'aurais dû l'appeler dès ma libération.

– Samson ! Ça fait quatre heures ! Tu ne l'as pas prévenu ?

– Je n'ai pas de téléphone. J'allais te demander de me prêter le tien. Mais je reconnais que j'ai été un peu distrait.

Je sors mon appareil en levant les yeux au ciel.

– Si tu ne respectes pas ta liberté conditionnelle, c'est moi qui te ramènerai en prison.

Il se frotte les mains avant de prendre le téléphone une fois que j'ai composé le numéro de Kevin. Celui-ci répond à la deuxième sonnerie :

– Je n'ai aucune nouvelle de lui. J'ai promis de vous prévenir dès que j'en aurais.

Samson sourit avant de répliquer :

– C'est moi, Kevin. Je suis sorti.

Après une pause, Kevin marmonne :

– C'est le numéro de Beyah. Vous êtes avec elle ?

– Oui.

– Où ça ?

– Sur la plage.

– Beyah m'entend ?

– Oui, dis-je en me penchant.

– Je crois que vous aviez raison à son sujet.

Ça m'arrache un sourire :

– Je sais !

– Je vous avais dit que vous feriez une sacrée avocate ! Bon, Samson. Vous m'écoutez ?

– Oui.

– Je vais vous envoyer par mail les informations à transmettre à votre agent de probation. Vous avez une semaine pour prendre contact avec lui. Vous trouverez votre clef sous le rocher à droite de la poubelle.

Samson me regarde en haussant un sourcil.

– Quelle clef ?

– Celle de la maison de ma mère.

Samson jette un coup d'œil vers la demeure de Marjorie.

– Je ne vois pas ce que vous voulez dire.

– Je m'en doute. Ma mère m'a fait promettre de ne rien vous dire jusqu'à votre libération, raison pour laquelle je vous avais prié de m'appeler dès votre sortie. On ne peut pas dire que vous suiviez les instructions. Le contrat est dans mon bureau, je pourrai vous l'apporter un de ces jours. J'ai fait mon possible pour les meubles et l'entretien mais je n'ai pas eu trop le temps. Ça demande encore du travail.

Samson a l'air tellement incrédule que j'aimerais le prendre en photo. Quoique je fasse probablement la même tête, moi aussi.

– Vous plaisantez ? demande-t-il.

– Non. Vous avez commis des erreurs idiotes, Samson. Mais vous avez aussi rendu service à bien des gens du coin, à commencer par ma mère. Elle estimait que vous méritiez d'y être chez vous.

Il pousse un soupir tremblant, laisse tomber le téléphone dans le sable et se lève pour s'éloigner à grands pas, avant de s'arrêter au bord de l'eau.

Je récupère l'appareil :

– On peut vous rappeler plus tard, Kevin ?

– Tout va bien ?

Je regarde Samson en train de digérer tout ce qu'il vient de lui annoncer.

– Oui, je crois qu'il lui faut un peu de temps, c'est tout.

Après avoir coupé la communication, je rejoins Samson, me plante devant lui et commence à essuyer les larmes sur ses joues, comme il l'a fait si souvent avec moi.

– Je ne mérite pas cette maison, Beyah.

Je prends son visage dans mes mains pour le tourner vers moi :

– Tu as été assez puni comme ça. Accepte les bonnes choses que la vie te donne.

Dans un soupir, il me serre contre lui, mais je ne le laisse pas m'étreindre longtemps car j'ai trop hâte d'aller chercher cette clef. Je le prends par la main pour l'entraîner :

– Viens, je veux voir ta maison.

On suit les indications de Kevin puis Samson insère la clef dans la serrure d'une main tremblante. Il est obligé de marquer une pause et appuie les paumes sur la porte.

– C'est pas vrai...

Il fait nuit quand on entre à l'intérieur, mais je distingue la couche de poussière sur le sol avant qu'il n'allume la lumière. Ça ne sent pas très bon, néanmoins, tel que je connais Samson, il aura vite fait d'arranger tout ça.

À mesure qu'il progresse à l'intérieur, il pose les mains partout, sur les placards, les murs, les poignées de porte, sur les meubles de Marjorie restés là. Il s'arrête dans chaque chambre en soupirant, incrédule devant ce qui va devenir sa vie.

J'ai moi-même du mal à le croire.

Finalement, il entre dans la cage d'escalier qui mène au toit et je le suis. Une fois dehors, il s'assied, allonge les jambes devant lui et me fait signe de venir le rejoindre.

Je m'avance prudemment et m'appuie contre son épaule. Il me serre dans ses bras, mais malgré la beauté de la vue, je ferme les yeux car les sentiments qu'il m'inspirait m'ont trop manqué. Je ne m'en rendais même pas compte.

J'ai tant essayé de ne plus rien sentir, au point que je commençais à m'inquiéter. Pourtant, ils ne m'ont pas quittée. J'ai juste tenté de les étouffer pour qu'ils me fassent moins mal.

De temps à autre, Samson secoue la tête comme s'il n'y croyait pas. Je le prenais pour quelqu'un de calme, mais jamais il n'a été à ce point silencieux; j'aime sa réaction. J'adore voir sa vie se métamorphoser pour le meilleur, sous mes yeux.

Nous, deux enfants solitaires qui sont passés entre les mailles du filet, avant de grimper sur le toit du monde.

Samson touche mon visage pour que je me tourne vers lui. Il me regarde d'un air que je lui ai tellement vu, cet été-là: comme si j'étais la personne la plus importante de la péninsule.

Il m'embrasse, pose les lèvres dans mon cou et s'immobilise, l'air de vouloir rattraper ainsi les années où il n'a pu m'embrasser à cet endroit.

– Je t'aime.

Ces trois mots ne sont qu'un souffle sur ma peau mais me procurent un tel émoi que je sens guérir mon os de cœur.

À mon tour, j'appuie la tête sur son épaule et regarde la mer.

– Moi aussi, je t'aime, Samson.

DÉCOUVREZ LES AUTRES TITRES DE LA COLLECTION HUGO NEW ROMANCE®

MORGANE
MONCOMBLE

L'AS DE CŒUR

Hugo Roman